SV

Albert Ostermaier
Schwarze Sonne scheine

Roman

Suhrkamp

Erste Auflage 2011

Druck und Bindung: CPI — Ebner & Spiegel, Ulm
Printed in Germany
ISBN 978-3-518-42220-5

1 2 3 4 5 6 - 16 15 14 13 12 11

»Als ich zu schreiben anfing, wollte ich nichts als die Wahrheit über mich erzählen. Welch vergebliches Unterfangen! Was kann es Fiktiveres geben als das eigene Leben?« Henry Miller

»Zu gewissen Stunden ist das Land schwarz vor lauter Sonne. Vergebens suchen die Augen mehr festzuhalten als die leuchtenden Farbtropfen, die an den Wimpern zittern.« Albert Camus

›In my eyes, in disposed, / In disguise: as no one knows / Hides the face lies / The snake, the sun / In my disgrace / Boiling heat, summer stench / 'Neath the black / The sky looks dead / Call my name / Through the cream / And I'll hear you / Scream again // Black hole sun / Won't you come / And wash away the rain / Black hole sun / Won't you come / Won't you come«

Soundgarden

Narkoseprotokoll

»Zählen Sie abwärts«, forderte sie mich auf und drückte mir die Narkosemaske auf das Gesicht.

»10, 9 ...« Ich verlor das Bewusstsein, der reine Sauerstoff floss in meinen Mund, die Augenlider fielen über die fiebernden Pupillen, ich spürte meinen Kehlkopf nicht mehr, nichts mehr, der Beatmungsschlauch glitt in die Luftröhre, die Muskeln entspannten sich, das Lachgas strömte durch den Körper, betäubte den Schmerz, die Lippen, der Äther erstickte mich in den Schlaf, ich schlief.

»Sie werden fest schlafen, entspannen Sie sich. Wenn Sie ganz entspannt sind, werden Sie tief träumen«, hatte sie mich zu beruhigen versucht. »Denken Sie an den schönsten Augenblick Ihres Lebens beim Einschlafen, dann werden Sie mit ihm erwachen, als ob keine Zeit vergangen wäre.«

Der Messfühler auf meiner Fingerkuppe maß die Helligkeit des durchströmenden Blutes mit einem Lichtstrahl. Ich hatte überhaupt kein Licht mehr gesehen. »Ein halbes Jahr, länger leben Sie nicht mehr«, hatte sie gesagt. »Wenn, dann kann nur einer Sie retten, und das bin ich.« Alle Muskeln waren erschlafft, keine Abwehr mehr, keine Schutzreflexe. »Atlanta, dort haben sie eine Versuchsreihe mit noch nicht zugelassenen Medikamenten. Eine Spenderleber liegt bereit. Wir dürfen keine Zeit verlieren.« In zwanzig Sekunden hatte sie mich in tiefste Bewusstlosigkeit versetzt, die Lungenautomaten pumpten Luft in die Atemwege.

»Gibt es keinen anderen Weg?«

»Es können Sie nur Minuten vom Tod trennen, wir müssen sofort handeln.« Komplikationen wahrscheinlich. Plötzlicher Kreislaufabfall, Herzstillstand, Sauerstoffmangel, allergischer Schock. »Es ist ein tödlicher Herpesvirus«, hatte sie am Telefon gesagt, »äußerst selten, aber absolut tödlich. Ein halbes Jahr. Maximal.«

Ich war auf der Couch erstarrt, klammerte mich an den Hörer. »Aber das ist unmöglich«, als wäre die Zunge gelähmt, stammelte ich.

»Ein halbes Jahr«, rekapitulierte sie und ließ die Muschel über den Kehlkopf auf die Brust gleiten. »Es kann sein, dass Sie bei der Narkose schlecht träumen, also denken Sie an was Schönes, Erotisches, Urlaub. Denken Sie an den schönsten Augenblick Ihres Lebens.«

Es ist ein schlechter Traum, hatte ich gedacht. Ich muss nur erwachen und hier rauskommen. Die Lippen hinter ihrem Mundschutz, die Lampe, das Licht. Es blendete. »Curare ist ein Mondsamengewächs. Es ist verwandt mit dem Pfeilgift«, hatte mich der Anästhesist am Abend zuvor aufgeklärt, der heute nicht erschienen war, und seine Hand auf meinen Schenkel gelegt. »Curare ist ein kompetitiver Blocker des nikotinergen Acetylcholin-Rezeptors. Es fungiert als Antagonist des Acetylcholins. Das zentrale Nervensystem bleibt weitgehend intakt, auch der Herzmuskel ist nicht betroffen.« Er hatte gelacht. Das Lachgas lähmte die Schmerzen, die Schnitte. »Der Ablauf einer Narkose ist mit einem guten Flug zu vergleichen, nach dem Abheben warten wir, bis wir die sichere Flughöhe erreichen. Die Narkoseausleitung ist dann der Sinkflug vor der Landung.«

Wie war ich hier gelandet? Wo würde ich erwachen, würde ich erwachen? »Ich habe eine geniale Ärztin entdeckt«, hatte Silvester am Telefon gesagt, »sie ist Virologin am Max-Planck-Institut. Sie findet, was sonst keiner findet, sie hat ganz neue Methoden. Sie hat mir das Leben gerettet. Du warst doch so krank, als du aus dem Jemen zurückkamst …«

»Aber jetzt fühle ich mich so gesund und lebendig wie nie«, hatte ich eingewendet und das Tuch mit den Eiswürfeln über den verstauchten Knöchel gelegt.

»Willst du nicht wissen, was es war?« Er hatte nicht lockergelassen. Ich wollte es wissen. »Weißt du, ich muss oft an unsere gemeinsame Lesung denken, als du das erste Mal deine Gedichte gelesen hast und ich dazu gespielt habe. Wir sehen uns so selten, seit du … Aber wenn ich aus China zurück bin, gehen wir Essen. Ich geb dir die Nummer der Ärztin, ruf sie an.« Der schönste Augenblick. Warum dachte ich jetzt an ihn. Am Ende der Narkose verlieren die Mittel nach und nach ihre Wirkung. Wenn nur noch eine geringe Dosis im Körper ist, wacht der Patient langsam auf, und es kann passieren, dass seine Wahrnehmung noch nicht einsetzt, und alles verzerrt sich. »Zählen Sie abwärts«, hatte sie gesagt. »Ein halbes Jahr. Maximal.« »Du kannst auf mich zählen«, hatte er mir versprochen und mich gesegnet mit seinen singenden Händen. »Vor jeder Narkose ist ein Aufklärungsgespräch vorgeschrieben«, hatte ich in dem gelben Faltblatt gelesen. »Sprechen Sie vorhandene Ängste an. Nutzen Sie diese Gelegenheit, all Ihre Frage zu stellen.« Ich hatte am Ende unterschrieben. Das Gasgemisch wurde kontinuierlich zugeführt. Alle Notfallapparaturen waren griffbereit. Sie hatte es mir angekündigt. »Sie wachen erst wieder auf, wenn alles vorbei ist.«

1

Es war kaum eine Handbreit weit zu sehen, der Nebel schob sich über die Windschutzscheibe – oder zog er mich in sein Land? Ich war nüchtern. »Kommen Sie nüchtern zur Blutabnahme. Ein befreundeter Arzt wird Ihnen das Blut abnehmen, er hat seine Praxis gleich neben meinem Bungalow. Kommen Sie zuerst zu mir«, hatte die Professorin mich angewiesen und mir ihre Adresse in der Nähe Landshuts durchgegeben. Sie habe keine eigene Ordonanz, hatte sie erklärt, sie sei nur in der Forschung tätig. Die defekte Lüftung sog die feuchte Kühle herein, kaum ein Scheinwerfer durchdrang den Nebel. Ich fuhr fast Schritttempo und hatte Angst, die Ausfahrt zu verpassen.

»Am frühen Morgen des 17. Januar um 1 Uhr MEZ lösten die Koalitionsstreitkräfte einen massiven Luftkrieg aus. Dies ist der Beginn der Operation Wüstensturm«, ich drehte das Radio ab und verlor fast die Spur, rutschte auf Bankett und war kurz davor, die Leitplanken zu streifen. Ich hatte die ganze Nacht dieses grüne Leuchten gesehen, hatte den Ton abgedreht und versteinert auf die Bomber gestarrt. Als handle es sich um eine Folge von Emergency Room, so leuchteten sie die Landschaft aus mit ihrer präzisionsgelenkten Munition, und die stummen Lippen der synchronisierten Erreger verrieten das Unausgesprochene, das Unsichtbare hinter dem Offensichtlichen: Die Wüste brannte, die Menschen in den Leitzentren, die Soldaten in den Panzerglühöfen, denen die Haut in Streifen von den Knochen fiel, aber keiner zeigte sie, nur den Krieg der Selbstgerechten um die Ölfelder Kuwaits in den Brandwolken.

Nach dem Aufstehen hatte ich das Aspirin schon aus

der Packung gedrückt, ließ es aber neben der Spüle liegen; ich durfte ja nur Wasser trinken, nicht mein Blut verdünnen, bevor sie es mir abnahmen. Ich schwitzte, das Fenster war auch von innen beschlagen. Endlich tauchte im Nebelscheinwerferkegel die gesuchte Ausfahrt auf, ich verließ die Geisterautobahn und war mit einem Mal verschluckt von dieser zäh wabernden Suppe. Als hätte man den Himmel zur Ader gelassen und nichts als Nebel und letzter Hauch wäre aus ihm geströmt. Ich hielt am Ortseingang, kurz hinter dem gelben Schild, tastete nach dem zerknüllten Zettel auf dem Beifahrersitz und versuchte meine Handschrift und die verwischte Tinte zu entziffern, um herauszubekommen, welchen Weg aus dem Grau ich einzuschlagen hatte. Was wollte ich hier? Gewissheit? Gänseblümchenmäher. Was, wenn sie etwas fand, die Spezialistin? Wollte ich das wissen? Ich war wieder gesund, es war doch zwei Jahre her, dass ich krank aus dem Jemen zurückkam mit einer aufgeblähten Leber, an der die Adleraugen der Ärzte nichts fanden, alle Untersuchungen ergaben nichts, die Schnäbel bleiben leer, wie oft sie auch mein Blut zogen und die Proben durch die Labors schickten. Drei Monate Dämmern, dann war alles vorbei, Brennnesseltee, Hafertabletten, Antibiotikahämmer. Es war dein Kopf, meinte David, der Freund, du hast dich selbst krank gemacht. Weil es dich krank macht, dass du deinen Eltern nicht sagen kannst, dass du die Firma nicht übernehmen wirst und dann alles zu Ende ist, die schöne Firmengeschichte und hundertjährige Tradition, der einzige Sohn, und deine glückliche Kindheit geht über Nacht aus wie ein böses Märchen.

»Dein Studium ist nichts als eine Farce, du musst ihnen sagen, dass du Dichter werden willst. Haben sie es denn nicht gemerkt, als du mit dem Abt gelesen hast?

Warum stellt er sich mit dir auf eine Bühne, wenn er nicht an dich glaubt? Das hat doch jeder gespürt, dass du kein Jurist wirst, genauso wenig wie du Architekt geworden bist und nur Toblerone gestapelt hast.« Er hatte auf mich eingetrommelt wie auf seine Drumsets, als wir noch in unserer Band Herzschläge austeilten. Er hatte recht, ich musste Farbe bekennen. Ich hatte mich immer noch nicht zurückgemeldet, sie würden mich exmatrikulieren. In den Klausuren hatte ich mir alle dichterischen Freiheiten genommen, und was mir recht war, wollten die Korrektoren nicht als Recht gelten lassen und sprachen es mir ab, es weiter so zu verdrehen, wie ich damit durchzukommen hoffte. Nur Schlingen hingen genau so wie ich in der Luft, und in alle legte ich meinen Kopf und wartete, dass jemand zuzog. Aber ich rettete mich immer, scheinbar, tauschte eine Lüge gegen die andere, ein Versprechen für das nächste uneinlösbare, ich gewann Zeit, aber in Wahrheit verlor ich sie. Nie genügte ich, nicht mir, nicht den Eltern, niemandem. Es fehlte nicht mehr viel, und alle hatten endlich genug von mir, aber sie konnten auch nicht genug kriegen. Ich gab ihnen zu wenig, während ich dachte, ich gäbe alles, mein Leben, meine Liebe, zu wenig und zu viel, um es länger ertragen zu können, dachte ich mir. Ich suchte nach der großen Entschuldigung, der alles umfassenden Rechtfertigung. Wofür? Ich bin schuldig, hatte ich bei Kafka gelernt, aber es müsste doch etwas geben, das mich entschuldigt, vielleicht, eine Krankheit, gefangen in meinen Nervenfallstricken, wenn die Malaria mir meine Moral weggefressen hätte, wenn die Gelbsucht all die Fehlfarben mit Fieberschüben übermalt hätte. Warum sehnte ich mich nach einer Absolution dafür, mein Leben so zu leben, wie ich es noch gar nicht lebte, verstohlen lebte, in Träumen auslebte und ihm beim Erwachen nachtrauerte wie einem Film nach dem Abspann?

Endlich hatte ich die Adresse auf dem Zettel gefunden, und selbst der eifersüchtige Nebel gab der Sonne ein Loch frei, durch das ihre Strahlen fallen konnten und fielen. Ich parkte vor einem Bungalow. Immer verfolgten mich Bungalows in meinem Leben, Flachdachbiografien, domestizierte Moderne, Sichtbeton. Wie ein Zeichen. Aber ich sah das Zeichen nicht, sondern drückte auf die Klingel, und sie öffnete mir, Frau Professor.

Ich kannte sie nur von Gerüchten und aus Silvesters begeisterten Erzählungen, wonach sie jene verzweifelt-gefassten Klosterbrüder und Patres aus der Mission, aus dem tiefsten Afrika oder dem verborgensten China, denen nichts mehr als das Beten blieb, dass sie jene wider alle Erwartung geheilt habe. Nicht mit Magie, sondern mit Medizin, mit ihrem Vorsprung durch Forschung. »Ich vertraue ihr«, hatte Silvester am Telefon gesagt, »sie hat mich gerettet, diese Frau ist ein Geschenk des Himmels.« Und ich vertraute Silvester. Wem, wenn nicht ihm, der Narziss und Goldmund in einer Person verschmolz, ein Augenpaar, dessen Lebenshunger meinen Seelendurst traf, der als Erster den Künstler in mir sah und aussprechen konnte, was meine Eltern nicht hören wollten, und dem sie nicht widersprechen konnten, denn er war die unumstößliche Autorität, von Gott eingesetzt. Wir beteten ihn an, ich, weil er mir die Kunst zeigte und öffnete wie ein Buch voller Wunder, dessen Worte und Miniaturen, dessen Sinnlichkeit und Spiritualität mich berauschten, weil das Geistige seine Hände hatte, die die Seiten umblätterten, weil er so widersprüchlich war wie das Leben, weil er in zwei Welten lebte wie ich, weil er mir wie ein Bruder war, der ich keinen Bruder hatte. Und meine Eltern sahen seine Fehler und übersahen sie gerne, weil er das Göttliche repräsentierte, an dem sie teilhaben durften, an der Macht, an der großen Erzählung des bevorstehenden Heils, an dem Weihrauch, der die Wirklichkeit mit einem Unwirklichkeitsschleier versah, weil sie ihm die Hand geben konnten und nicht küssen mussten, weil sie seine Leidenschaft für die angenehmen Dinge des Lebens sahen und sie ermöglichen und teilen konnten, weil er die Sünden vergab und wir mit ihm sündhaft speisten von den Früchten der Schöpfung, weil er das Tafelsilber segnete, mit dem er den Rehrücken teilte, weil er das Brot brach und nicht den Stab, weil er die Messe las, aber die Leviten nur den gläubig Knienden. Weil er den Sohn, mich, unter seine Fittiche nahm, seinen Mantel, weil ich mit meinem Latein am Ende war, aber er ein neuer Anfang, weil er mit mir den Vergil las und der junge Mann den Jüngling die Welt entdecken ließ wie die Schönheit eines Psalms, geformt in hundert Mönchskehlköpfen, weil er die Stimme in meinem Kopf wurde für das, was ich meinen Eltern nicht zu sagen wagte. Er war die Kirche, die unfehlbare, aber er war fehlbar, und so fehlte nicht die Schwäche, die Vertrauen schafft, die das Unerreichbare auf Augenhöhe bringt. Man konnte ihm in die Augen schauen. Er war ein Engel, mit dem man fallen wollte, er war der Teufel, um Gott zu beweisen, er war die zwei Seelen in meiner Brust und die Pfeilspitze in der Mitte. Er war ein Freund der Familie und mein Freund, Lehrer, die Existenz der Welt von den Lippen lesend, die Zeichen am Himmel, den Vogelflug, die Vögel, die man töten muss, will man in ihren Eingeweiden lesen.

»Ich kenne dich in- und auswendig«, hatte er mir einmal erklärt, »es steht alles in deinen Gedichten.« Die Gedichte, die für meine Freunde ein Schock an Fremdheit waren, denn sie hatten gedacht, sie kennen mich, den Lachenden, den Freundschaftsvorantreiber, Gesprächserhitzer, Gemeinsamträumer, Abenteuerausdenker, Zuhörer und Diskursdispatcher, wenn wir Weltversteher und -verbesserer die Nächte durchphilosophiert und uns in der Dunkelheit so alt fühlten und erwachsen wie das Angelesene, das unter die Haut Gelesene, das in die Köpfe Hineingelesene, das Sperrig-Unverstandene, Einverleibte und beiläufig oder hitzig oder triumphierend wie ein Joker Ausgespielte, der lachende Joker, das war ich, aber das Lachen war er.

Am elften Januar waren die sowjetischen Fallschirmjäger über dem litauischen Verteidigungsministerium aus dem Himmel gefallen, die Panzer durch die Menschenketten gebrochen. Warum dachte ich daran plötzlich, hier vor der Tür, den Finger auf der Klingel, drück doch, drück doch endlich, warum drückst du nicht, die Omon-Truppe hatte das Innenministerium gestürmt.

»Ich glaube nicht, dass es noch einen diplomatischen Spielraum gibt«, resignierte Pérez de Cuéllar mit versteinertem Gesicht auf dem Rückweg von Paris. Die Raketen finden ihre Wege in die Lüftungsschächte. Der Wüstensturm. Waren es nicht Sandkörner, die gegen mein Gesicht prallten, der Scirocco, der böse Wind, was brachte er. Ich drückte den Klingelknopf. Sie öffnete.

»Da sind Sie ja, kommen Sie rein. Einen Kaffee? Ach nein, Sie müssen ja nüchtern sein. Dort hinten, das ist übrigens Pater Stefan, er ist gerade bei mir quasi in Quarantäne, nicht wahr, Pater Stefan. Er kommt aus Afrika. Aber eigentlich können wir auch gleich los in die Praxis. Nervös? Wird Ihnen schlecht beim Blutabnehmen?« Sybille Scher. Sie war groß, burschikos, Bürstenhaarschnitt, androgyn, wie eine Modigliani-Figur, unter der Haut Muskelpakete versteckt, jede Faser ein harter Strang, alle Lockerheit ehrgeizig. Sie entwickelte sofort einen Sog, kam näher, als es angemessen gewesen wäre, überschritt vom ersten Augenblick an eine Grenze. Ihr »Sie« klang wie ein »Du«, ihre Augen schufen eine Aura des Verschworenseins. Ihre Blicke ließen keinen Zweifel, keinen Widerspruch zu: »Lege dein Schicksal in meine Hand«, sagten sie. Sie war jungenhaft und männlich zugleich, hatte diesen verschüchterten Mädchenblick und dann im nächsten Moment etwas fast Verruchtes, Obszönes, Aufforderndes. So kam es mir zumindest vor. Ihre Ausstrahlung verlangte geradezu nach Projektionen. Sie war wie ein Kaleidoskop, in dem permanent die Bilder wechselten, sie setzte sich immer wieder neu zusammen, aber man schaute immer durch den gleichen Tunnel auf dieses Faszinosum aus bunten Steinchen, die sich in unendlichen Geometrien veränderten.

Der Bungalow war ein langer Schlauch, Klinkersteine, im Hintergrund, der sich für mich ins Unendliche zog, verlängerte, ein Holztisch, an dessen Ende sich ein Pater in seiner Kutte kauerte und mich aus leeren Augen anblickte, so schwach, als könnte sein Blick mich nicht erreichen, nicht die kurze Distanz überwinden, als wäre er wirklich in einer unsichtbaren Quarantänezelle und es gewohnt, hinter diesen Scheiben Schemen zu sehen, Stimmen zu hören.

Sybille Scher war gut gelaunt, bestimmt. »Gehen wir, nur zwei Häuser weiter, der Doktor wartet schon.« Ich folgte ihr, fragte mich, warum sie nichts fragte. »Silvester hat mir alles erzählt. Ich finde es, wenn es etwas zu finden gibt, keine Sorge.« Sie war nun immer einen Schritt voraus, als wäre ich gehemmt, als wäre ein Zögern in all meinen Bewegungen. Aber sie war die Expertin, sie war ja die Klarheit nach dem Nebel. Es war kalt. Ein kalter Januarmorgen in Niederbayern, Jagdszenen, dachte ich immer, wenn ich nach Niederbayern fuhr. Menschen, die auf Bänken vor den Höfen sitzen und auf die leere Straße starren, bis der nächste Halbstarke auf seinem Motorrad liegend vorbeirast, wo die Ortsschilder einem ein Wiedersehen in der Neuen Welt versprechen und die Männer mit Herzen aus zerbrochenem Glas am Tisch sitzen und die Worte wie Splitter ausspucken, nachdem sie eine Unendlichkeit ihre Innereien aufgeschlitzt haben, bis sie es auf die Zungen und über die Lippen schaffen, gerade noch so, denn die Hälfte der Worte wird sofort wieder verschluckt, zurückgepfiffen. Dieser dunkelste Teil Bayerns, dieser Wald in den Köpfen, dieses Rauschen, die Landschaft der bösen Märchen, Zwerge, dieser mythische Grund mit unterirdischen Flüssen und Goldströmen, die Glasbläserei, dieses Stollentreiben in die Finsternis, diese Schwärze, die sie nach oben fördern, die leeren Hände ohne Arbeit, das Bier und BMW, Öds und Ödnisse, der tiefe Himmel. Und diese Schönheit, die Raunächte, der Grimm, die Blaubeeren und Füchse, die Anhöhen und Hügel im Wind, im Schatten unter der weiten Krone des Baumes, unter denen wir lagen, Handke lesend über die Langsamkeit, die Versuche und so unsere ersten Annäherungsversuche unternahmen an das Glück auf dieser Insel fernab der anderen.

Wir waren in der Arztpraxis angekommen. Ich durfte mir den Arm für die Blutprobe aussuchen. Wie immer wählte ich den linken, zog das Hemd hoch, ballte die Faust und erwartete die Nadel, den kurzen Schmerz, wenn sie die Haut durchbrach und in die Vene glitt, bis das Blut in die Röhrchen schoss, dunkelrot. Dr. Andreas machte das selbst, keine Assistentin, wie ich es gewohnt war. Sybille schaute zu, als läge ich unter einem ihrer Mikroskope, als entdecke sie gerade das bislang unentdeckt Gebliebene. Ich fühlte mich wie ein Schmetterling, der aufgespießt ist, aber noch flattert. Warum waren sie zu zweit, warum war sie dabei und wartete nicht in ihrem Bungalow? Gab es schon etwas Auffälliges an mir? Vielleicht begleitete sie immer ihre Patienten, die Patres und Brüder, die der deutschen Wirklichkeit entwöhnt waren oder das erste Mal mit ihr in Berührung kamen, krank dieses Land betraten, das sie nur aus den Erzählungen kannten, aus dem Bilderbuch der Sehnsucht. Das Paradies, ein paar Flugstunden und Welten entfernt, in das sie Gezeichnete vom Tod wie Schatten fielen, die sich an die sonnigen Rücken der Glücklichen hängten und diese freundlichen Ärzte, die sie fürsorglich behandelten und beglückwünschten zu Sybille, die sie an der Hand nahm, eine größere Chance auf Gesundung und Ende der Ungewissheiten und Ängste gäbe es nicht.

Sie lachte. »War es schlimm?« Ich drückte das Pflaster in die Armbeuge und verneinte. »Einen Kaffee, Lust auf Frühstück, mein Mann hat bestimmt Brezen geholt?« Eigentlich wollte ich ablehnen, zurück auf die Autobahn, an irgendeiner Tankstelle halten, schlechten Kaffee trinken, ein lauwarmes Croissant dazu, rauchen und allein sein, zurück auf die Straßen, an die Zapfsäulen, den sich lichtenden Nebel schauen, irgendwo im Nirgendwo Luft holen, den Tag neu beginnen. Ich war manchmal so unerwartet klaustrophobisch, konnte Menschen um mich von einem Augenblick zum anderen nicht ertragen, so distanziert die Nähe auch war, ich überlegte oft schon beim Ankommen, wann ich wieder gehen könnte, als hätte ich den Raum nur betreten, um meine Anwesenheit zu bestätigen und die Gewissensschuld zu begleichen und dann sofort umzudrehen und zu vergessen und das nächste Defizit auszugleichen. Ich hätte ja den Besuch irgendeiner Vorlesung vortäuschen können, aber ich war neugierig. Wer war diese mysteriöse Frau, die

Silvester so wichtig, so lebenswichtig geworden war, die in jedem zweiten Satz auftaucht?

»Er vertraut mir blind«, blinzelte sie mir zu und reichte mir den Brotkorb. Wir waren allein, niemand war mehr im Esszimmer des Bungalows, keine Spur des Paters in Quarantäne. Die Kinder waren sicher in der Schule. Der Mann hatte das Frühstück gemacht, es war nur für eine Person gedeckt. »Ich war sogar in seinem Zimmer. Hinter der Klausur, ich habe einen Schlüssel«, erzählte sie nahezu triumphierend ihre Präsenz in dem für Frauen verbotenen Bereich, ihre Ausflüge in die Tabuzonen. Sie sprach von seiner Zelle, dem Arnulf Rainer über seinem Bett, den er mir auch gezeigt hatte. Er hatte mir einen Likör angeboten, weil ich so gut meine Lateinlektion gelernt hatte, denn er gab mir Nachhilfe in seinem Gästezimmer vor der Klausur. Und dann waren wir durch die hintere Tür in seine Zelle gegangen, aus deren breiten Fenstern er über das Moor blickte bis zu den Bergen im Föhn. »Ich bin ja seine Ärztin, ich habe immer Zutritt«, sie zeigte mir einen Schlüssel. »Ohne mich wäre er nicht mehr am Leben, noch Marmelade?«

Seit dem Abitur, seit ich dann mit Klara zusammen war, hatte ich den Kontakt zu ihm nie verloren, wir hatten uns seltener gesehen, meistens telefoniert, er hatte mir Briefe von seinen Reisen geschickt, Karten. Irgendwann sprach er dann in Andeutungen, Rätseln, er trank nichts. Und dann war sie Thema, er sprach ihren Namen aus, als bete er zu Gott, als müsste er ihn singen, als sei sie das Heil. Und sie war es für ihn, vertraute er mir an, sie hatte ihn behandelt. Warum hatte er mir nicht gesagt, dass er krank sei, sterbenskrank, dass sein Leben an einem Faden hänge, dass sie diesen Faden in der Hand halte? Klara hatte ihn nicht gemocht, er war ihr fast körperlich unangenehm, ihrer protestantischen Seele war er fremd, sie mied ihn wie der Teufel das Weihwasser, nein, er war ein Teufel für sie, den ich mit Weihwasser besprengte, sie wollte mich entfernen von ihm, dieses Katholische war ihr suspekt, er nützt euch aus, wiederholte sie. Sie war so vehement, fast eifersüchtig, wie sonst nur, wenn ich eine andere Frau ansah, aber ich sah keine anderen Frauen an. Und jetzt war ich fast eifersüchtig auf diese Ärztin, als hätte sie meinen Platz eingenommen, als hätte sie nicht nur die verschlossenen Türen geöffnet, sondern auch die Räume dahinter besetzt, die Herzwände neu ausgemalt mit der Schwarzmalerei ihrer Diagnose und danach mit der Goldfarbe der Heilung. Ich war so eng verbunden mit seinem Geist, aber sie hatte seinen Körper missioniert, ihn dem Tod entrissen. Sie war sein Engel. Sie ist ohne Geschlecht, hatte ich gedacht, aber zugleich so, als wäre sie nichts als Geschlecht, als schliefe sie mit dem Tod, um ihm jene zu entreißen, die er sich ausgesucht hatte, als könnte sie ihn immer wieder aufs Neue besiegen, betrügen, hinters Licht führen.

»Wie geht es eigentlich Ihrer Mutter«, wollte sie von mir wissen, und ich verschluckte mich fast. »Sie hätte auf meinen Rat hören sollen, das Risiko ist hoch, sehr hoch.« Sie war mit ihr auf Anraten von Silvester bei einem Facharzt gewesen. Sie hatte nichts erzählt, nur angedeutet, sie schlössen nicht aus, es könnte Krebs sein, man solle sofort operieren, es sei höchste Zeit. Aber sie wollte nicht, wollte nicht ihren Arzt hintergehen, wollte nichts wissen. Sybille war ihr zu hart, zu fordernd. Mutter wollte mit Recht umsorgt werden, geachtet, nicht ermahnt oder aufgefordert. Es war ihr alles zu schnell gegangen. Sie hatte sich schon auf dem OP-Tisch unter den Skalpellen gesehen, Sybille hinter der Maske mit Sezierblick in ihr Innerstes blickend und die Metastasen entdeckend. Nein, sie glaubte lieber ihrem alten Arzt, der nichts gefunden hatte. Was sie nicht wusste, machte sie nicht krank. Was sie wusste, machte sie krank. Sybille ließ nicht locker, aber meine Mutter schaltete auf stur, trotz Silvester, trotz seiner Abt-Autorität, trotz der Unfehlbarkeit der katholischen Kirche hatte sie keine Lust, sich länger untersuchen zu lassen. Sybille fragte weiter nach. Als wollte sie mir Angst machen, meine Sorge um meine Mutter anfachen, sie appellierte an meine Verantwortung, indirekt. Sie wollte wissen, wie es der Firma gehe, ob ich sie übernehmen werde, ich sei doch ein Künstler, hätte Silvester erzählt, wie das denn zusammenginge? Ob mich das belaste? Ob ich darüber sprechen möchte? Ich wollte nicht über die Firma reden, nicht über meine Zukunft. Was war an dieser Frau so anders, fragte ich mich, was war ihr Geheimnis, was war so anziehend an ihr, dass sie alles an sich ziehen konnte, dass sie alles vereinnahmen konnte? Sie gab sich mir gegenüber, als kennten wir uns seit langem, sprach so vertraut über Silvester mit mir, als würden wir ein Wissen teilen. Aber ich war nicht mehr in Silvesters Welt, ich hatte eine neue Welt entdeckt, und jetzt tat sie so, als hätte ich die alte nie verlassen, als hinge auch ich an unsichtbaren Fäden oder im Netz.

»Wir könnten doch einmal zu dritt Essen gehen, hätten Sie Lust? Ich würde auch einmal gerne etwas von Ihnen lesen, habe ja schon bei Silvester einen Blick darauf geworfen. Aber jetzt muss ich los, Sie können gerne noch in Ruhe weiterfrühstücken, fühlen Sie sich wie zu Hause. Ja, und wegen des Ergebnisses rufe ich dann an, sobald ich es analysiert habe. Ihre Nummer hat ja Silvester. Wir sehen uns!« Noch ehe ich reagieren konnte, war sie aus der Tür und ich allein in diesem Raum und in der unvermittelten Stille. Ich bekam Angst, wusste nicht warum, der Nebel war verschwunden, die Sonne stach durch das Flügelfenster, sie war so hell, als wäre es nicht Januar. Und dennoch fror ich. Zwei Stunden vor Sonnenaufgang waren die ersten Cruise Missiles in Bagdad eingeschlagen. Auch jetzt würden sie durch die Luft jagen, den Himmel durchkreuzen, unzählige. Sie suchten die verborgenen Arsenale. Was war in mir verborgen? Was konnte sie finden? Konnte sie etwas finden? Ich überlegte, ob ich den Tisch aufräumen sollte. Ich ließ alles stehen und zog die Tür hinter mir ins Schloss, lief zum Auto, startete, schaltete das Radio an. Kohl wurde zum Kanzler gewählt. Blühende Landschaften. Israel befürchtete, Scud-Raketen könnten Tel Aviv erreichen. Giftgas. Ich öffnete das Schiebedach. Ein Stück Himmel. Atmen. Luftholen. So ein Unsinn, wozu die Panik. Ich bin völlig gesund. Ich muss mein Leben ändern, das ist alles. Sie wird nichts finden. Ich wechselte den Sender. ICE-T, OG Original Gangster.

2

Am nächsten Tag waren die irakischen Scud-Raketen in Tel Aviv und Haifa eingeschlagen, die Sprengköpfe waren konventionell bestückt. Die Kinder in den Bunkern trugen Sauerstoffmasken und sahen aus, als hätten sie sich Plastiktüten über den Kopf gezogen und drohten bei ihrem Spiel zu ersticken, während schwarze Ameisengesichter mit Schraubverschlussnasen sie auf die Schenkel zerrten und versuchten, sie zu küssen, bis sie merkten, dass es unmöglich war. Der amerikanische Raketenregen über Bagdad hielt an, die ganze Welt saß an dem gleichen Videospiel und drückte imaginäre Knöpfe, feuerte auf Teufel komm raus, aber der Teufel gab sein Versteck nicht preis, keine Massenvernichtungswaffen wurden gefunden. Ich wartete auf den Befund, wie lange würde es dauern, sicher eine Woche. Warum sich verrückt machen, was sollte ich mir denn im Jemen geholt haben außer fast den Tod? Und jetzt schloss sich der Jemen nicht der Koalition an. Wo war Achmed, er antwortete seit Tagen nicht, ich kam nicht durch nach Sanaa, vielleicht war er zurück nach Ostberlin. All seine Freunde und Verwandten arbeiteten im schwarzen Paradies der weißen Scheichs; die Saudis würden sie durch die Wüste zurückschicken. Ich hatte Angst, Sanaa würde auch angegriffen, die Sandhochhäuser würden in sich zusammenstürzen, der Garten Eden verbrennen am Phosphorbombenhagel und sie würden mit ihren Kalaschnikows in den leeren Himmel auf den unsichtbaren Feind feuern, die Krummsäbel in die Wolken tauchen und Quat kauend den nächsten Morgen vergessen vor dem Abend. Draußen war es kalt, unter null, der ganze Januar war knöchern kalt, die Lendenwirbel froststeif, jede Bewegung ein Haarriss im Eis und ein Lauffeuer der Brüche, dieser Lärm unter der Haut, hinter den Schläfen.

Ich hatte mir beim Hallenfußball den Knöchel gestaucht, gegen die Bande geknallt. Jetzt lag ich auf der Gründerzeitcouch mit ihrem blauen Samt, gegen den ich allergisch war, das Bein über der geschnitzten Holzlehne mit den Löwenmäulern, den Fuß eingepackt in ein Küchentuch voller Eiswürfel, und hatte einen Grund, nicht auf die Straßen zu gehen, zu den Demonstrationen. War ich gegen den Krieg? Ich war gegen Saddam, gegen mein geliebtes Amerika. Das Videospiel lief auf allen Programmen, doch keiner fand die Reset-Taste, als die ersten Runden verloren, alle Ziele getroffen waren. Tilt, deleated, kill, destroy, schallte es aus den Boxen. Babylons Turm taumelte unter dem Stimmengewirr und -geschwirr der Bomben und fiel, die Stimmbänder rissen, hingen aus den Gesichtern, alle liefen sie grün an im Fadenkreuz, im fadenscheinigen Kreuzzug der Krieger für ein freies Kuwait. Ich saß vor dem Bildschirm, eigentlich hätte ich in die Universität gehen müssen. Aber ich wollte nicht. Ich wollte schreiben, endlich Schriftsteller werden, sein, nicht länger als blinder Passagier durch meinen Lebenslauf treiben. Ich musste mit dem Versteckspiel aufhören, der Jurastudent zu sein, der Jura studiert, um die Firma seiner Eltern zu übernehmen, während er den ganzen Tag nichts als schreibt, statt die Vorlesungen zu besuchen, apokalytisch-autoaggressive Texte hämmert, die Welt anschreit, als würde die Welt ihm ein Mikro vor die Lippen halten und er hätte eine Gitarre in den Hüften hängen, müsste endlich aufhören, den braven Sohn mit den homöopathischen Dosen Rebellion zu spielen. Schon in der Schulzeit hatte ich mir auf den Rücken der Jeansjacke von meiner Mutter die Totenköpfe nähen lassen und ging mit ordentlichem van-Laak-Hemd darunter und darüber mit Daunenanorak in den Lateinunterricht und ließ mich wie die Verben beugen, die ich nicht konjugieren konnte. Die Entscheidung musste fallen: Gegen das Unternehmen, für die Literatur. Aber war mein Schreiben das wert, welches Schreiben war das wert, welches Leben? Aber musste ich sie alle verraten, meine Eltern, die Arbeiter, die Firma, meine Vorfahren, die sie aufgebaut hatten? Meine Großmutter, alleine nach dem Krieg, was würde sie sagen, wenn ich das Tor schloss, die Biografien und mein Buch aufschlug mit kryptischen Versen, hermetischen Blöcken, Isolationszellen, Wut in Würfeln, Kaderkassiber, rote Sonnen, Stacheldrahtzeilen und Hölderlin, Kleist, Büchner, »Der hessische Landbote«. Ich hatte mich nicht getraut, hatte gedacht, sie verstünden es von selbst. Und meine Mutter hatte es verstanden, als ich das Stipendium bekam, den Preis, als sie die Laudatio hörte und zu heulen begann, nicht aus Rührung, aus verzweifelter Empörung, dass sie mich Schriftsteller nannten und nicht Jurist, mein großer Moment, erkannt, endlich erkannt, ich darf es, es ist gerechtfertigt, der Stolz, die Verse gelesen, den Waschmaschinentext mit kreisendem Kopf, und dann wusch sie mir den Kopf mit ihren Tränen. Und ich fühlte mich schuldig statt frei, ertappt. Ich war so naiv gewesen zu hoffen, sie verstünden es als höhere Gewalt, aber ich hatte mich getäuscht, zog mich zurück, studierte weiter und erfand Märchen, schrieb Klausuren, als würde es um Sprache gehen und nicht um Recht, als würde es um das Unrecht gehen, das mir angetan wurde, das ich mir selbst antat, das zu schreiben, meiner Sprache die Gelenke und Kniescheiben zu brechen für diese Substantive und Satzungetüme, für diese Sprache hinter der Sprache, die zwei Sprachen, die ich nicht verstanden und bei deren Übersetzung in und aus meinem Schädel ich mich immer mehr verirrte. Nur die Fälle, die Schicksale, die Gerichtsmedizin, der Leichengestank, die Einschusslöcher, aufgeschlitzten Bäuche, unzähligen Arten des Tötens und des Sterbens waren schön. Weil ich die anderen Vorlesungen nicht aushielt, ging ich zu den Germanisten und verstand plötzlich und fühlte mich verstanden und gab zu verstehen, dass ich schrieb. Und sie betrachteten es nicht als Krankheit, Abweichung, genetischen Fehler.

»Von wem hast du das nur?«, hatte meine Mutter in ihrer Verzweiflung geklagt und nie zuvor und danach so hart geklungen. »Ich glaube, sie haben dich im Brutkasten verwechselt«, hatte David einmal gesagt. Ich war ein Siebenmonatskind, ich musste das selbst zu Ende bringen, mir fehlen mein Leben lang zwei Monate, acht Wochen, wo sind sie? Wo ist die Höhle? Wer schützt mich? So wartete ich, dass die Zeit verging, dass das Rohöl ins Meer floss und der Ölteppich sich ausbreitete, die Meerwasserentsalzungsanlage ruinierte, sich immer weiter ausbreitete. Ich konnte die Vorhänge nicht mehr sehen, nicht diese Möbel, die mir ein anderes Leben vorschrieben, ich quälte mich hoch, riss sie herunter, wie ich es immer tat, wenn meine Mutter gegangen war. Und dann hatte ich wieder alles hergestellt, zurückgeräumt, aufgehängt, glattgestrichen, aus den Schubladen geholt, der Kammer, wenn sie mir Gutes tun wollte und nicht sah, wie es mir dabei ging, weil ich sah, wie schlecht es ihr dabei ging, und ich mich verantwortlich fühlte, dass es ihr gut ging, nicht mir. Das Leiden gehört doch zum Dichter.

So verging die Woche, die Bundesregierung sendete Hawk- und Roland-Luftabwehrraketen, und ich schob das Gulasch von zu Hause in die Mikrowelle. Der Giftspürpanzer Fuchs wird nach Israel geliefert. Und immer noch keine Nachricht von Achmed. Klara meint, wir sollten auf die Demo gegen den Krieg. Dann humpel ich eben. Und ich war doch gegen diesen Irrsinn. Aber sie hatten Israel angegriffen. Wie konnte ich dann zur Demo? Hatten sie damit nicht auch uns angegriffen? Diese Friedensantisemiten widerten mich an, diese Feldzugfanatiker, diese Fernsehbilder widerten mich an, ich widerte mich an, diese Wiedervereinigung widerte mich an, die abgeblühten Landschaften, es kam zusammen, was zusammengehört. Es gehörte alles zusammen.

Sie hatte immer noch nicht angerufen, was konnte so schwer sein, sie fand nichts, sie suchte, sie wollte etwas finden, aber sie konnte nichts finden, sie ist unter Druck, er hat sie doch empfohlen, die Supervirologin, und sie fand den Virus in mir nicht, der mich zerfetzt, aber ich kenn ihn, sie muss mich nur anrufen, ich kann es ihr sagen, aber sie ruft nicht an. Würde sie denn anrufen und sagen: »Sie sind gesund, völlig gesund, Glückwunsch, sorgen Sie sich nicht.« Nein, sie würde zumindest sagen, ich hätte etwas gehabt. Sie ist doch Silvesters Darling, sie darf ihn nicht enttäuschen, sich nicht von meiner Gesundheit geschlagen geben. Warum ging mir das nicht aus dem Kopf? In Lateinamerika brach die Cholera aus, die Epidemie springt von Mensch zu Mensch, wer heute noch mit dem Leben davonkommt, den haucht morgen der Tod an, während die Amerikaner ihre große Mauer an der Grenze zu Mexiko hochziehen und Selbstschussanlagen installieren, here he comes, John Wayne, und knallt verdurstende Wirtschaftsflüchtlinge ab, die, wenn sie durchkommen, den Wohlstandspopos den Arsch abwischen oder die dreckige Wäsche durch den Wolf ziehen. Die Flüsse in Ecuador sind verschmutzt, das verseuchte Wasser schießt durch die Leitungsrohre, die

Hitze brennt auf der Haut, die Ölfelder brennen weiter, die Benzinpreise steigen, unschuldige Zivilisten sterben für den Frieden, Jesus liebt auch dich. Ein Sauerstoff-Laufstall, Kinderaugen hinter dem Plastik, die Familie in Gasmasken. Ich komme nicht vom Fernsehen weg. Warum habe ich immer diesen Weltverbesserungszorn? Kommando Klosterschüler. Woher kommt die Wut in mir? Weil ich alles habe? Weil ich meine Gitarre an den Nagel gehängt habe und mich nicht selbst dazu? Manchmal fühle ich mich wie eine einzige Sollbruchstelle, als würden sich die Träume schließen wie die Reißverschlüsse der Bodybags, die nachts in den Maschinen über Deutschland fliegen. Ich geh zur Demo, nahm ich mir vor, schrei mir die Lunge aus dem Leib, was schreie ich, deutscher Meister wird nur der FCB, was weiß ich. Wann ruft sie endlich an, oder sollte ich anrufen? Haben ihre Ergebnisse bestätigt, dass ich gesund bin, völlig gesund, etwas depressiv, aber das sieht man sicher nicht im Blutbild, schwarze Blutkörperchen, die alles auffressen, die weißen, die roten, surfen durch die Adern und spielen Bungeejumping in meinem Kopf, springen von der Oberfläche meiner Wünsche, von der Stirn, die ich allen zeige, in die Tiefe und jagen an dem Gummiband zurück und knallen durch meine Pupillen. Ich schau mich wund an der Wirklichkeit. Alles ist krank, die Welt, die Freunde, die Träume. Nur Blutbilder diese Tage.

Und dann hatte endlich das Telefon geläutet. »Scher«, sie hatte sich mit ihrem Nachnamen gemeldet, knapp, trocken, fast militärisch, als müsste ich sofort bereit sein, ihre Befehle anzunehmen, und meine sofortige Willenlosigkeit demonstrieren, sie hat diese hypnotische Strenge, ohne dabei hart zu wirken, als würde ihr zu gehorchen Lust verschaffen, ein Vergnügen, sich zu ihr führen zu lassen, als wäre jeder Druck bewusst dosiert. Ihr Tonfall war wie ein unscharfes Messer, auf dessen Schneideblatt die Sonne blendend blitzt. »Kann ich die Nummer Ihrer Eltern haben?«, insistierte sie, als hätte ich zuvor widersprochen. Ich hatte noch gar nichts erwidert, nicht mal eine Frage gestellt, kein Warum.

»Haben Sie schon die Ergebnisse?«, stammelte ich, eingeschüchtert, das Tuch mit den Eiswürfeln über meinem Knöchel balancierend. »Später, geben Sie mir bitte die Telefonnummer Ihrer Eltern. Sie hören dann von mir.« Es konnte sich ja um etwas anderes drehen, beruhigte ich mich, ich war gar nicht beunruhigt, als ich aufgelegt und ihr die Nummer durchgegeben hatte, widerspruchslos. Gerade noch wollte ich gegen den Krieg rebellieren, und dann bekam ich kein Wort raus, warum schon wieder meine Eltern gefragt waren, wenn es um mich ging. Es ging um mich. Warum sollte sie mich sonst um die Nummer meiner Eltern bitten, sie konnte doch Silvester fragen. Warum hatte sie nicht Silvester gefragt, wenn es um etwas anderes ging. Aber sie hätte auch ihn fragen können, wenn es um mich ging. Aber er war ja verreist, oder? Warum wusste ich nicht mehr, wo er war, wohin er reiste, welchen Gefahren er sich aussetzte in China, Korea, in welchem Choleragebiet er kranken Kindern durchs Haar fuhr, Gebete sprach, Fürbitten gegen die Sammelwut des Todes. Und warum rief sie jetzt verdammt noch mal nicht gleich zurück, das hatte sie doch versprochen, bildete ich mir ein. Ich kam mir wie ein Idiot vor, als wäre ich in Kafkas Tagebuch beim Seitenumblättern gefallen, ich las immer Kafka, wenn es mir schlecht ging.

Ging es mir schlecht? Ich konnte nicht Fußball spielen, also ging es mir schlecht. Dabei hatte ich gerade erst wieder begonnen, nach meinem pseudointellektuellen Hochmut kam der Fall, ich trat ins Loch, fiel im Strafraum, stand wieder auf. Ja, das war es. Aber dann die Halle, Hallenfußball statt draußen im Schnee, den Atem vor den Lippen. Ich hatte mir den Fußball verboten, mir alles verboten, was meine literarische Bestimmung verstimmen könnte, ablenken, Kräfte absorbieren, alles, was die Reinheit der Kunst gefährdete, das Ritual der Künstlerwerdung. So hatte ich mir auch das Physikabitur versaut, denn Physik war der Feind in meinem Kopf, Fußball war der Feind, Biologie war der Feind, Religion war der Feind, alles war der Feind gewesen, das nicht Literatur war oder mit ihr befreundet, alles, was mein Keuschheitsgelübde gebrochen hätte, was hinter die Klausur meines Geistesordens eingedrungen wäre. Ich hatte nicht verstanden, dass alles zu Literatur werden konnte, und gedacht, alles sei nichts, das nicht Literatur sei. Dass ich alles zu ihr machen konnte, der Gedanke kam mir erst, als Deutschland Fußballweltmeister wurde und alles zurückkam, was ich verdrängt hatte, stillgestellt in der Asservatenkammer meiner Erinnerung, der alte Fanatismus schlug wieder durch.

Sollte ich jetzt einfach hier auf der Couch warten, bis sie nochmals anrief? Sollte ich meine Eltern anrufen und fragen, was sie gewollt hatte? Dann würde meine Mutter sicher wissen wollen, wann ich zu ihnen käme und wie das Studium liefe. Und wenn sie zu mir kämen? Mit dem verstauchten Knöchel konnte ich unmöglich die Vorhänge wieder aufhängen. Ich müsste Klara anrufen, damit sie mir hilft, müsste mich wieder vor ihr in Grund und Teppichboden schämen ob meiner subventionierten geistigen Unabhängigkeit, meines Armani-alimentierten Pop-Protestes. Rage against the machine, das war es, endlich eine Musik wie für mich geschrieben, wie ich sie hätte schreiben wollen, Maschinenstürmer, O Mensch, happiness is a warm gun. Ich drehte voll auf, bis es lauter war als meine wehleidigen Stichschreie, wenn ich auftrat, ich kämpfte gegen die eigene heiße Luft, wand mich im Kampf gegen die Bürgertumsmühlen, war gegen jeden Rat resistent, der mich rauskatapultierte aus den Teufelskreisen meines Himmels auf Erden. Ich hatte keine Lust mehr, weiter das Telefon angstgebannt anzustarren. Einen Kaffee machen, Milch schäumen, was schreiben oder staubsaugen, wenn die Angst auch vor dem Schreiben zu groß war. Schreiben. Was sollte ich schreiben? Wann würde ich endlich einen Roman schreiben? Ich hatte ja schon begonnen mit diesen Selbstmordskizzen und Scherbensätzen, quer über die Pulsader geschrieben. Warum hatte ich nicht den Mut zu einem offenen Schlag? Wovor hatte ich Angst? Ich bräuchte eine Schiene für den Knöchel, wenn ich nicht mit Krücken rumlaufen wollte. Ich sah meine ganze Wohnung voller Krücken, an jedem Ding hing eine Krücke, ein Parkettboden aus Krücken, Fensterkreuze aus Krücken, ein Krückenkruzifix über meinem Bett, das Balkongitter aus Krücken, Bilder, an Krücken aufgehängt, ein Schreibtisch auf Krücken, Matratzen auf einem Lattenrost aus Krücken federten meinen Rücken, von dem sich jeder eine Scheibe sichern wollte. »Warum bist du nur immer so melancholisch und schwermütig«, hatte mich meine Mutter gefragt und mir die Pralinen auf das Spitzendeckchen gestellt, »warum machst du dir alles so schwer, du musst dich doch um nichts kümmern, ich mache doch alles für dich.«

»Mutter, ich ...«, und wieder war mir die Zunge von Süße verklebt und die Wahrheit erstickt, brüllte ich in Gedanken und gab in Worten nach, zog mir ein schlechtes Gewissen an, präventiv für das, was ich ihr antun würde, wenn ich endlich sein und tun würde, was ich sein wollte, frei. Vielleicht war ich depressiv, vielleicht schaffte ich es deshalb nicht. Vielleicht sollte ich eine Therapie machen. Aber könnte ich dann noch schreiben, würden sie mir nicht die Gedanken ordnen, die nur im Chaos Kunst ergaben, wovon ich überzeugt war? Jede Vernunftwerdung war das Unvernünftigste, das mir passieren konnte, hatte ich mir eingeschwärzt. Wenn jemand das Licht anschaltete in meinem Dunkel, was würde er sehen? Er würde all das sehen, was ich übersehen wollte und übersehen hatte, täglich übersah, worüber ich hinwegsah, weil ja nur zählte, was ich in Sätzen sah, nur die Augenblicke hinter den Buchstabenlidern galten als Leben. Mir war schlecht, ich vertrug das Mikrowellenessen nicht mehr, mich ekelte vor den Tupperboxen, fühlte mich verstrahlt, aufgewärmt, die Galle gebläht mit Götterspeise. Letzten Winter hatte ich mich fast nur von Stollen ernährt, dreiundzwanzig waren es gewesen. Nervennahrung, hatte meine Großmutter gesagt, und schon der Kinderarzt meinte: Geben Sie ihm Schokolade, aber nur gute Schokolade.

Endlich hatte ich die Küche erreicht, den Kaffee aus dem Kühlschrank geholt, das Pulver in den Filter gelöffelt und den roten Knopf der Kaffeemaschine gedrückt, als es Sturm läutete an der Wohnungstür. Ehe ich öffnen konnte, standen meine Eltern in der Tür, tränenüberströmt. Meine Mutter drückte mich an sich, schluchzend, sackte beinahe in die Knie, ich hielt sie, aber sie wollte mich halten. Sie brachte kein Wort heraus, und mein Vater wusste nicht wohin mit seinen Händen, beherrschte sich, rang um Fassung und sah dabei wie ein Häufchen Elend aus.

»Was ist los?«, fragte ich meine Mutter, »was ist denn passiert?«

»Ich weiche hier nicht mehr vom Fleck, ich lass dich nicht allein, ich bleibe hier«, presste sie ihre Hilflosigkeit aus der Brust, eine Löwenmutter vor dem nahenden Hurrikan.

»Sag endlich, was passiert ist!«

»Mein Kind«, schluchzte sie.

»Professor Scher«, versuchte mein Vater anzusetzen. »Sie sagt, du stirbst«, unterbrach ihn meine Mutter, »du stirbst, du bist todkrank, du hast nur noch ein halbes ...« Sie stockte, zitterte, bebte am ganzen Körper, klammerte sich an mich, warf sich nach jedem Versuch, zu atmen, immer noch verzweifelter an meine Brust, als müsste sie sich in einen tödlichen Schuss werfen, um mich zu retten.

»Ich soll sterben?« Wir standen im Flur, und ich hörte plötzlich nur noch das Röcheln der Kaffeemaschine, wenn das letzte Wasser durch den Filter läuft. »Setzt euch, ich habe Kaffee gemacht, ich habe auch noch Stollen«, sagte ich wie ferngesteuert. Doch meine Mutter gab mich nicht frei, als wäre hinter der Schwelle zur Küchenzeile ein Abgrund, in den ich fallen würde und am Boden zerschellen, als wären wir in einem unsichtbaren Minenfeld und ich würde nur überleben, wenn sie mich umklammert hielt. Ich riss mich los, es fühlte sich an, als risse ich ihr das Herz aus der Brust. »Papa, Kaffee?« »Ja«, antwortete mein Vater wie befreit und führte Mutter ins Wohnzimmer auf die Couch, wo sie in die tiefen Kissen sank. Ich stellte das Tablett auf den Tisch. »Ich bin völlig gesund«, versuchte ich zu beruhigen. Es klang, als fragte ich, ob sie Zucker wollten, obwohl ich wusste, dass sie den Kaffee nie mit Zucker tranken. Erst jetzt merkte ich, dass der Schmerz im Knöchel sich zurückkämpfte, der ganze Schock hatte sich auf meinen Knöchel gestürzt, ihn betäubt, und jetzt ließ die Betäubung nach, und ich schrie auf, unkontrolliert, schmerzverzerrt. Meine Eltern schreckten hoch, als wäre es bereits so weit, als setzten die ersten Todeswehen ein. »Ich habe mir den Knöchel verstaucht, das ist alles, den Knöchel, nicht mehr.«

»Du sollst das Fußballspielen aufhören, wenn du dich dauernd verletzt. Und dann kannst du nicht zur Vorlesung. Warum bist du denn nicht in der Uni? Hast du keine Krücke?« Als hätte sie plötzlich alles vergessen, stand meine Mutter auf und inspizierte die korrekte Hängung der Vorhänge. Ich fürchtete, sie könnte entdecken, dass ich sie abgenommen hatte, dass ich einen der goldenen Vorhangringe vergessen hatte. Ich musste sie da wegbekommen. »Professor Scher«, fing mein Vater an, doch Mutter, die, nachdem er den Namen ausgesprochen hatte, sofort wieder in sich zurückgefallen, zusammengesunken war und mich zu halten suchte, hilflos ins Leere griff, schnitt ihm das Wort ab: »Sie hat angerufen, sie hätte dein Blut untersucht und hätte es gefunden. Ich war immer dagegen, dass du in den Jemen fährst, ich hab's gewusst.« Mein Vater wollte einstimmen, ihr beipflichten, ich ahnte es.

»Was hat sie gefunden? Was hat sie denn gefunden? Sie hat doch auch gesagt, dass Mutter Krebs hat. Erzähl endlich!«

»Ruf Klara an, sie muss kommen«, befahl Mutter, »mit dir kann man nicht reden. Immer schreist du gleich.«

»Jetzt sag schon!« Ich wurde nervös, um meine Augen kroch ein pelziges Gefühl, breitete sich rasnd aus.

»Sie sagt, du hast nur noch ein halbes Jahr zu leben. Du kannst nur überleben, wenn du zu ihr in Quarantäne gehst, und dann nach Amerika.« »Nach Atlanta«, warf mein Vater ein.

»Weil es dort Medikamente gibt«, fuhr sie fort, »die dich retten können.«

»Aber sie sind noch nicht zugelassen«, ergänzte Vater.

»Sie sind in der Forschung. Nur sie kann dich retten. Vielleicht.«

»Klara kommt gleich«, antwortete ich ihr, »wir waren verabredet, wir wollten zur Demo.«

»Was für eine Demo?«, fragte Mutter entsetzt.

»Gegen den Krieg.«

»Das kannst du deiner Mutter nicht antun«, begann mein Vater. »Die Mauer ist gefallen, du kannst doch jetzt kein Linker sein«, ermahnte mich Mutter. »Die Leute im Dorf sagen, du bist ein Kommunist, stell dir das vor. Dass du bei einem Autounfall ums Leben gekommen bist, dass du entführt wurdest. Kennst du noch unser Losungswort? Wauwaukissi, du weißt doch, dein Kissen, dein Wauwaukissi, wir mussten es überallhin mitnehmen, und als du auf dem Schiff ...«

»Vater, habt ihr Silvester angerufen? Weiß Silvester, was sie gesagt hat?« Ich wartete nicht auf die Antwort, es hatte geläutet, und ich öffnete die Tür. Es war Klara. »Sie hat gesagt, dass ich sterben muss«, empfing ich sie, »ein halbes Jahr noch. Meine Eltern sind da.« Klara war fassungslos gefasst, sie umarmte mich, ihr Körper schob die Sätze, die Diagnose weg, sie streifte sie wie den Mantel ab, tauchte wie eine Rettungsschwimmerin in die Tränenwellen meiner Mutter, gab Vater die Hand und war in dem Weltuntergang eine Welt für sich, in der die Lichter brannten, die Erde nicht bebte und aufplatzte wie eine unverheilte Wunde. »Du musst eine zweite Untersuchung machen. Du fährst nicht zu dieser Frau zurück«, entschied sie, stand im Raum und sagte, was zu machen war, als gelte es, einen Tatort von Spuren zu säubern und nichts preiszugeben.

»Wir müssen eine zweite Meinung haben, du bist gesund, das kann nicht stimmen. Diese Frau kommt doch vom Abt. Warum sagt sie das nicht dir am Telefon? Es geht doch um dich«, fragte sie mich. »Warum sagt sie es nicht dir? Kennt ihr denn keinen Arzt?«

Meine Eltern und ich waren wie vor den Kopf gestoßen, aus unserem Abzählreim der Leidenslitaneien, dem Spiel, immer das Schlimmste als das Bestmögliche zu sehen, weil es uns Halt gab in der Haltlosigkeit.

»Christoph«, antwortete ich, »Christoph studiert Medizin.«

»Ich rufe ihn an, er kennt sicher Ärzte.«

»Wir müssen jetzt ganz ruhig bleiben«, Klara versuchte sich weiter als Troubleshooterin, unsere Wehgesänge und Klagechoräle verstummten, für einen Augenblick war es vollkommen still, als wäre der Tod anwesend, eine Möglichkeit, an die wir nicht glauben mochten und zu glauben gezwungen waren, seit er ausgesprochen war.

»Ich gehe nicht«, unterbrach Mutter die Stille, »ich übernachte hier, ich lass mein einziges Kind nicht allein.«

»Ich bin gesund«, herrschte ich sie an, mich selbst ermahnend, »ich bin gesund. Es kann nicht wahr sein. Ich will nicht, dass du hier bleibst. Keiner muss den Notarzt rufen. Ihr fahrt nach Hause. Morgen gehe ich zu einem Arzt, ins Tropeninstitut, was weiß ich wohin. Ich werde Christoph fragen. Sicher ist alles ein Missverständnis, eine Fehldiagnose.«

»Musst du nicht in der Uni Bescheid sagen«, wollte meine Mutter wissen, »wenn du ein halbes Jahr fehlst?«

3

Ich stand am Fenster, Wolkenbänder lagen wie Mullbinden auf dem Himmel, Sonneneiter floss an ihren Rändern ins Grau. Die Häuser gegenüber waren zu hoch, die Straße zu eng, die Wohnung zu tief, und ich presste die Stirn an die Scheibe, suchte die kurze Kälte, das Aufschrecken. Klara war zu ihrem Seminar gegangen, ich wollte, dass alles so sein sollte wie immer, als ob ich diese Diagnose geträumt hätte, ein Schrei im Schlaf, ein durchgeschwitztes Laken, Klaras Hand auf meiner Brust: Du hast geträumt.

Ich hatte Angst gehabt, wir benötigten einen Notarzt für meine Mutter, als ich sagte, ich wolle nicht, dass sie bei mir übernachtet und an meinem Bett wacht, wie sie es tat, wenn ich als Kind krank war und sie mir die Brust mit Salbe einschmierte, diese dicke graue Salbe auf ihrem Finger, dieser scharfe, beißende Geruch, den ich meine ganze Kindheit nicht losbekam, dreh dich um, jetzt der Rücken, die Hitze, die in den Körper schoss und sich wie ein Feuer ausbreitete.

Immer war ich krank gewesen, Bronchitis, wenn es feucht wurde, wenn der erste Schnee fiel, wenn ich barfuß lief, wenn ich die Strumpfhosen nicht anziehen wollte, wenn ich mich ansteckte. Ich war oft krank, aber nicht kränklich, ich hatte Fußball gespielt, bei Regen, bei Eis, die Füße festgefroren in den Schuhen, mit laufender Nase, flog ich im Tor durch die Luft, wenn die Bälle auf mich zuschossen und meine kleinen Hände in den zu großen Handschuhen sie zu fangen suchten oder die Fäuste ballten.

Wenn die anderen Schwimmunterricht hatten, zog ich mich mit um, aber saß am Ende des Beckens auf der

Bank und sah zu, wie sie mir entgegenkraulten, und ich träumte mich, delphinschwimmend oder mich in Schmetterling übend, mit kreisenden Armen die Wellen brechend, bis der schrille Pfiff des Lehrers mich zurückriss, zurück zu den nach altem Schweiß stinkenden Spinden, zu dem Spott der anderen über die dunkelblauen Strumpfhosen und das Angora-Unterhemd. Immer war mir zu heiß. Und wenn ich den Pulli auszog, die Jacke offen ließ, wurde ich krank. Oma, Mutter, ich, einer war immer krank, Zucker, Schilddrüse, Berge von Schachteln, Tabletten, die ich aus der Verpackung drücken durfte und zählen, Tabletten, die sich im Wasser auflösten, zweifarbige Pillen, kleine, breite, solche, die man in der Mitte brach, runde, eckige, süße, bittere, und neben meinem Frühstücksteller Vitamintabletten oder der rosa Antibiotikasaft und die blaue Tube mit der Orange drauf, die gelbe, gallertartige Paste, die ich mir in den Mund drückte.

Krankheit war ganz selbstverständlich gewesen, eine Sprache, die ich mit der Geburt lernte, die Geheimsprache unserer Familie. Und jetzt sollte ich todkrank sein, unheilbar krank? Und keine Salbe konnte helfen, keine reibenden Mutterhände, kein Hagebuttentee, keine Spritzen? Nein, sie hatte ja gesagt, es gebe Medikamente, noch unerprobte, noch nicht zugelassene, amerikanische Präparate, Testreihen, Probanden, Atlanta, Wunderpillen; es wäre ein Wunder, wenn ich überlebe, aber ich glaube doch an Wunder. Konnte nicht Silvester für ein Wunder beten? Wo war er eigentlich, warum war er nicht gekommen? Wusste er es? Er hatte mir vom heiligen Benedikt erzählt, der im Stehen gestorben war. Benedikt war am Fenster gestanden, die Hände zum Himmel erhoben. Er war gestanden, weil er wachsam war, weil er die ganze Nacht über wachsam war und zu

Gott betete, weil er ein immerwährendes Gebet war, weil er nicht in die Knie gegangen war, weil er sich nicht ausgestreckt hatte, nicht weggeduckt, weil er nicht in sich zusammengefallen war, sich verkrochen hatte und gefleht, um das Leben, kein Jammern, lass mich nicht sterben, ich will nicht sterben, er war standhaft geblieben, ein Mönch, ein Stehender, weil er den Tod in sich bereits überwunden hatte, weil er im Tod seine Vollendung finden würde, stante mente, mit stehendem Geist.

Vielleicht musste ich in mir sterben, um weiterleben zu können, vielleicht musste ich mich umbringen, zumindest der Angst die Luft abschnüren, sie in der Badewanne unter den Schaum drücken, sie auf die Schienen der U-Bahn legen, die ich jede Nacht tief unter meinem Bett hörte, wenn ich keinen Schlaf fand. Vielleicht musste ich akzeptieren, todkrank zu sein, den Tod annehmen, wie einen überraschenden, unerwarteten Gast, der umso länger bleibt, je früher man ihn fortwünscht, der sich einrichtet, gegen den man nichts ausrichten kann. Einen Tod würde ich sterben, selbst wenn die Medikamente wirken würden, wenn ein anderes Leben einem anderen Adler sich blähte und anschwoll. Wenn ich jetzt im Geist stürbe, was könnte mir dann der Tod noch anhaben im Leben, ich wäre ein Untoter.

Novalis wollte seiner Geliebten nachsterben nur durch die Todessehnsucht seines Herzens, seiner Gedanken. Er wollte sich tot wünschen, sich hinüberdenken ins Jenseits, einen Wind durch seinen Körper ziehen lassen, der seine Seele fortreißt. Vielleicht ist es ihm gelungen, denn er lebte danach weiter, liebte wieder, dichtete. Wo sind meine Hymnen an die Nacht, an den Tod? Ist es nicht ein Geschenk? Ich will doch Dichter sein, sagt mir nicht der Tod, dass ich es bin, ist er nicht die Tinte, die mir fehlte für das weiße Blatt vor mir? Ich bin krank, also bin ich,

ich werde sterben, also schreibe ich. Wenn der Himmel so einlädt zum Sterben, warum kam mir diese Zeile, als ich mein erstes Gedicht schrieb, das für mich gezählt, das ich anerkannt hatte. Hatte ich denn etwas, das mich überlebte, hatte ich denn ein Gedicht, das weiterleben würde? Wenn der Himmel so einlädt zum Sterben und kein Freund Kleist erwähnt. Oder sollte ich mir die Kugel geben? Gleich oder später. Nein, noch nicht, nicht jetzt, jetzt müsste ich schreiben, im Angesicht des Todes schreiben, ihm in die Augen schauen, ins Gesicht spucken. Und ihn vielleicht hinter das Licht führen, das er verspricht. Wie beim Boandlkramer. Aber würden sie mich in Ruhe schreiben lassen? Müsste ich nicht von Arzt zu Arzt, von Untersuchung zu Untersuchung rennen, und immer wieder ließen sie mich zur Ader, schüttelten, schleuderten mein Blut, einen Tropfen auf geschliffenes Glas. Oder ich ging zu ihr, zu Scher, ging nach Atlanta, schluckte wie eine weiße Maus meine einzige Chance und würde dann doch wie sie verrecken, wenn es nicht wirkte, dann wäre ich nur ein Proband für das Versagen gewesen, aber nichts bliebe von mir. Wenn ich Tagebuch schriebe. Oder jeden Tag ein Gedicht, wenn ich in Gedichten aufzeichnete, was die Medikamente in mir ausrichteten, wie ich mutierte. Sicher wären es starke Medikamente, Hämmer, ich würde halluzinieren, Fieberschübe, Nebenwirkungen, Depressionen, Durchfall, Erinnerungsverluste, Ausschlag. Ich müsste alles aufschreiben. Aber könnte ich das dann? Wäre es nicht besser, einfach abzuhauen, irgendwohin, auf eine Insel, schreiben, und dann ins Wasser, in die Wellen, von einer Klippe fliegen und zerschellen. Ein halbes Jahr. Was wollte ich da noch erleben? Was wäre wichtig? Sollte ich beten? Lieber Gott, dein Tod komme, deinen Frieden, finde ich ihn und vergeben meinen Schuldigern, mir?

Wer ist denn schuld, dein Wille geschehe, was habe ich denn gemacht, warum steht ›Schuld‹ auf der Tür, durch die ich sie verlassen will?

Kann mich Silvester nicht retten, wie Benedikt den toten Knaben rettete, ihn wieder zum Leben erweckte? Wird mich mein Vater vor seine Klosterpforte legen und flehen: Er ist tot! Komm, mach ihn wieder lebendig! Würde Silvester niederknien und sich über meinen toten Leib legen wie Benedikt über die Brust des toten Knaben? Und sich aufrichten. Und die Hände zum Himmel heben und Gott anflehen: »Herr, schau nicht auf meine Sünden, sondern auf den Glauben dieses Mannes, der darum bittet, dass sein Sohn auferweckt werde, und gib diesem Leib die Seele zurück, die du ihm genommen hast.«

Was waren Silvesters Sünden? Auf die Gott nicht schauen sollte, auf die wir nicht schauen wollten? Das gebrochene Fasten? Die Mahlzeit außerhalb des Klosters? Benedikt hatte die Mönche gefragt: »Wo habt ihr gegessen?« »Nirgends«, antworteten sie, und er erwiderte ihnen: »Warum lügt ihr? Seid ihr nicht bei der Frau ins Haus gegangen? Habt ihr nicht dort das und das gegessen und so viele Becher getrunken?« Wir waren mit Silvester immer außerhalb des Klosters essen, in den feinsten Gourmettempeln. Er hatte über die Benediktiner gesagt, sie bauten für die Ewigkeit und lebten, als ob sie morgen sterben würden. Wenn ich morgen stürbe, würde er mich wiedererwecken und mich meinem Vater gesund zurückgeben? Würdest du das, Vater Abt? Oder würde es mir ergehen wie dem unbeerdigten Mönch, der aus dem Kloster geflohen war ohne Segen des Abtes? Man fand seinen begraben geglaubten Leichnam am nächsten Morgen aus dem Grab geworfen. So begrub man ihn wieder und wieder, aber stets lag sein Leichnam neben dem Grab in der sengenden Sonne, und die Ameisen liefen über seine Augen, zwangen sich unter die Lider und fraßen sich in die Pupillen. Seine Eltern verzweifelten; sooft sie ihn unter die Erde brachten, so oft spuckte sie ihn aus, als würde man eine Feder in ihren Rachen schieben, so schob man den bleichen Leichnam in die Grube. Schließlich warfen sich die Eltern des abtrünnigen Mönches vor Benedikt in den Staub und flehten ihn an, er möge ihrem Sohn sein Wohlwollen zeigen. Hatte mir nicht Silvester stets sein Wohlwollen gezeigt? Und Benedikt sagte zu ihnen: »Geht und legt den Leib des Herrn auf seine Brust und begrabt ihn so!« Und so schluckte die Erde ihn, den Leib des Herrn und den Leichnam des Sohnes, und Gras wuchs über das Grab.

Der Mensch ist ein Wesen von unendlicher Bedürftigkeit. Wie bedürftig war ich nach Erlösung gewesen, nach einem Erlöstwerden aus meiner Lüge, meinem Lügenleib. Immer wieder hatte ich die Lüge zu Grabe tragen wollen, aber meine Angst warf sie wieder aus der Erde. Gelang es mir jetzt, sie mit Silvesters Hilfe endgültig zu begraben? Wenn ich schon im Countdown lebte, konnte ich diesen fiktiven Sohn, der die Träume seiner Eltern erfüllt statt seine, begraben, mit dem Leib des Herrn auf der Brust begraben. Silvester würde mir die Absolution erteilen, meine Seele würde aus dem falschen Körper fahren, und er würde sie einfangen mit seinen singenden Händen und sie in einen neuen Körper legen. Wenn ich diesen Tod starb, musste ich den anderen nicht sterben. Vielleicht rettete mich das Ritual. Der Stellvertreter stirbt, der auf der Stelle tritt, stirbt, und ich trete mit meinem neuen, eigentlichen Selbst an meine Stelle, trete meine Stelle an.

Mein Knöchel schmerzte, der Schmerz erinnerte mich, dass ich vor dem Fenster stand, statt mein Bein hochzulegen oder in die Uni zu gehen und Studentenproteste anzufeuern, für die niemand sich interessierte, denn sie interessierten sich mehr für Streitparteien denn dafür, Partei zu ergreifen und den Streit mit dem Staat zu suchen, der sie ja anstellen sollte, um recht zu sprechen, statt von Recht zu sprechen. Was waren meine Möglichkeiten, was waren meine Rechte? Ich hatte das Recht, ohne Hilfe zu sterben. Während der Vorlesungen war alles in mir abgestorben, ich widerte mich an, dass ich zuhörte, unleserlich mitschrieb, hässliche Bücher kaufte, Lerngruppen bildete, zu den Nichtverstehern gehörte, mich in Bankreihen zwängte, auf Treppen saß mit Ordner auf den Knien, dass ich diese präpotenten Zukunftsmächtigen ertrug mit ihren Schulterpolstern, blau-weiß gestreiften Botton-down-Hemden, Reiterstiefeln und schwarz lackierten Schnürschuhen, weil ich bei ihren Paisleyschals an das indische Tuch dachte und doch nicht zuzog, weil ich noch mehr als sie mich hasste, dass ich Teil von ihnen war, ohne teilzunehmen, ich gab nur meinen Körper, mein Geist war ganz woanders. Nicht mal die Mädchen hatte ich beeindrucken können, denn dass ich Gedichte schrieb, war ihnen gleichgültig, gute Noten hätten ihnen imponiert, aber die schrieb ich nicht. Meine Sprache wollte ich nicht so wie meinen Stolz, meine Würde vergewaltigen, missbrauchen. In manchen Momenten hatte ich gedacht, die RAF-Anwälte waren ja auch Anwälte, man muss den Feind kennen wie seinen besten Freund. Aber ich wollte mein intellektuelles Jungfernhäutchen nicht verlieren, ich sparte es mir auf für die große Literatur, für den unaufhaltsamen Aufstieg. Aber davor müsste ich bluten, müsste in Muttertränenfluten ertrinken und ersticken an Vaterschweigen. Ich war mir selbst der beste Verräter, wie ich es auch drehte, ich verriet, musste verraten, hatte verraten, würde verraten, meine Literatur wäre auf Verrat gebaut, aber hatte Heiner Müller in meinem Lieblingsgedicht nicht geschrieben, in den Zeiten des Verrats wären die Landschaften schön? Blühende Landschaften, hatte Kohl versprochen, und ich blickte auf die Uhr, ich hatte die Vorlesung versäumt. In der Schule hätte ich mir selbst eine Entschuldigung ausstellen können: todkrank.

War ich es wirklich? Ich brauchte Klarheit, was war das überhaupt für eine Krankheit. Wo sollte ich die zweite Untersuchung machen lassen, auf der Klara zu Recht bestand. Ich musste Christoph erreichen, er studierte doch Medizin, er müsste es herausfinden können, mein bester Freund würde mich nicht hängen lassen, nicht an einem Dachstuhl baumeln, ein Blatt Papier in der Faust. Ein leeres Blatt.

4

Ich hatte Christoph länger nicht gesehen. Er lebte wieder bei seinen Eltern am See, in der geschwungenen Villa mit der zur Straße abfallenden Wiese, dem Paradiesgarten, dem Weg, der durch den dichten, dunklen Wald am Ufer entlang ins Dorf führt, vorbei an der Stelle, an der das entführte Mädchen in einer Kiste erstickte, den Mörder fand man nie, Jahre nicht, suchte ihn in der unmittelbaren Umgebung. Immer noch spürte ich die Angst, die ich als Kind gespürt hatte, als ich davon erfahren hatte, die Eltern die Gespräche abbrachen, verstummten, flüsterten, panisch blickten, mich unvermittelt in den Arm nahmen.

Auch für mich hatte es Entführungsdrohungen gegeben, und wir hatten ein Codewort ausgemacht, damit ich ein Zeichen geben konnte, dass ich noch lebe, dass ich nicht tot sei, ermordet. Mit der Polizei studierten wir Verhaltensregeln ein, ich sollte wachsam sein, nicht allein gehen. Aber immer wieder zog es uns in den Wald, in die schattigen Verstecke, hin zu den Geräuschen, die Gänsehaut machten, hin zu den Männern, die wir beobachteten, denen wir folgten, überlegten uns Fallen und spielten Verfolgungsjagden mit den Fahrrädern, warfen uns gegenseitig auf den Boden, begruben uns unter dem Laub, gruben Löcher, spannten Seile knapp über dem Boden. Und wenn es dunkel wurde, wenn die Sonne auf die andere Seite des Sees schien und in unserem Rücken unterging, wenn die Nacht sich zwischen den Wipfeln bis zum Boden schaukelte, wenn der Wind um die Stämme pfiff, dann radelten wir, was die Beine hielten, zurück, brachen über die Wurzeln, schwitzten, klingelten, keuchten, ein Auto, eine Schranke, ein Mann, der uns anhalten wollte, was tun, wenn er nur nach dem Weg fragen würde, er trug einen schwarzen, langen Mantel, das Abblendlicht, die Hand erhoben wie ein Polizist, haltet mal an, Jungs, wir bogen ab, schoben die Räder panisch über die Kuppe. Folgte er uns? Es war schon völlig dunkel, sollten wir die Lichter anschalten? Vermissten sie uns zu Hause, hatten sie schon Suchtrupps losgeschickt. Aufgeregt, stolz, als Abenteurer erreichten wir den Hof, warfen die Fahrräder auf den Boden und läuteten Sturm, blickten uns verschwörerisch an, habt ihr Angst vorm schwarzen Mann. Und wenn er kommt?

Immer, wenn ich zu Christoph fuhr, musste ich an den unaufgeklärten Mord denken, an Berndi, mit dem ich dort gespielt hatte und der auf der Strecke parallel zur Uferstraße mit seinem ersten Motorrad tödlich verunglückt war. Wenn ich zu Christoph fuhr, musste ich an der Ausfahrt, dem Abzweig zu meinen Eltern vorbeifahren. Wir hatten auf der gegenüberliegenden Seite des Sees gewohnt, hier ging die Sonne auf, dort ging sie unter.

Christoph war älter als ich, er war immer der Ältere gewesen, der Coolere, der, zu dem ich aufblickte. Christoph, der besser Gitarre spielte, Soli hinlegen konnte, Läufe wie Schenker von den Scorpions, Christoph, der malte, Christoph, Christoph mit dem Einserabitur, mit der Leidenschaft für Literatur, mit diesen leuchtenden Augen, mit dieser verletzbaren Sehnsucht hinter der angestrengten Lässigkeit, Christoph, Erwartungsfäden an allen Gliederknoten, Christoph, mit dem ich träumen konnte, wenn wir uns in eine Zukunft träumten aus Gitarrentürmen, Utopien, Revolutionen. Der wie ich in Büchern lebte, wenn wir uns zurückträumten in Burgen, zu Rittern und Minnesängern, in Verliese zu Mann und Bernhard, zu Grimmelshausen und zu den Elixieren des

Teufels. Christoph, der Edle, der Freund, auf den ich mich verlassen konnte.

Ich war immer in seinem Schatten gewesen, immer ein Schatten seiner Möglichkeiten, seiner so zahlreichen, schier unbegrenzten Möglichkeiten. Doch dann enttäuschte ich ihn, nahm eine andere Kreuzung, entdeckte das Schreiben und bewegte mich von ihm fort. Er hatte sich gegen die Kunst entschieden. Ich weiß nicht, ob die Wünsche und Erwartungen seiner Eltern bei seiner Entscheidung eine Rolle gespielt hatten oder es nur meine Projektion war, damit ich mich unterscheiden, aus seinem Schatten schnellen konnte. Er würde auf dem entgegengesetzten Weg Künstler bleiben, aber ich wollte keinesfalls dem Trugschluss aufsitzen, es wäre alles miteinander vereinbar, wo es doch unvereinbar war, weil alle alles zu vereinnahmen suchten, dabei die Freiheit erstickte, dort, wo man sie aufbewahren wollte, vergraben, verstecken für den richtigen Moment, und dann war sie tot und der Wunsch auf der Flucht, geflohen.

»Du kannst das Schreiben ja zu deinem Hobby machen«, hatte mein Vater mir immer wieder vorgeschlagen und nicht verstehen können, dass dieses Wort für mich die Höchststrafe war. Wenn meine Berufung zu einer Freizeitbeschäftigung degradiert würde, als Balsam für die Lebenslüge, als abendlicher Ausgleich der alltäglichen Selbstverleugnung, dann würde ich mir lieber sofort die Kugel geben. Alles in mir hatte aufgeschrien bei diesem Wort, Hobby, und tat es immer wieder, mein Körper zog sich zusammen, alle meine Widerstandskräfte mobilisierten sich, und ich kämpfte um mein Leben, blieb aber stumm. Ich war entschlossen, es meinen Eltern zu sagen, brachte es aber noch nicht übers Herz und die Lippen. Doch ich würde meinen Eltern meine Entscheidung für die Kunst zumuten müssen, sosehr ich sie auch liebte, aber ich wusste, sie lieben mich so sehr, dass sie mich nicht fallenlassen würden. Ihre Liebe war stets stärker als alles andere, als alle Vernunft, als alle Regeln.

Ich hatte nicht die Angst, ihre Liebe zu verlieren, aber die Angst, ihnen weh zu tun, sie zu enttäuschen, mich dem Vorwurf auszusetzen, den sie nicht erheben mussten, um mich niederzuwerfen, den erhob ich selbst. Ich rang mit einem Gespenst, kämpfte gegen die Luft einen absurden Derwischtanz, denn die Räume um mich wurden enger und enger, und überall fielen Gewichte auf meine Schultern. Sie mussten gar nichts tun, ich tat es selbst, erahnte, mutmaßte, nahm an, nahm mich zurück, strafte mich, rächte mich an mir und an ihnen mit Unterlassen.

Wie würden Christoph und ich uns jetzt begegnen? Ich wusste, er würde alles geben, um mir zu helfen, seine Familie würde sich die Arme ausreißen für mich, und ich hätte auch das Gleiche für jeden von ihnen getan. Ich hatte immer geglaubt und glaubte noch jetzt, das Leben sei eine Waagschale, alles käme irgendwann in ein Gleichgewicht, Glück und Unglück, Liebe und Schmerz, und man müsste nur genügend Schmerz und Unglück in die Schale werfen, damit das Glück und die Liebe kamen, man müsste für das Gleichgewicht bezahlen, man hatte etwas gut, wenn man litt oder gelitten hatte.

Ich hatte mir fast alles verboten, um das Glück in der Literatur zu erreichen. Erreichen war für mich damit verbunden, sich selbst aufzuopfern und etwas zu opfern, das man liebte, das zu opfern weh tat, das einen in Stücke riss vor Schmerz und Verzweiflung, das die Schatten sammelte, aufsog, um Platz für die Sonne zu machen. Vielleicht hatte Christoph gar nicht Maler, Musiker, Schauspieler werden wollen, vielleicht hatte die

Sehnsucht in ihm nachgelassen wie das Fieber bei einem Infekt. Ich wollte es nicht glauben.

Ich parkte, läutete und stieg zur Eingangstür hoch. Christophs Mutter öffnete, mit offenen Armen, in der gleichen sanften Herzlichkeit wie immer, als würden wir noch zur Schule gehen und ich ihren Sohn zur Bandprobe abholen. Sie erkundigte sich nach meinen Eltern, wie es mir ginge, nach meinem Studium, gut würde ich aussehen. Ihre langen, filigranen, die Liebe und allumfassende Sorge dirigierenden Finger waren wie von Dürer gemalt. Noch ehe ich ihr etwas von meinem Studium vorlügen musste, kam Christoph aus seinem Zimmer. Er trug einen lässigen, weiten Pullover, Jeans, Cowboystiefel und überraschenderweise einen Vollbart. Wir umarmten uns, vielmehr umarmte ich ihn, zog ihn nach seinem klaren Händedruck an die Brust, hielt ihn fest, aber eigentlich wollte ich mich festhalten, das erste Mal loslassen, losheulen. Aber ich beherrschte mich, und er bot mir Kaffee an. Schweigsam verfolgte ich die Zeremonie, wie er das Kaffeepulver in das Glas kippte, Wasser aufgoss und die runde Filterscheibe nach unten presste. Immer wenn ich diese neuen Kaffeegläsermaschinen sah, musste ich an Katt denken, als wir in Kanada waren und er einfach das Pulver hastig in eine Thermoskanne schüttete und sie dann mit kochendem Wasser auffüllte, sich ein Dannemann-Zigarillo holte, traurig lächelte und mir die Literatur und das Leben erklärte, Pynchon und Thomas Ross, Anarchie und Verschwörung, die Toten und die Scheintoten, und dass große Literatur mit Verrat beginnen würde oder eins würde mit ihm, dass Heiner Müller seinen Vater verraten hätte, Heiner Müller ihn verraten hätte, der doch für ihn wie ein Sohn gewesen sei, und ich ihn auch verraten würde, wenn ich so weit wäre und ein Schriftsteller. Anschließend hatte er mir hinter Rauchwolken erklärt, wie gut er meine Gedichte gefunden hatte, kryptische Zeitbomben, und vor mir lag mein zerlesenes Exemplar seiner Schlangenköpfigen. Ich würde ihn nie verraten, hatte ich mir geschworen, niemals.

Wir gingen in sein Zimmer, jedes Mal ein anderes. Dieses Zimmer war voller Bilder, er malte wieder, ich freute mich, dunkle Figurationen, hypnotisches Yves-Klein-Blau, fast greifbare Farbe, Halbreliefs, als möchten die Figuren aus den Bildern flüchten, ihre Dimension verlassen, sich befreien. Es waren Figuren, über die wir nächtelang diskutiert, gerätselt hatten. Ich sagte ihm, mir gefielen die Bilder sehr gut, sie berührten mich sehr, und ob er mir eines geben würde, dass ich darüber schreiben möchte, dass wir eine Ausstellung mit Lesung machen könnten, wie ich es auch mit Silvester getan hatte. Da erinnerte ich mich wieder, weshalb ich gekommen war.

Ich erzählte ihm ausführlich, was ich am Telefon angedeutet hatte. Er war nicht überrascht, nicht panisch, nicht der heilige Christophorus, der mich durch die reißenden Fluten tragen würde, wie ich gehofft hatte. Oder vielleicht blieb mir das verborgen. Er holte einen Zeichenblock, schlug ihn auf. Zwischen Zellen, einem abstrakten Muster aus schwarzen und weißen Kreisen, hatte er das Blatt vollgeschrieben.

»Sie hat nicht gesagt, welchen Herpes-Virus?«, fragte er mich.

»Nein, mir hat sie selbst gar nichts gesagt, ich konnte mit ihr noch nicht sprechen, sie hat zu meinen Eltern gesagt, ich hätte einen tödlichen Herpes-Virus und noch ein halbes Jahr, wenn ich mich in ihre Hände gebe, dann könnte sie mich heilen, vielleicht, aber es müsste schnell gehen.«

»Ja, es müsste schnell gehen. Es kann eine Herpes-Simplex-Enzephalitis sein, es ist eine Entzündung des Gehirns«, referierte er, und ich fasste mir reflexartig an die Schläfen, an die Stirn, als müsste sie glühen, als müsste mein Hirn glühen, als wäre es wund gerieben, ich hörte ihm gar nicht richtig zu, schnappte nur noch »außertropische Länder« auf.

»Ja, ich war im Jemen.«

»Hattest du Kontakt zu Tieren, Affen?«

»Affen?«, ich stutzte, »nein, Affen, ich kann mich an keine Affen erinnern, ich hatte keinen Kontakt mit Affen, was für einen Kontakt, ich habe keinem Affen das Hirn aus der Schale geschlürft oder ihn in den Arsch gefickt oder Affen geküsst. Die spinnt doch.«

»Ich sagte nur, dass das Virus auch von Affen übertragen wird.«

»Warte«, erinnerte ich mich, »einmal, da habe ich einen Affen gesehen, so einen kleinen, den man an der Leine auf der Schulter trug, mit diesen großen todtraurigen, schwarzen Augen und diesem bösen Lächeln, wenn sie die Zähne fletschen und plötzlich doppelt so groß sind wie zuvor. Wir waren unten am Meer, Achmed hatte gesagt, er bringe mich an einen besonderen Ort. Es war ein Restaurant, alle saßen im Freien, es war Nacht, die Hitze war erträglich, auf dem Sandboden waren Bänke, nein, nicht Bänke, es waren Flechtwerke, auf denen man saß, eher lag. Manche Leute tranken Tee, aber vor den meisten standen Wassergläser, und alle waren seltsam entrückt, als würden sie in die Ferne sehen. Achmed bestellte uns auch Wasser. Ich weigerte mich, er müsse doch wissen, dass ich kein offenes Wasser trinken könne, ohne krank zu werden. Er lachte, nötigte mich, ich solle es versuchen, es sei ein heiliges Wasser, mir könne nichts passieren. Ich zögerte, hatte aber noch mehr

Angst, mich vor ihm zu blamieren. Also nippte ich an dem vollen Glas und spuckte fast. Es war Wodka. Achmed bog sich vor Lachen. Er hatte mich zur einzigen Alkoholausschank-Kneipe im Jemen geführt. Und da, da war auch so ein kleiner Affe. Ich weiß nicht, möglicherweise habe ich ihn gefüttert, möglicherweise ist er auf meine Schulter gesprungen.«

»Hat er dich gebissen?«, wollte Christoph wissen.

»Ich glaube nein, kann mich nicht erinnern, aber ich habe ihm wahrscheinlich die offene Hand hingehalten.«

»Die Wahrscheinlichkeit ist gering, 0,2 bis 0,4 Erkrankungen pro 10 000 Einwohner. Zwischen dem 20. und 30. Lebensjahr ist die Erkrankung am häufigsten.«

»Ich bin 24!«, unterbrach ich ihn.

»Es handelt sich in den meisten Fällen um eine Reaktivierung des lebenslang in den Nervenzellenganglien persistierenden Erregers. Hast du Lippenherpes?«

»Ja, hatte ich, häufig. Aber in letzter Zeit nicht mehr.«

»Das Virus infiziert frontale und temporale Hirnareale. Nach einer raschen Ausbreitung im Rautenhirn kann es zu einer in wenigen Tagen tödlich verlaufenden Rhombenzephalitis kommen.«

»In wenigen Tagen? Aber sie sagte doch ein halbes Jahr?!«

»Wir wissen ja noch nicht, was sie genau festgestellt hat, du brauchst unbedingt das Ergebnis. Wenn es ausbricht, geht es zunächst mit unspezifischen Symptomen los, Fieber. Psychotische Symptome mit Einschränkung der Sprachfunktion, Verhaltensänderung, Verwirrtheit und Desorientiertheit. Hast du Nackenschmerzen?«

»Ja, ich bin beim Fußball gegen die Bande geknallt. Sprachstörung, sagst du?«

»Krampfanfälle, epileptische Symptome, soporöser

oder komatöser Zustand. Es kann sehr rasch gehen oder Monate dauern, wenn der ansteigende Hirndruck zu einer Einklemmung hinterer Hirnteile führt oder lebenswichtige Hirnareale schwer geschädigt werden, der Sehnerv, die Netzhaut. Wenn du Fieber hast, fokale neurologische Ausfälle, eine Bewusstseinseintrübung, bist du ein Notfall. Dann darf nichts durch langwierige diagnostische Maßnahmen verzögert werden, und die Diagnosen sind langwierig.«

»Meinst du, mein Bewusstsein sei eingetrübt? Ich hatte Grippe. Eine stinknormale Grippe, Fieber, etwas Fieber, 39° kurzzeitig, aber das ging vorbei.«

»Kopfschmerzen?«

»Ich habe nie Kopfschmerzen«, und mein Kopf schmerzte. »Weißt du das alles aus deinen Büchern?«

»Du musst dich untersuchen lassen. Vielleicht eine Biopsie machen lassen.«

»Was ist das, diese ganzen Fremdworte machen mich nervös, die sind wie Hände, die nach mir schnappen. Biopsie.«

»Das ist eine Hirngewebsprobe. Wegen möglicher Hirngewebseinblutungen.«

Ich wollte ihn anschreien, ob ihn das Studium schon so abgestumpft habe, dass er mir das erzählen könne, als wäre ich eine Leiche und läge vor ihm auf dem Tisch und er spräche in sein Diktiergerät, sachlich, präzise, teilnahmslos. Die Wut war so stark, dass sie die Tränen niederdrückte. Aber er konnte ja nichts dafür, er war nicht mal der Bote. »Und, was meinst du, habe ich es, kann ich es haben, werde ich sterben? Sterb ich? Heute, morgen, in einem Monat, in einem halben Jahr? Was würdest du machen?«

»Aciclovir intravenös. Druckentlastung durch neurochirurgische Eingriffe. Großhadern. Nekroseherde entfernen. Wenn du es hast. Wenn nicht, würde ich mit dir feiern, wir fahren nach Salzburg ins Café Tomaselli oder nach Wien in den Bräunerhof, wo Bernhard immer gesessen hat, und feiern deine zweite Geburt.«

Wir waren oft in den Ferien oder an den Wochenenden nach Salzburg aufgebrochen, zum Frühstücken, zu Bernhard, zu Schnitzler, wollten Kaffeehauskünstler sein, in eine andere Welt eintauchen. Ich fühlte mich so lebendig, als er das sagte, diese ganze Die-Welt-wird-uns-gehören-Energie pumpte sich aus der Erinnerung in meine Venen, und ich hatte eine große Zuversicht, ich bin gesund, es ist ein Missverständnis. Und dann berührte ich zufällig die Stirn, weil ich mir das Auge rieb. Sie war heiß.

5

Es hatte zu schneien angefangen, dicke, schwermütige Schneeflocken ließen sich aus dem grauen Himmel fallen, rutschten missmutig über die Kühlerhaube oder wurden vom Scheibenwischer an den Rand gedrängt, weggeschoben. Ich war auf dem Weg zum Kloster, eigentlich hatte ich zu meinen Eltern fahren wollen, die nervös auf mich warteten. Aber ich musste zu Silvester, selbst wenn er nicht da war, musste dorthin, obwohl er wahrscheinlich nicht da war, er sollte erst heute Nacht zurückkommen. Vielleicht gab es eine Telefonzelle auf dem Weg, ich konnte meine Eltern anrufen, sie beruhigen, aber ich dachte nicht wirklich an ihre Sorgen, ich dachte an den Sprachverlust, dachte an Bewusstseinseintrübungen, kontrollierte meine Gedanken, als sei ein krankes, infiziertes Hirn in der Lage, kranke, infizierte Hirnareale zu orten, zu identifizieren und auszumerzen. Als könnte ich wie die Amerikaner Sonden durch mein Hirn jagen und dann die Bomber mit ihren Präzisionswaffen rufen, mit ihren Bunker sprengenden Bomben, die bis in die tiefsten Tiefen drangen, tief in mein Unterbewusstsein, in die verborgensten Stollen und Geheimlaboratorien, dort, wo sich die Keime versteckten, die kranken Zellen sich multiplizierten, wo der Entzündungs- und Krisenherd lag. Wie konnte ich den Krieg in meinem Körper, gegen meinen Körper gewinnen, oder gewann mein Körper den Krieg gegen mein Hirn, gegen die Schädeldecke, gegen den Abgrund und Albdruck dahinter, den immer größer werdenden Druck, mein Schädel platzt, als wären zwei Projektile gleichzeitig durch meine Pupillen eingedrungen und würden jetzt in den Hirnhälften explodieren und meinen Hirnbrei auf den

Sitzen, dem Fahrzeughimmel und den Scheiben verspritzen.

Ich ließ das Fenster herunter, mir war schlecht, mir war heiß. War es das Fieber? Schrieb ich, weil ich krank war, waren das Kranksein, die Bewusstseinseintrübungen der Grund für meine Kunst, die Sprachstörung der Auslöser und die Erklärung der Sprengkörpergedichte, der hermetischen Blöcke, ging alles vom isolierten Virus aus? Wäre ich gesund: ein Bauunternehmer, ohne Zweifel? Würde die Erwartungen der Eltern erfüllen und jede Differenz zu meinen Wünschen und Träumen würde verschwinden. Träume existierten keine. Hatten sie mich nicht angesehen, als ich von meinem Gedichteschreiben erzählte, wie einen Kranken, den eine seltsame, mysteriöse Krankheit befallen hat? Meine Eltern, wie meine Freunde? Wer hatte mich verstanden: Katt, Silvester. Deshalb musste ich zu Silvester. Bemühte er sich um mich, weil er die Krankheit gespürt hatte, die Notwendigkeit zu heilen, weil er sich dem Todgeweihten widmete als seiner christlichen Pflicht. Verhielt er sich so aus Nächstenliebe, um die Krankheit zu begleiten, die Wiederbelebung des toten Knaben?

Ich war von der Hauptstraße abgebogen, obwohl sie im Radio sagten, die Nebenstraßen seien vereist, Glätte. Eine gefährliche Glätte. Ich nahm die Strecke hinter dem Dorf vorbei, durch die Forststraße, auf der ich meinen Unfall hatte, frontal gegen einen Telefonmast krachte. Ich war ins Schleudern gekommen, rechts das freie, schneebedeckte Feld, links die Telefonmasten, der Graben, rechts, links, rechts, links, bremste, rutschte, fing mich, bremste wieder, schleuderte noch stärker, lenkte nach rechts und fiel links in den Graben und prallte auf den Telefonmast, Totalschaden. Mir war nichts passiert, sie sagten nichts. Nicht einmal eine Gehirnerschütterung, obwohl der Nacken schmerzte, was ich nicht erwähnte, da es mir peinlich war, Vaters neuen Wagen geschrottet zu haben nach einer Woche Führerschein. Keiner sollte es wissen, wir vertuschten es, hielten zusammen. Vater schimpfte nicht, war gelassen. So entstand das Gefühl, beschützt zu sein. Könnte er mich jetzt auch beschützen?

Jetzt war ich an der Stelle, wieder war es glatt, eisglatt. Kurz der Gedanke, zu beschleunigen, mich abzuschnallen, das Gaspedal durchzutreten, nach links steuern, auf denselben Telefonmast zu, um mich zu töten, durch die Scheibe zu fliegen, in den Schnee, verblutend, während der Schnee weiter fiel und mich bedeckte. Niemand würde mich finden, niemand fährt die Strecke im Winter, wenn die Felder ruhen, außer wenn die Hauptstraße gesperrt ist. Ich hätte Zeit zu sterben, vielleicht ging es ja ganz schnell. Ich löste den Gurt, umklammerte das Lenkrad, drückte das Gaspedal durch, schloss die Augen. Einundzwanzig, ich riss sie im nächsten Augenblick wieder auf, kämpfte mit dem Lenkrad, versuchte, auf der Spur zu bleiben, ich schlitterte, sollte ich die Handbremse ziehen, man musste die Handbremse ziehen, Kupplung, nein, kurz bremsen, immer wieder kurz bremsen, so, ja, nein, drehen, drehen, drehen; der Wagen gewann an Stabilität, etwas in mir hatte sich gewehrt, gegen das Sterbenwollen gewehrt, ich war plötzlich ruhig geworden und habe das Lenkrad rumgerissen, das Leben zurückgeholt, zurück auf die Spur. Aber was half es? Wollte ich kämpfen?

Die Oberarme schmerzten, und es schoss mir auf einmal durch den Bauch, den Unterleib, in den Magen, ein Brennen, der verzögerte Panikschub, als hätte die Angst die Luft angehalten, und jetzt atmete sie aus. Ich hielt an der Seite an, stieg aus, atmete tief, ganz tief. Tränen stiegen auf, aber ich wollte nicht weinen, warum sollte ich? Ich rieb das Gesicht mit Schnee ab, so wie wir als Kinder uns gegenseitig abrieben, mit dem kratzigen, schmutzigen Schnee durchs Gesicht fuhren, die Wangen aufschürften, die Kälte dem anderen auf die Lippen drückten, bis wir mit rotglühenden Gesichtern lachten und vergaßen, wie wir froren, dass der Frost uns befingerte. Immer noch rumorte es in meinem Magen, die Knie schlotterten. Wenn ich nicht mit einem Auto gegen den Baum fuhr, könnte ich mir mit einem Messer die Pulsadern aufschneiden oder eine Packung Schlaftabletten schlucken? Für nichts, um debil zu enden, geschädigte Hirnareale, von meiner Todesangst und meinem Selbsttötungsdilettantismus zerstörte Hirnareale. Ich würde fallen und überleben. Warum war ich so sicher, dass ich überleben würde, den Sturz überleben würde, alles gebrochen, die Knochen zersplittert, aber lebend, querschnittsgelähmt, tausend Drähte im Gesicht, Schrauben im Körper, an den Gelenken, Gips, Meter Gips, aber lebend, gestolpert über die Angst, über die eigenen Beine gestolpert. Wenn ich mich umbringen wollte, müsste der Ausgang todsicher sein, und es musste gut aussehen, ich wollte nicht schmutzen, es sollte von klassischer, antiker Schönheit sein, selbstbestimmt, gefasst, geführt. Ich könnte mir meinen jemenitischen Krummsäbel ins Herz säbeln, aber der würde brechen. Mir war kotzübel. Im Handschuhfach war eine kleine Schnapsflasche, ich nahm einen Schluck. Es ging besser.

Ich setzte mich hinters Steuer und fuhr weiter, Richtung Kloster, durch die Schlangenkurven, durch die Wälder, ihre engstehenden Tannenbäume und Bodenschatten hindurch. Ein Mercedes kam mir entgegen, sein Heck brach aus, er schleuderte von der einen zur anderen Seite, und kein Platz zum Ausweichen, nichts als

Bäume, Schulter an Schulter Bäume, absurd, gleich rammt er mich, ich würde von der Straße abkommen und gegen einen Baum krachen, die Windschutzscheibensplitter würden mir den Hals aufschneiden, sich in das Herz bohren, das Genick würde brechen, und zu Hause läge ein Brief, alles ein Irrtum, es war eine Fehldiagnose, Sie sind gesund, gesund, was sollte ich tun, bremsen, Gas geben, gleich stießen wir aufeinander, jetzt waren wir nebeneinander, sein Heck, sein Heck, es schlug zur anderen Seite aus, ich war vorbei, vorbei, vorbei, geschafft. In was für einen Horrorfilm war ich geraten? Wie viele Leben hatte ich heute schon verbraucht? Wie viele hatte ich oder hatte ich noch?

Gleich kam auf der linken Seite der tief liegende Fußballplatz, auf dem wir immer gespielt hatten, danach die Brücke, links der Schulparkplatz. Ich wollte an ihm vorbeifahren, hatte eine unerklärliche Scheu, über den Parkplatz zum Tagesheim zu fahren, wo ich den Wagen abstellen wollte, wollte lieber außen herum, an der Mauer entlang und dann links abbiegen, am Exerzitienhaus vorbei zur Kirche und die Pforte hinunter, dorthin wo man eigentlich nicht stehen bleiben durfte, sollte.

Als ich die Schule sah, kam die Erinnerung hoch, sie überwältigte mich, wie man immer so leichthin sagte, wie ich es aber jetzt am eigenen Leib erlebte. Eine Wehmut überfiel mich und Wut, Wut wegen des letzten Schultages, der Abiturfeier. Ich hatte die Rede gehalten, und sie war kritisch ausgefallen, nicht so sehr gegen die Schule, das System, gegen die gängigen Feindbilder, sondern gegen uns, die Schüler, unsere Haltungen und Haltungslosigkeiten, unsere Spaltungen, das Desinteresse. Es war eine literarisch ambitionierte Litanei, hatte etwas abgeklärt Rebellisches. Jetzt fragte ich mich, woher ich das genommen hatte. David, der nicht in unserem Jahrgang war, Mac und ich, wir drei hatten im Alleingang und Tag und Nacht die Abi-Zeitung hergestellt. Obwohl wir uns wie in einem amerikanischen Film fühlten, waren wir enttäuscht gewesen von einer Clique in unserer Stufe, die sich mit Vorliebe auf Kosten der Schwächeren hervortat, die einschüchterte, lächerlich machte, torpedierte, aber nie den Konflikt annahm, den direkten Streit, immer hinterrücks agierte, verleumdete, Allianzen schmiedete, sich abgrenzte, um andere auszugrenzen. Wir hatten versucht, sie zu stellen, in der Zeitung, die wir nach dem Vorbild der »Prawda« gemacht hatten, und entsprechend war meine Rede, die aufgebaut war wie ein Gedicht. Am selben Nachmittag, noch vor der Eröffnung des Abiballs, hingen überall in der Schule und im Pausenhof Hetzplakate, Beschimpfungen meiner Person, war am Ende der Party eine Mülltonne auf die Kühlerhaube meines Autos entleert, hatten sie an die Reifen geschifft, vor die Tür. An diesem Parkplatz, an dem ich jetzt langsam vorbeifuhr, der für mich das Ende dieser schönen Geschichte und Schulzeit war, meines Entwicklungsromans vom dilettierenden Lateineleven zum aufstrebenden Künstler. Mich durchzuckte es, ja, genau hier hatte ich das bittere Finale meiner Gymnasialzeit erlebt, Showdown.

Ich ärgerte mich über mich, sie hatten es geschafft, dass ich einen Schlussstrich unter diese Zeit zog, mir die Erinnerung verbot, die Ehemaligentreffen, das Weitererzählen der immer gleichen Geschichten von immer neuen Gesichtern erlebte, dass ich mich ausschloss aus einer Gemeinschaft, die ich stigmatisierte. Ich war keiner der Ihren, obwohl sie mich nach meinem schmalen ersten Erfolg eingemeinden wollten. Ich ärgerte mich, von allem sagte ich mich los, wenn es ohne Aufwand zu haben war. Aber diesen Unterschied zu definieren war billig, besser hätte ich unterschieden und mir den Spaß gegönnt, neben den Scheinheiligen eine andere Erinnerung an das einzufordern, was sie verteufelten und ich für himmlisch hielt. Schnell und hart fielen meine Urteile aus, ich fühlte mich im Stich gelassen. Alles, was ich erreichte, erreichte ich als Unternehmersohn. War ich im Hochsprung der Beste, hielt ich einen Elfmeter, gab ich ein Konzert, war es das Geld meiner Eltern, das sprang, fing, spielte. Aber meine Lehrerin, die an meiner Leidenschaft für die Literatur Schuld hatte, glaubte an mich, gab mir anarchistische Texte zu lesen, infizierte mich mit Büchner, dessen Stücke eine zweite Geburt für mich bedeuteten.

War ich ein Außenseiter, wie alle Künstler? Ich war bisher kein Außenseiter gewesen, hatte mich zu den Menschen gedrängt, wollte auf die Bühne, Klassensprecher sein, und wurde nur Stellvertreter. War der DJ, war der Bandleader. Ich hatte keine Angst, keine Scham, ich sang, was das Zeug hielt, brüllte, reckte die Faust und war mittelmäßig.

Ich parkte vor dem Tagesheim, wollte zu Fuß am Weiher vorbei, den kleinen Weg hoch. Hier, rechts, lag der Georgssaal mit seinen barocken Jagdszenen, in dem ich meine erste Lesung hatte, mit Silvester, an der Stuckdecke der kleine nackte Junge, der das Lamm streichelt, ihm übers Fell streicht, während das Pferd flieht.

Hier war es.

Der Georgssaal im Kloster, alles ist verdunkelt, ein silbernes Kreuz blitzt auf, der Projektor wirft das nächste Bild an die Wand, ein tiefer Ton aus der Flötenlunge, gepresst, zärtlich abgefangen, dann fast geschrien, er wiederholt sich, wird schneller, ein stechendes Stakkato, die Lippen Silvesters auf der Querflöte kaum sichtbar, seine fliegenden Fingerspitzen, die plötzlichen Pausen, er wartet, wartet, dass ich einsetze, dass ich meine Sätze auf seine Notenzeilen lege, hinstrecke, jage, dass die Worte sich in die Arme der Akkorde werfen, sich mitreißen lassen, sie mitreißen, dass alles sich miteinander mischt, wirbelt, den Raum füllt, in Vibration versetzt, der Rhythmus wird heftiger, drängender, schleudere die Silben, singe sie, halte inne, ein Wind weht zwischen uns, trägt die Hitze, Töne, die Worte und Widerworte zu den Bildern Claudes an der Wand, das Licht bündelt sich, als wollten die Projektionen die Mauern niederreißen, Himmel und Horizonte aufmachen, der Enge zu entfliehen, über die Felder, die Baumwipfel, den Wolken nach, nur den Wolken nach.

Ich war ganz angststarr gewesen, während Peter seine Einführung las, Worte für mich und meine Gedichte. Jeder Satz gesetzt wie etwas Unumstößliches, das gesagt werden muss, mit all seiner sanften, bestimmten Autorität. Peter hatte über mich wie über einen Dichter gesprochen, über unsere Bekanntschaft, er reihte mich ein, gesellte Namen neben meinen, die meinen Puls rasen, und mich nervös um mich blicken ließen. Ob jemand wahrgenommen hatte, was er da gesagt hatte, welche Namen er erwähnt hatte in einem Zug mit meinem, ob da jemand verständnislos den Kopf schüttelte oder aufstöhnte, zweifelte. Ich beobachtete meine Mutter, sie spürte, was es für mich bedeutete, sie genoss die Aufmerksamkeit für mich, fürchtete sie zugleich, ließ stolz geschehen, was sie am liebsten ungeschehen gesehen hätte. Wäre ich nach einer solchen Lesung noch zu halten, zu halten in meinem Träumen, in meinen Firmafluchten, war ich nicht unaufhaltbar aufgebrochen in ein anderes Leben? War nicht das Dichterdasein der Inbegriff des brotlosen Künstlers, der in seinem zerwühlten, verschmutzten Bett dahinvegetierte, während es durchs Dach tropfte, war er nicht verwahrlost, von niemandem verstanden, verstiegen in Unverständlichkeiten? Aber nein, da war Silvester, der Abt, der erdete den Träumer, zog ihn zugleich aber fort in unerreichbare Höhen, setzte ihn auf dieses Podium mit dem weiß lackierten Tisch und geschwungenen Beinen, mich, den jungen Dichter, den Jüngling, in seinem kurzärmligen roséfarbenen Seidenhemd, darüber die weiße Weste von Versace voller wild wachsender Blüten, wuchernder Tropik, Dreitagebart und dunkle Locken, ich, der plötzlich ganz ruhig die Seiten blättert, das Buch in den Handpalmen wie die Zukunft, die auf einmal greifbar war, zum Greifen nah die Träume, endlich.

Aber war das wirklich ich? War das wirklich ich gewesen, der dort gelesen hatte? Als ich das verschattete Video sah, das der Freund von Peter gemacht hatte, dessen Stimme aus dem Off mir als das einzig Reale erschien, zitterte ich. Diese Selbstsicherheit war mir unbekannt, ich fühlte sie während des Lesens, fühlte sie, wenn die Musik mich trug, die Zweifel wegtrug, meinen Herzschlag ansog und beschleunigte, die Stimme tiefer legte, die Bewegungen lässiger erscheinen ließ. Als ich dort gesessen hatte, wirkte ich wie ein junger Mann, auf dem Empfang danach, als der Sohn, der ehemalige Schüler, der Cousin, der Freund, da wurde die vorher rauhe Stimme wieder heller, höher, das Lächeln verbindlicher, verschwand die Coolness, die Schärfe, war ich wieder bekannt und erkennbar, eingezwängt in das Bild, das alle von mir hatten, das sich während der Lesung selbst übermalt hatte, aufgerissen, durchschnitten hatte.

Nur das lesende Ich konnte das wahre Ich sein, wusste ich, schwor ich mir. Alle waren voll des Lobes, aber genauso irritiert, kurzzeitig irritiert, weil sie diese Gedichte, diesen jungen Autor nicht verstehen konnten, nicht begreifen konnten, wieso gerade er so schrieb und dass er überhaupt schrieb. Aber die Gedichte waren ja abgesichert, eingemeindet, aufgehoben, durch diesen geheiligten Ort, den Rittersaal, durch Silvester, ich konnte nicht ganz an eine fremde Welt verloren sein, gab es nicht Kunst in Kirchen? Ich war auf dem Spielplatz, und sie bewunderten, wie hoch ich schaukeln konnte, ohne mich zu überschlagen, aber ich wollte mich überschlagen, hinauskatapultieren aus der Klosterbürgerlichkeit, hinaus in den Dschungel der Großstadt.

Wenn ich sie so betrachtete auf dem Empfang, Sektgläser in den Händen, vor den Kopien der alten Meister, die gefalteten lillanen Papierservietten, die Häppchen, wenn ich sah, wie blendend sie sich unterhielten, fragte ich mich, ob sie über mich sprachen oder längst vergessen hatten, was sie gehört hatten. War ich nur peinlich, rührend in meiner politischen Radikalität, der Vorführung meines Revoluzzertums, bevor es die Kanapees gab. Andere Reichensöhnchen fuhren schnelle Autos, ich schrieb Gedichte, wo lag der Unterschied, sie schnupften Koks, ich las Kafka, beides verging mit dem Ernst des Lebens. Peter hatte in seiner tief- wie zärtlich hintersinnigen Rede gesagt, meine Gedichte hätten eine Notwendigkeit, und ich war ihm dankbar, weil er meine Not herausgespürt hatte, weil er begriff, wie ich meine Vorbestimmung abwenden wollte, begriff, wie ich versuchte, wendig zu werden in Worten, Haken schlagend um mein Leben lief. Ich lief und wandte mich um, lief weiter, lief voraus, indem ich so tat, als liefe ich zurück.

Und jetzt saß ich in Peters Wohnung, wir schauten das Video, das er von der Lesung gedreht hatte, und ich blickte auf seine Bücher, alle Wände waren Bücherwände, Rücken, mit denen ich Rücken an Rücken stehen wollte, an die ich mich anlehnen wollte. Der ganze Suhrkampregenbogen nach dem schwarzen Regen der Angst. Peter arbeitete im Suhrkamp Verlag, und nirgendwo anders hin wollte ich mit meinen Gedichten.

Dass Peter für mich und meine Gedichte gesprochen hatte, war für mich der eigentliche Ritterschlag in diesem Saal gewesen, ich hatte mir in diesem Augenblick vorgemacht, Suhrkamp verlegte mich bereits, ich sei schon ein Regenbogenzentimeter. Und Silvester? Silvester war das Suhrkamp-Haus meiner Eltern, das Suhrkamp-Haus und Heilsversprechen aller, die da zur Lesung gekommen waren, vor allem wegen ihm, weniger wegen meiner Eltern und mir gekommen waren, wegen ihm sich sicher fühlten und guthießen, was sie nicht benennen konnten oder wollten.

Nur Peter war Silvester gegenüber skeptisch. Ich verstand es nicht, aber er hatte ein Unbehagen, da blieb etwas unausgesprochen und eine Scheu, mich zu verletzen, meinen Enthusiasmus, meine Dankbarkeit. Peter nahm mich an einer unsichtbaren Hand und wollte mich in ebendieses Regenbogenreich bringen. Er gab mir »Narziß und Goldmund« zu lesen, schenkte mir die frühen Romane von Peter Weiss, schlug Bücher auf, als müsste er mir gegen den Kopf schlagen, las mir Sätze vor, die wie Zündschnüre in mir warteten und die leeren Blätter linierten. Ich war irritiert über seine Distanz zu Silvester, aber fragte nicht weiter, war zu gebannt, denn ich hatte schon einen Fuß jenseits der Grenze, glaubte mich auf dem Weg ins Abenteuerland. Aber warum erweckte Peter den Eindruck, er wolle nicht, dass Silvester mich auf diesem Weg begleitete, mir half, zur Seite stand?

Peter hatte immer ein eigensinniges Leuchten in den Augen. Seine Augen waren ein Blitzlichtgewitter, wenn seine Gedanken ihn bestürmten, doch er nahm sie in ein

Lächeln, das nach innen fiel, als könnte er seinem Gegenüber nicht zumuten, was er dachte, was er erkannt hatte, als müsste er schonen, wo er schonungslos dachte, wo er weiter und weiter dachte.

Peter schenkte mir das Video, ich umarmte ihn, er riet mir, wie man einem jungen Dichter riet, er riet mir und drückte meinen Arm: »Schreib über dich.«

Ich stand im Aufzug, und dieser Satz hallte nach, war zu groß für diesen kleinen Raum, ich blickte in den Spiegel, und es ging abwärts. Wie konnte ich über mich schreiben, über mich selbst? Was gäbe es von mir zu erzählen, das zählte?

Ich musste Silvester das Video zeigen, unterbrach ich meine Gedanken, als die Tür aufging, es würde ihn freuen, sich zu sehen, wie er da als Gesicht aus dem Dunkel herausleuchtete, ausgeleuchtet von den Spiegelungen seines Kreuzes, das die Schwärze um ihn überdeckte.

Beschwingt ging ich zum Auto und fuhr los. Ich ließ die Hochhäuser hinter mir, den Ring, ich hatte eine eigene Lesung gehabt, sie ist hier durch dieses Videoband auf dem leeren Beifahrersitz belegbar, alle Welt konnte es sehen, alle Welt. Ich drehte das Radio auf, kurbelte die Scheiben herunter, lehnte den Ellbogen lässig hinaus und sagte mir, nichts kann dich jetzt noch aufhalten.

Ich ließ die Kirche links liegen und ging zur Klosterpforte, wartete, bis der Bruder zu telefonieren aufhörte und mich herzlich mit Namen begrüßte. Er erkundigte sich, wie es meinen Eltern ginge, wie es ihnen geht. Gut, sagte ich, bestens. Selbst hier log ich. Ich fragte nach Silvester, ob er schon da sei? Nein, ich hätte keinen Termin. Der Bruder erklärte mir, er sei gerade von einer erschöpfenden Reise zurückgekehrt, im Augenblick, jetzt, eben. Das weiß ich, insistierte ich. Er zögerte, aber merkte, dass ich ihn sehen musste, ohne dass ich sagte, dass ich ihn sehen musste. Er rief an, obwohl ihm nicht wohl dabei war, bekam ihn an den Apparat, und seine Züge verrieten mir, dass er ihn geweckt, gestört hatte, er fiel in sich zusammen, bereute den Anruf, würde am liebsten die Zeit zurückdrehen und mich mit einem Lächeln heimgeschickt haben. In einer halben Stunde, meinte er, könne ich zu ihm hoch, früher ginge es nicht, Vater Abt sei, wie gesagt, gerade erst zurückgekommen. Ich unterbrach ihn, bedankte mich und stand wieder vor der Tür. Was sollte ich mit dieser halben Stunde anfangen? In die Kirche gehen? Für meine Gesundheit beten? Eine Kerze anzünden, heilige Lucia, bitte für mich, die du die Augen des Geistes und des Herzens öffnest, die du die befreiende Liebe die Menschen erkennen und erfahren lässt, wie es in der Broschüre steht, die ich mitgenommen hatte, nur um irgendetwas zu lesen zu haben? Aber es war zu kalt, um mich auf die Klostermauer zu setzen.

Ich könnte zum Friedhof, zum jüdischen Friedhof. Die Gestapo hatte das Kloster 41 beschlagnahmt, die Klosterbrüder waren zum Kriegsdienst eingezogen worden. Im Westen des Irak greifen eine britische und vier amerikanische Divisionen an, darunter zwei Panzerdivisionen. In einer großen Rochade waren sie aus dem Küstengebiet zweihundert Kilometer nach Westen verlegt worden, jenseits des Wadi al Batin. Nach der Kapitulation wurden die überlebenden Juden aus den Konzentrationslagern der Umgebung hierher gebracht. Die es nicht schafften, erneut dem Tod zu entkommen, wurden hier auf dem alten keltischen Hügelgrab begraben, neben dem Soldatenfriedhof. Aber ich wollte jetzt auf keinen Friedhof, ich kehrte auf halber Strecke um, ich wollte keine Grabsteine sehen. Ins Missionsmuseum könnte ich gehen, da war ich Ewigkeiten nicht mehr, und ich hatte es als einen skurrilen, verwunschenen Ort in Erinnerung. Vielleicht würde es mich ablenken von meinem Selbstmitleid, meiner Angst, dass auch Silvester die Diagnose bestätigen würde, du bist krank.

Gehorsam, hatten wir von den Benediktinern gelernt, vollzieht sich im Hören auf Gott und zeugt im Hörenden die Erkenntnis der Wahrheit Christi. Was hörte ich, worauf sollte ich hören, auf wen sollte ich hören? Mit welcher Stimme sprach die Wahrheit? Oder sprach sie in mehreren Stimmen? Kamen sie aus oder zu mir? Sinnleere und Ratlosigkeit erzeugen Angst und machen krank, stand in der Broschüre am Eingang des Museums. Die in die Mission gegangen waren, sie waren der Stimme, dem Rufen, gefolgt, sie hatten gehört und gehorcht, sie waren hörig in den Tod gegangen, hatten sich foltern lassen, kreuzigen, waren, nachdem alles zerstört war, wieder aufgestanden und hatten von Neuem begonnen. Mit welcher Stimme hatten sie gesprochen? Wie hatten sie Wahrheit beanspruchen können? »Wir können unmöglich schweigen von dem, was wir gehört und gesehen haben«, bekannten die Apostel Petrus und Johannes, ihre Wahrheit musste raus aus der Brust, rein in die Welt, rein in die Brust des Unerlösten in ihren Augen, sie wollten in der Hitze Afrikas, in der Tundra, im Dschungel, in Korea das Wachs in den Ohren schmelzen. Sie waren Märtyrer, und ich hatte an Sebastian, meinen Namensheiligen, gedacht, der lacht, obwohl die Pfeile ihn durchbohren, Standbein, Spielbein, fast tänzerisch, das lockige Haar fällt über die Schulter, und die Pfeilspitzen lassen die Haut aufplatzen, das Blut spritzt aus dem gespaltenen Fleisch, so steht er da, und man sieht nicht, woher kommen die Pfeile, wer schießt, wo der Feind lauert, ist er mitten unter uns, zwischen den Betenden, den Knienden, oder ist er in uns, oder gibt es ihn gar nicht, hat er sich die Pfeile selbst in die Brust gestoßen? Mein Blick in den Kirchen meiner Kindheit wanderte stets nach oben, zum Abenteuercomic der Deckengemälde, zu den Schlachtszenen, den unbedeckten, üppigen Brüsten, den schmachtenden oder zornprallen Blicken, den kunstvoll um die Hüften geschwungenen Tüchern, glitten weiter zu exotischen Ländern, zu Elefanten, Löwen, zu Adlern, bis in den Himmel, hinter die Wolken, zu den weißen, rauschenden Bärten, den schmutzigen Fußsohlen auf Wattebäuschen, tief in das Gold strahlende Gesichter, und dann träumte ich mich in das Auge hinein, Gottes Auge, ganz oben, das Zyklopenauge im Dreieck, und ich hielt dem Blick nicht stand, nicht wie mit den Freunden in der Schule, ich schloss die Augen und öffnete sie wieder, senkte den Blick und lenkte ihn zurück über die bemalten Fenster zum Altar, da ruhte im Fadenkreuz der Tabernakel. Das Heiligste, was war es? Was wollten sie in die Welt tragen: die Hoffnung?

Das Museum gewährte Eintritt in eine fremde Welt aus mutigen Männern mit entrückten Augen, zupackenden, rauen Händen, wallenden Bärten, aus Suchenden, Don Quichotes vor Windmühlen aus Schneideblättern, ausgebreitete Arme gegen den Hass, gegen die sterbenden Kinder, gegen die Hitze, die aufplatzenden Lippen, gegen das Fieber, den Sumpf, gegen die Killerkommandos, gegen das Ausbleiben des Regens, gegen das Austrocknen der selbst gegrabenen Brunnen, gegen die vernichtete Ernte, gegen den Hunger, gegen den Zweifel, warum hast du mich verlassen, gegen die Sehnsucht, das Verlangen, gegen die Tiere, gegen das böse Märchen mit Moral, durch den Morast mit Maria, bitte für uns, die Malaria, die Mücken, die Moskitos, die Massaker, das Militär, die Minen, die Minenfelder, Ministranten mit Mahagonihaut, show us the next whisky bar, das Heil zwischen den Goldsuchern.

Hinter dem Glas der Vitrinen ausgestopfte Tiere, exotische Trachten, Schautafeln, Gedenksteine, Modelle, Bilder, Schnitzereien, Leniriefenstahlschwarze, Josephconradweiße, Apocalypse Now, Napalm, der Geruch von Formaldehyd, Ebenholz. Das große Tierpanorama, die Hyänen, Würgeschlangen, Giftschlangen, die Antilope unter dem Löwenmaul, Schakale, Geparde, Gazellen, unzählige Affenarten, die Python im Gebüsch, ich griff mir an den Hals, ein riesiger Elefantenkopf, Elefantenbeine, Wasserbeine, die Vögel, die Vögel am Himmel, Insekten, genagelt, mit kleinen Nägeln hingerichtet, Schmetterlinge in ihren letzten Farben, Heuschrecken, Heuschreckenplagen, Käfer, unter der Tür, auf der Hand, in den zerschossenen Gesichtern, Fliegen in den Wunden, Eier legende Fliegen, die Panzer unter dem Sand, der Sand durch alle Fugen, Goliathkäfer, Speere, Tarnbomber, Spielzeug, Drohnen, Tellerminen, Brot für die Welt, Seidenkleider, Perlmutt, die Perle des Glaubens, Buddhafigurine, Geisterpfähle, der virtuelle Krieg, Bunkerbrecher, Porzellan, Panther, alle Tiere stammen aus der Zeit vor dem Ersten Weltkrieg, ein mikroskopischer Krieg, schnelle Eingreiftruppen, die Alliierten, die Koalition, der Museumskäfer, der seine Larven legt und die Insektensammlung frisst, der Räuber, die Käfer fressen die Löwen, die Haare fallen ihnen aus, das Porzellan zerbricht, überall Käfer, Schmetterlingsflügelfetzen zwischen den Zähnen, Antilopenfelle voller Käfer, fliegende Käfer, Käferpanzer, zertretene Käfer, kopulierende Käfer, Käferarmeen, der Bodenkrieg. Ich rieb mir die Augen, ich hatte meinen Körper präpariert hinter Glas gesehen, mein Virus auf einer Tafel benannt und beschrieben, äußerst selten, tödlich, vor allem im Jemen vorkommend, tritt vorwiegend während der Künstlerinkubationszeit auf, bis die Kunst durchbricht, der Tod. Ich fühlte mich bedroht von den Tieren, den Insekten, kratzte mich, lief raus, holte Luft, tief Luft in der Kälte und hatte noch Zeit, immer noch.

Sollte ich nicht doch in die Kirche gehen, ein Gebet, ein Stoßgebet, durch den Rücken in die Brust, aber sprich nur ein Wort, nur ein Wort, ich kniete mich in die hinterste Reihe, aber sprich nur ein Wort, ich hatte an Brecht gedacht, an Johnson, wenn der Priester sprach, meine liebsten Worte, aber sprich nur ein Wort, ein Wort, nur ein Wort, Wort, ein Wort nur, sprich, sprich, sprich, so wird, so wird meine Seele gesund, meine Seele gesund. Und ich hatte immer auf das Wort gewartet und hatte Worte in mir gefunden und fand Worte und wartete auf Worte und das eine Wort, das mich gesund machte. Würde Silvester es kennen?

Die Klosterkirche in ihrer doppelzüngigen Neogotik strahlte Wucht ohne Wucht aus, Größe ohne Größe, Strenge inmitten der barocken Landschaft, die nicht wirklich Strenge wagte, kein Gegenentwurf zum verspielten Faltenwurf. Aber ihr Turm war von Weitem sichtbar, er war die Wetterfahne meiner Jugend. Ich freute mich, wenn ich ihn sah, dieses nicht erklärbare Heimatgefühl war wie ein Herzkranz, das Herz Jesu, Ströme lebendigen Wassers über der Seele, wie wir lernten.

Ich war allein in der Kirche. Lange hatte ich sie nicht mehr betreten und erschrak über das Echo meiner Schritte, die Vertrautheit der Steine, ihre weiche Haut, ihren Trost, der mich zum Sitzen einlud, die Pfeiler und Bögen, der Muschelkalk, das Meer, das Querhaus mit seinen mächtigen Fensterrosetten, das geheimnisvolle Licht, das Licht gegen die Dunkelheit, die sich in meiner Brust ausgebreitet hatte. Ich nahm den Mittelgang, ließ das erste Mal seit langem die alttestamentarischen Propheten und antiken Sybillen in den Bodenplatten auf mich wirken, Hollywood Stripe. Die delphische Sybille, die sich über das kranke Kind beugt. Das kranke Kind. Das unsichtbare Wort wird man mit Händen berühren, sagt sie, steht im Stein, der zerstörte Leib, die Risse, das brüchige Leben. Nur ein Wort. »Von fern erkennst du meine Gedanken; noch liegt das Wort mir nicht auf der Zunge, du Herr kennst es bereits«, warum fiel mir der Psalm wieder ein? Noch nicht einmal auf der Zunge lag mir das Wort, das mich gesund machen würde. Was stand in meinen Gedanken, fragte ich Gott, was ist darin zu lesen? Ich bin ein offenes Buch, dachte ich. Und in diesem Buch steht ein Satz, immer derselbe Satz. Die Seitenschiffe wie Hotelgänge. In der Liebe Gottes darf der Mensch Heilung erfahren. Warum Heilung, war nicht das Kranke das Kreative? Wäre ich noch kränker, wäre ich geheilt. Wenn sie mich von meiner Sehnsucht heilten, wenn ich gehorsam würde und Vaters und Mutters Erwartungen ehre, du böses Kind, beichte. Sie wären nicht böse, ich war es. Vielleicht war ich es nicht in ihren Augen, aber in meinen, ich hatte gesündigt. Immer hatte ich vor der Beichte geschwitzt, vor der Dunkelheit, dem gelöcherten Gitter in der Trennwand zwischen Sündern und dem Freisprecher von allen Sünden. Ich mochte mich niemand anvertrauen, konnte ich Gott trauen, seinen Stellvertretern, die nachts mit den Jungen im Internat nackt schwammen und Taucherbrillen trugen? Und dann sitzt du neben ihnen und musst mit ihnen beten für die Auferstehung Christi an Ostern, für das Pfingstwunder. Irgendwann mussten wir nicht mehr beichten, beichtete ich nur vor mir, ging ich nicht mehr zur Beichte, nicht mehr zur Kommunion. Wenn sie anstanden, den Leib Christi aus den Händen Silvesters zu empfangen, saß ich auf der Empore, kniete, beobachtete ihn, seine Wandlung, seine Verwandlung, die Metamorphosen, bewunderte seine singenden Hände, die unsichtbare Notenschlüssel in die Weihrauchluft zeichneten, die hauchenden Fingerspitzen, die Seelentöne, die Worte mit Engelsflügeln.

Ich hatte die Osternächte geliebt, den Einzug der Mönche im uns umgebenden Dunkel, sie brachten das Licht, die Kerzen, die Hoffnung. Die Lesungen, die mich entführten in Wüsten, und dann die Psalmen, die gregorianischen Gesänge, die Seelenweite. »Stehen wir beim Singen der Psalme so, dass Herz und Stimme im Einklang sind.« Mein Herz war im Einklang mit ihren Stimmen, ihren Worten, ihre Worte machten mich vergessen, was ich von ihnen wusste, von ihren gebrochenen Gelübden, von ihrem Ungehorsam, von ihren Lieben, von ihren Lastern und Lästereien, von ihrem Machthunger und ihrer Trostarmut, ich vergaß alles, sie waren ein Resonanzkörper der Schönheit. Die Worte drangen in mich ein, öffneten jede Pore, mein Herz, die Augen, die Sinne strömten. Ich wollte ein Teil dieser Sprache sein, solche Worte schreiben. Die Poesie berührte mich in einer dieser Nächte, wie noch nie zuvor mich etwas berührt hatte, sie weckte mich, gab der unbestimmten Sehnsucht ein Ziel, und ich gab ein Versprechen, das auf meiner Zunge lag, ohne dass ich es gewusst hätte. Ich trat ein in den Orden dieser Poesie, und er würde sich abspalten von dem Ort, an dem ich mein Versprechen gab. Aber dieser Ort würde immer die Quelle bleiben, aus der ich wie das Wasser aus dem Felsen entsprang.

Ich ging weiter durch den Mittelgang, Prophet Maleachi mit einer Windrose, Jesaja, Sybille Lybica, die eine junge Frau mit Rosen bekrönt, Jeremia, der ein Joch trägt und der Zisterne entsteigt, Sybille Cumae, die begleitet ist von der lichten Scheibe des Lebens und der verdunkelten Todesscheibe, auf die ihr Schleier fällt. Und Jona, der wieder ausgespuckt wurde vom Fisch, an Land gespuckt, ins Leben gespuckt. Ich machte halt vor der Vierung, vor dem Altar. Der Ziboriumsbaldachin, unter dem er stand, wenn er den Leib Christi zeigte, hochhielt, seht, das ist der Leib des Herrn, der für euch hingegeben wird. Das Sakramenthaus, die Kreuzblumen an den Giebelenden, die Eckbaluster mit dem geflügelten Hirschen, die Taube mit dem Ölzweig. La Colomba, das Künstlerrestaurant, in dem wir in Venedig waren, Silvester und ich. Das Einhorn und der Adler, das Herz Jesu, Jesus, der seine Arme ausbreitet: Kommt alle zu mir, die ihr euch plagt und schwere Lasten zu tragen habt. Ich werde euch Ruhe verschaffen.

Vielleicht war ich hier, weil ich Ruhe gesucht hatte. Oder die Unruhe, die ich hier verspürt hatte, diese Unruhe, dass es eine Welt aus Worten gibt, die von einer Schönheit erzählen, einem Rätsel, einem Geheimnis, Worte wie Töne, die durch Mauern dringen, durch die verschlossene Brust. Machte die schwere Last meine Worte klingen? War es die Prüfung? Die Messerklinge am Hals des Sohnes. War Silvester mir ein Vater? Er war mit mir ins Stadion gegangen, da war ich 13, und hatte sich als mein Vater ausgegeben, Witze vor den anderen über meine Mutter gemacht, und wir hatten gelacht, verschworen gelacht über unser Geheimnis. Er war mit mir in Ausstellungen, war mit mir gereist. Ich hatte viele Väter, weil mein Vater keine Zeit hatte, Lebensabschnittsväter. Und keiner hatte gemerkt, wie verloren sich der Sohn fühlte.

Silvester war ein Vater, wurde ein Vater, der ein großer Bruder wurde, ein Freund, ein Freund zum Pferdestehlen und Pferdezäumen, ein geistiger Vater, ein Vater meiner Gedanken, ein Sohnversteher und Mutterbesänftiger, ein Vaterland, das ich an ihm vermaß. Wo warst du?

Ich blickte auf das Chorgestühl der Mönche, links und rechts des Altars. Darüber thronten die Emporen, auf denen wir während der Messen saßen, über den Köpfen der Mönche, die Blicke gesenkt auf ihre Häupter und glaubensvertieften oder schlafenden Gesichter. Blickte herab auf die Lehrer, zu denen ich sonst aufblickte. Mir kam vor, es gäbe kein Oben und Unten, kein Links, kein Rechts, sondern eine Art Gemeinschaft, eine gemeinsame Augenhöhe. Keine Furcht, keine Angst, Fehler, Schwächen, Intrigen, Verzweiflung, Verrat, aber auch Versöhnung, Verbundenheit, Vertrauen auf einen Zusammenhalt, der stärker war als das Trennende.

Warum hatte ich nie gelernt, mich zu trennen? Ich sonderte mich ab, aber war nicht abgesondert. Wie befreiend musste es sein, sich zu trennen. Ich hatte es nie geschafft. Konnte ich mich deshalb auch nicht vom Leben trennen, weil ich es noch immer liebte, obwohl es dabei war, sich zu verabschieden, auszuziehen, mir eine Trennungsszene machte? Jede Trennung war für mich etwas Undenkbares, ein Denkverbot. Aber ich hatte immer erst dann gekämpft, wenn es zu spät war, dann jedoch mit aller Kraft. Wenn ich verlassen worden war, verließ ich mich darauf, nun etwas gutzuhaben, weil es mir so schlecht ging, weil mir so übel mitgespielt worden war.

Hinter der Kreuzkapelle führten Wendeltreppen zur Unterkirche. Silvester hatte von der Unterkirche erzählt, von den Frühgebeten, fast noch in der Nacht. Als ich nach Niederbayern gefahren war, hatte ich daran gedacht, als ich durch den Nebel gestochert war, dass er jetzt in der Unterkirche wäre, unter der Erde und beten würde, ein stilles Gebet. Ich betete still, die Stille schwoll an, ich hielt es nicht aus, ich brachte kein Wort über die stummen Lippen, meine Kopfstimme schwieg, mein Kehlkopf war kopflos. Ich stand auf, drehte mich um, drehte dem Baldachin den Rücken zu und ging hinaus, rannte fast die Außentreppen hinunter, hinab zum Eingang des Klosters, der Pforte, durch dieses Tor, ich stand schwer atmend wieder vor dem Bruder. »Jetzt empfängt er Sie«, kam er meiner Frage zuvor und hatte den Türöffner schon gedrückt. Ich ging hoch zu Silvesters Besuchszimmer. Den Weg, den ich schon so oft gegangen war, wenn er mir Nachhilfe gegeben hatte in Latein, Ovid, Vergil. Und ich hatte alles auswendig gelernt. Denn ich hatte ihn nicht enttäuschen wollen.

6

Was muss ich tun? Ich war die Treppen zu Silvesters Gästezimmer hochgerannt, als ginge es um Sekunden, hatte den pochenden Schmerz im Knöchel überlaufen, weggedrückt, stand endlich vor der großen Flügeltür, klopfte. Nichts, sie öffnete sich nicht. Er war noch nicht da, er musste jeden Moment kommen, die Klinke nach unten drücken, mich empfangen, lächelnd, muskulös, bedächtig, Trost ausstrahlend, mit seinen versprechenden Augen, mir den Oberarm drücken, schön, dass du da bist. Aber er war nicht da. Wie oft hatte ich hier schon gewartet? Aber er war immer gekommen, die Flügeltür wurde aufgestoßen, und er war aufgetreten und alles andere war weg. Er konnte da sein, im Augenblick sein, seine Präsenz den anderen spüren lassen, einen in seine Aura hineinziehen, hineinholen und behalten, in diese Welt und dieses Erlösungsversprechen, alles geht gut aus, die Lateinarbeit, die Lesung, das Leben, die Liebe, jubilate Deo, no woman no cry. Ich war der Nächste. Draußen vor der Tür.

Er hatte mir erzählt, das Gleichnis vom verlorenen Sohn und dem barmherzigen Samariter seien seine Lieblingsgleichnisse. Warum fiel mir das gerade jetzt ein? Weil ich auf ihn als Samariter hoffte? Weil ich mich halbtot am Wegrand liegen sah, unter die Mörder geraten, die Hoffnung ausgeraubt, die Zukunft aus dem Kopf geschlagen, das Gesicht in der Pfütze, das dünne Eis mit der Stirn eingedrückt, Blut fließt aus der Nase, gefriert. Aber das war doch in der Wüste? Und ein Priester zieht vorbei und lässt ihn liegen, lässt mich liegen, Silvester war Priester, würde er an mir vorbeigehen, an mir, der im Graben lag, in der Ungewissheit, halbtot, weil ich halb mit dem Leben abgeschlossen hatte, weil ich noch ein halbes Jahr leben sollte? Aber Silvester war ein Freund, er war nicht ein Priester. Wenn der Priester ihn berührt hätte, den Halbtoten, den er dem Tod geweiht hatte, hätte er sich verunreinigt, entweiht. Und auch der Levit war vorübergegangen, sieben Tage wäre er ansonsten unrein gewesen. Für sieben Tage hat er ein Leben gegeben, er war auf dem Weg nach Hause, sah in Gedanken die Tür, die sich öffnet. Aber der Samariter, er hatte ihn aufgesammelt, aus dem Dreck gezogen, wiederbeatmet, hatte ihm die Faust aufs Herz gehauen, seinen Atem eingehaucht und eingetauscht gegen den Atem des Todes, bis zur Herberge getragen, den Berg hinauf, in der Hitze, hatte sich schmutzig gemacht für ihn, sich mit Blut befleckt, dem Speichel, dem Eiter, der aus den Wunden floss, der wundwaide Todgeweihte, und dann hatte er die Rechnung bezahlt und war wiedergekommen, hatte gebürgt für ihn, den er nicht gekannt hatte, dessen Namen er nicht gewusst hatte, dessen Lippen aufgeplatzt waren, dessen Zunge geschwollen war, dessen Rippen gebrochen, dessen Wunden klafften, die Wunden, in die er Öl gegossen hatte und Wein. Ich wollte mich auf den Fußboden legen, auf die kalten Steinplatten, mich vor seine Tür legen, hier lag ich, am Rand seines Wegs, und er würde mir aufhelfen, zurück ins Leben. Er würde mich gesundbeten.

Warum fühlte ich mich in Sicherheit, wo war der Zorn über das, was mir geschah, was Gott mir antat, dass ich mit dieser Drohung leben musste oder sterben durfte? Ich war doch nie gläubig, so wie die um mich gläubig waren, nie gehorsam, hatte nie gehorsam geglaubt und nie an Gehorsam geglaubt, nie an die Institution, nie an die Kirche als unfehlbar, immer jedoch an die Erlösung, aber jetzt, im Jetzt, sofort, nur ein Wort, ein Wort genügt, um Wirklichkeit zu werden, um gesund zu werden. Ich hatte immer mit Gott gesprochen, aber kein Glaubensbekenntnis, war der Frage ausgewichen: Glaubst du an Gott? Durfte ein junger Schriftsteller, einer mit Wut im Bauch, einer, der die Welt aus den Angeln heben wollte, durfte der an Gott glauben, ja, ich glaube an Gott. Sind Sie aus der Kirche ausgetreten? Nein, ich war nicht ausgetreten. Das konnte ich meinen Eltern nicht antun, hatte ich mir eingeredet. Aber hätte ich es mir angetan? Hätte ich dann Silvester noch treffen können? Die Verlogenheit, die Doppelzüngigkeit, die falsche Moral, sie waren mir bewusst ebenso wie die behaupteten Leben und die geführten, die Heiligenscheine und Scheinheiligkeiten, die Gleichheit der Kutten und die Ungleichheit des Lebens in ihnen, sah die Teufelsaustreiber und die Purpurprüderien, die Diktatorendulder und Befreiungstheologen. Das alles war im Kopf, im Hirn, aber hier stand ich, und mein Herz stand hier, in einer Erzählung, zu der ich gehörte, ob ich wollte oder nicht, in einer Gemeinschaft, die auch gemein sein konnte und gemein machte, mir jedoch Zuversicht eingebläut hatte, das Blaue vom Himmel, der Himmel ist blau, die Sonne geht auf, er ist auferstanden von den Toten, die großen Bibliotheken, die Bilder. Noch war ich nicht fertig mit dem Glauben, der Kirche, die ich nicht ausgestoßen hatte, ich glaubte weiter. Hatte ich je mit dem Gedanken gespielt, ins Kloster zu gehen? Ein Kloster bedeutete für sich etwas Geistiges, den reinen Geist, die reine Poesie, das Geheimnis, das Verbrechen hinter dem Geheimnis, das Licht, das den Schatten braucht, das Mittelalter, die Kälte, nackte Sohlen auf Stein, Finger, die schwere Seiten umblätterten. Woher kam diese Romantik? Brav in die Knie gegangen, aber mit aufbegehrenden Gedanken, Gedankenaufstände, rebellische Träume. Ich war seit meiner frühen Jugend fast nie mehr in die Kirche gegangen, zur Messe, in keinen Beichtstuhl seit zehn Jahren, doch der Glaube hatte mich nie verlassen, genauso wenig wie ich ihn. Ich hatte immer geglaubt, an Gott als ein Wort, an die Liebe, war harmoniegläubig, glücksgläubig, gerechtigkeitsgläubig, glaubwasduwillstgläubig, abergläubig, trotzdemgläubig, ich kann es glauben, aber nicht fassen, ich fasste es nicht. Ich konnte es nicht fassen, ich stand vor der Tür und wartete. Und dachte an Beckett. Und was es bedeuten würde, wenn die Tür sich gleich öffnete. Bedeutete er mir wirklich noch das, was er mir bedeutet hatte, als er noch die Deutungshoheit über mich hatte? Hatte ich ihn nicht verlassen wie ein Sohn den Vater für eine andere Welt? War ich verloren, weil ich für seine Welt verloren war? Holte mich die Krankheit zurück? Aber er hatte doch ebenfalls gewollt, dass ich die Welt erobere? Mit seinem Segen. Er hatte mich gefirmt, gesegnet, mir die Hostie in die Hand gegeben, ich hatte den Leib Christi aus seiner Hand empfangen, und er hielt den Hirtenstab in der anderen, und das Gold glänzte, und der Zweifel schärfte den Glanz mit Schatten. Die Hostie im Mund, hatte ich gekniet und gebetet, lieber Gott, lieber Gott, lass mich ein Dichter sein und erlöse mich von den Bösen. Er war da, ich hörte, wie er die Tür aus der Klausur zu seinem Gästezimmer öffnete, wusste, dass er nach sieben Schritten vor dieser Tür stehen und sie nach innen ziehen würde. Ich zählte. Er war da.

»Sebastian!«, er gab mir die Hand, ich hatte ihn umarmen wollen, war den Tränen nah, beherrschte mich, blieb stehen, als er mich zu den weißen, kubischen Sesseln führen wollte, war wie angewurzelt, spürte eine eigenartige Nervosität in seinen Armen, war enttäuscht, bereits vor dem nächsten Wort. Ich hatte mir sein erstes Wort wie eine Erlösung herbeigeschworen, ein Licht, das auf mich fällt und den Schatten über dem Herzschlag besiegt, ein Handauflegen, eine Umarmung, wir sind stärker als der Tod. Er wirkte erschöpft, wahrscheinlich von der Reise erschöpft, im Jetlag, die Tränensäcke wie schwarze Wolken unter den Augen, das sonst so deutliche Lächeln verloren gegangen, im Himmel geblieben, notgelandet. Er bot mir etwas zu trinken an, Karthäuserlikör, zähflüssiges, grünes Lebenswasser. Er tat, als wäre alles wie immer, als würde ich den Vergil aus der Tasche ziehen und wir würden übersetzen, schlag auf, Vers. Er musste doch ein einziger Schrei sein, nachdem er erfahren hatte, dass ich womöglich sterben sollte, er müsste doch alle Engel herbeirufen, mit Schwerterscharen müssten sie in meine Brust dringen und die Teufel tranchieren, den Virus verätzen mit Feuerzungen, irgendetwas. Aber er war so ruhig, als wäre er noch gar nicht im Kloster angekommen, nur sein Körper, nicht sein Herz, nicht seine Seele, nur das Standardprogramm aus bedächtigem Zuhören, einfühlsamer Aufmerksamkeit, die Pupillen Doppelpunkte. Sicher hatte er das ganze Ausmaß der Situation nicht begriffen, er kam aus einer anderen Welt, China, Mongolei, aus der Steppe, er hatte seit Tagen nicht geschlafen, von Sorgen zermürbt, die Schultern von der Schwere der Verantwortung entzündet, niedergedrückt. Ich hätte Rücksicht nehmen müssen, aber ich konnte nicht warten, jede Stunde zählte wie ein Tag, jeder Tag wie ein Jahr.

»Silvester, sie hat gesagt, ich habe einen tödlichen Virus, ein halbes Jahr.« Ich suchte nach einer Reaktion in seinen Gesichtszügen, hoffte, er würde mit den Tränen kämpfen, weil er sich vorstellte, mein Platz bliebe schon bald leer, die Seiten unaufgeblättert. Er war in einer Schockstarre, er ließ es nicht zu, redete ich mir ein, er ist so viel Elend gewöhnt, der Tod ist für ihn alltäglich, es ist, wie wenn ein Chirurg Blut sah, er musste nur mit Mitgefühl reagieren, er fühlte mit, aber nicht selbst. Doch jetzt fühlte er selbst, und deshalb wusste er nicht, was sagen, wie es sagen. Wie lange wollte er noch schweigen, wann nähme er mich in den Arm?

»Sebastian, vertraue, Gott ist da, es existiert kein Grund zur Aufregung. Es gibt immer eine Lösung, vertraue. Sie ist die Beste, du musst dich sofort in ihre Obhut begeben, sie hat mich gerettet, sie wird auch dich retten. Gerade in China sah ich einen Jungen …«

Ich unterbrach ihn: »Ich gehe nicht nach Atlanta. Ich lasse eine zweite Untersuchung machen. Sie ist nicht der barmherzige Samariter, ich will mich nicht durch die Welt tragen lassen, ich will schreiben, ich will leben, Silvester, ich will leben, bis zum letzten Augenblick.« Ich wusste nicht, woher ich die Kraft nahm, die Wut. »Sie hat dich doch auch hier geheilt. Warum Amerika, warum weg von allen? Klara und meine Eltern hier im Ungewissen zurücklassen? Kann ich noch etwas von dem Likör haben?« Ich trank ihn in einem Zug, die schwere Süße verklebte mir die Zunge, die Liebe, und dennoch war da ein scharfes, verzögertes Brennen in der Brust. Ich blickte auf und blickte in eine der afrikanischen Masken an der Wand, eine böse lächelnde Fratze, die mich und meine Angst mit hechelnder Zunge auslachte, deren Haare sich sträubten ob meiner Furcht, du gehörst doch schon dem Tod, was zappelst du so, gleich schlag ich meine Zähne in deinen Hals, krall meine Augenbrauenklingen in deine Stirn, mein böser Blick verlässt dich nicht mehr.

»Du bist nicht für ihr Leben, du bist für deines verantwortlich. Und es ist eine Gnade, dass sie deine Krankheit entdeckt hat. So wirst du geheilt werden. Sonst wärst du eines Tages tot umgefallen, und keiner hätte gewusst, warum. Niemand hätte den Virus aufgehalten. Du musst keine Angst haben, die Angst darf keine Macht über dich haben. Gott wird dich nicht verlassen.«

Er beruhigte mich, seine weiche Stimme, die Falte für Falte aus meiner Stirn strich, sein Tonfall, der mein Fallen auffing, bevor es der Sinn seiner Worte konnte.

»Vertrau ihr, vertraue mir. Sie ist sehr forsch, nicht diplomatisch. Sie verliert keine Zeit aus Vorsicht, sie packt zu. Sie packt das Übel bei den Hörnern. Ich werde bei dir sein, ich werde mit euch nach Atlanta fliegen, ich werde dich auf diesem Weg begleiten. Es gibt nur diesen Weg. Wir dürfen keine Zeit verlieren.«

Plötzlich war er wieder ganz da, es war wie früher, es existierte ein Band, er zog, und ich folgte, aber das Band spannte sich, ich hielt dagegen, hielt stand, wusste nicht, warum, er spürte die Spannung.

»Was zögerst du? Ist es wegen deiner Freundin? Ich sollte dir das jetzt nicht sagen, aber ich fürchte, sie versteht den Ernst der Bedrohung nicht. Ich fürchte, sie ist eifersüchtig auf unsere Freundschaft, das geht mir schon seit längerem durch den Kopf. Sie hat Angst, dich aus ihren Händen zurück in meine zu geben. Aber es geht um dein Leben. Ich habe doch nichts dagegen, dass du eine Freundin hast, ich freue mich, wenn du glücklich bist. Ihre Reserviertheit mir gegenüber ist unübersehbar, ihre protestantische Skepsis. Das richtet sich nicht gegen sie, aber sie versteht nicht, was uns verbindet, sie sieht nur das Äußere, das, wogegen sie erzogen ist, die katholische Kirche. Du hast dich zurückgezogen, weil du den Konflikt scheust, die Konkurrenz, die doch keine zu sein hat. Ihr seid frisch verliebt, ich habe das verstanden, bei Gott, ihr seid jung, es darf keine Götter neben eurer Liebe geben. Aber jetzt geht es nur darum, dass du gesund wirst, dass du die best- und schnellstmögliche Hilfe bekommst.

Sie ist eine Kapazität? Sie ist keine Wunderheilerin, sie ist Wissenschaftlerin, ein Segen. Wir sind von Arzt zu Arzt, von Tropeninstitut zu Tropeninstitut, du hättest die Gesichter sehen sollen, die nur darauf warteten, dass Gott sie heimholt. Und dann kam sie, wie ein rettender Engel. Ein frecher, burschikoser Engel, ein unverschämter Engel. Sie kennt keine Grenzen, keinen Respekt. Sie kennt nur ein Ziel, nämlich dass man gesund wird und dass auf diesem Weg keine Kompromisse eingegangen werden dürfen. Sie war selbst hinter der Klausur. «

Er hielt inne, als wäre der letzte Satz der Gottesbeweis, könne es keinen Widerstand mehr geben, wenn er ihr so vertraute und sie Grenzen überschreiten ließ, die sonst unüberwindbar schienen. Er hatte recht, ich hatte darunter gelitten, dass Klara sich schon bei unserem Treffen zu dritt von ihm abgestoßen fühlte. Für sie war er die Inkarnation der Doppelmoral, einer, der die Hand aufhielt, während er mit der anderen Kreuze auf die Stirn drückte, der Armut predigte, aber alles tat, um nicht zu den Armen zu gehören, der in ihren Augen kein Freund war, sondern nur ein Auge für das Geld meiner Eltern hatte, die sich in seinem Heiligenschein sonnten, wollten, dass etwas von der Herrlichkeit der Kirche auf sie fiel, und dafür Ablass zahlten, und ich war dazwischen, so sah sie es, das Feigenblatt, das für beide Seiten den Handel rechtfertigte. Wie konnte mein Künstlertum des Teufels sein, wenn ein Mann Gottes es förderte. Für Klara war er alles andere als ein Mann Gottes, vielmehr ein Mann des Mammons und der Macht. Sie hatte irgendwann jede weitere Begegnung abgelehnt, war sich überflüssig vorgekommen, verschattet, wenn wir mit ihm zusammen waren. Wir hatten oft gestritten über die katholische Kirche und unsere auseinanderklaffenden Sichtweisen. Wenn ich die Kirche so kritisch sah, wenn ich Silvester so kritisch sah, warum konnte ich dann alles mitmachen, rechtfertigen? Wenn ich mich als Rebell verstand, warum rebellierte ich dann nicht und küsste imaginierte Ringe? Sie suchte die Wunden, und sie fand sie, weil ich sie verwundet hatte und immer wieder meine Zweifel, meine Kritiken auf sie projizierte, sie provozierte, sodass sie sie aussprechen musste, damit ich sie widerlegen konnte, einfach weil ich nicht unterliegen wollte.

»Ich habe noch heute einen Termin für eine zweite Untersuchung.« Silvester reagierte verblüfft. Befürchtete er, ich würde einen Fehler machen, einen lebensbedrohenden Fehler? »Ich muss eine zweite Meinung hören. Am Ende war es ein Fehler.«

»Sie macht keine Fehler. Sie werden dich durch alle Untersuchungen jagen und schlachten wie ein goldenes Kalb, du kennst die Ärzte, denk an deine Mutter, was sie nicht alles schon über sich ergehen lassen musste. Sybille sieht, erkennt, handelt, alles Überflüssige verabscheut sie, sie kommt sofort auf den Punkt. Gerade weil deine Krankheit so selten ist, werden sie einen Vorwand haben, aus ihrem Unvermögen Profit zu schlagen, bis sie dann auch nach Amerika um Hilfe rufen. Du verlierst kostbare Zeit, es ist wie bei einer Blutvergiftung, sie steigt zum Herzen, und wenn du sie nicht rechtzeitig stoppst, bringt sie dich um. Ich bitte dich, gehe sofort zu ihr. Ich sage alle Termine ab und begleite dich, wenn ihr denn nach Atlanta müsst.« Er drückte meinen Arm, als müsste er seinen Worten Nachdruck verleihen.

»Warum bist du dir so sicher, dass ich wirklich krank bin? Ich fühl mich nicht krank, ich bin kerngesund. Ich habe mir den Knöchel verstaucht. Wir sind den Jakobsweg mit dem Fahrrad gefahren, über Pässe, mit Gepäck, es ging nur bergauf, bergab, gegen den Wind über Hochebenen. Denkst du, das hätte ich todkrank geschafft?« Ich wollte mich selbst von meiner Gesundheit überzeugen, aber er hatte längst eine Angst in mir getroffen. Nicht nur eine Angst, ich sah wieder in die Maske, nein, eine Todessehnsucht, ich sehnte mich für einen Augenblick nach dem Tod, zuvor jedoch musste ich ihm etwas abtrotzen, unsterbliche Literatur, only the good die young, ich war jung und wollte gut sein, eine Legende, nicht in Atlanta sterben, nicht dahinsiechen an lebensverlängernden Schläuchen, nein, ich würde einen Punkt machen, mich in eine Badewanne legen, einen Tod finden, der ein Bild darstellte, der sich einbrannte mit meinem Werk in das Gedächtnis. Sieben Gedichte, die zählen, das reichte, eine Erzählung, ein Stück, mir musste etwas gelingen. Sonst würde ich umsonst verrecken.

»Sie hat sich bislang noch nie getäuscht. Alle hoffnungslosen Fälle hat sie geheilt. Ich habe gesehen, was andere Ärzte mit ihnen angestellt haben, bevor ich sie zu ihr brachte und sie alles in die Hand nahm, Druck machte und alles in Bewegung setzte, um sie gesund zu machen. Ich fürchte um dein Leben, Sebastian, wenn du nicht zu ihr gehst. Ich bete für dich.«

»Ich werde es mir überlegen, ich werde es morgen entscheiden. Über Nacht werde ich schon nicht den Löffel abgeben. Ich danke dir.«

»Du bist nicht allein.«

»Diesen Weg muss ich allein gehen.« Ich stand auf, er kam mir erleichtert vor. Dachte er, ich begäbe mich in ihre Hand, glaubte er, jetzt könnte ich gerettet werden? Kannte er keinen Zweifel? Warum umarmte er mich auch jetzt nicht? War ich ein Aussätziger, sah man es mir an? Hatte er Angst, sich anzustecken? Die leeren Likörgläser standen direkt nebeneinander. Ich schloss die Tür, blickte nicht zurück. Ich war enttäuscht. Er hatte doch alles gegeben, was er für richtig hielt. Er kam mir abwesend vor. War es die Müdigkeit? Es musste die Müdigkeit sein.

Wie hätte ich reagiert, wenn David mir gesagt hätte, er habe eine tödliche Krankheit? Hätte ich geheult, ihn zu trösten versucht, geschrien, gegen die Tür getreten, geschwiegen, ihn festgehalten, wäre ich gegangen, hätte ich mich gedrückt oder wäre ich ihm nicht mehr von der Seite gewichen, hätte gekämpft, als könnte ich in seinen Körper tauchen und den Kampf aufnehmen, hätte ich mich in die Flugbahn der Kugel geworfen, wäre ich mit ihm von Arzt zu Arzt, von Hoffnung zu Hoffnung, von Enttäuschung zu Enttäuschung, Wartezimmer zu Wartezimmer, immer die gleichen Hefte, veraltete Hefte, veraltete Hoffnung, wäre mit ihm zu Wunderheilern, wäre mit ihm barfuß durch den Schnee zu den vibrierenden Schlägen eines tiefen Gongs, wäre mit ihm nach Tibet, Afrika, Rom, selbst nach Lourdes, hätte mein Blut mit ihm getauscht, ihm eine Lunge gegeben, hätte nicht weggeschaut, wenn man es nicht mehr mit ansehen konnte, hätte ich das alles für ihn getan? Für mich? Wollte ich, dass das meine Freunde für mich tun, wenn der Sonnyboy mit einem Schlag im Schatten steht und die Schatten nicht mehr weichen wollen, immer tiefer nach innen fallen? Nein, ich wollte allein sein, allein mit meiner Krankheit, allein mit der Schwäche. Das war klar, als ich zum Auto ging, vorbei an dem lächelnden Pförtner, es schneite, ja, ich muss es allein schaffen. Doch als ich den Motor startete, wusste ich, dass ich, wie verabredet, zur zweiten Untersuchung fahren würde.

Vielleicht, dachte ich, war die Stelle im Wald ja noch immer vereist.

7

Blitzeis regnete vom Himmel, die Fahrbahn spiegelglatt, die tränengroßen Tropfen gefroren sofort auf der Windschutzscheibe, nahmen mir die Sicht, ich riss die Augen weit auf, wollte nicht am Rand anhalten, nicht umkehren, nicht stehen bleiben, ich kroch, immer langsamer, bis mich Raupen der Winterschutzflotte überholten, die spitzen Schaufeln sich in die Straße gruben, den Schnee zur Seite schoben, das Salz streuten, das sich in den Boden fraß, durch die Kälte fraß, die Glätte wegätzte. Ich hatte keine Angst, es wäre zu absurd gewesen, jetzt tödlich zu verunglücken, wegen des Wetterwechsels, wegen des Regens, der auf mich niederknallte, ins Schleudern gekommen, aus dem Leben geschleudert, ein Verkehrstoter auf der A 96, lächerlich, Statistik statt Ewigkeit.

Ich erinnerte mich, wie ich das Jahr zuvor an Weihnachten zu Klara unterwegs gewesen war und der große Sturm einsetzte, als ich durch diesen endlosen Wald fuhr. Die Bäume krachten von links und von rechts auf die Straße vor mir, hinter mir, quer über die Straße, auf die Autodächer, knickten ein wie Mikadostäbe, umgeworfen, ich konnte nicht anhalten, nicht in einer Parkbucht warten, denn die Wälder fielen, ob ich stand oder fuhr, Macbeth, war das das Ende, ich hatte beschleunigt, das Auto wurde beinahe weggetragen vom Wind, hin und her geschleudert, wie lang war dieser Wald, würde vor mir gleich ein Stamm liegen, könnte ich ihm ausweichen, ich konnte nicht nach vorne, nach hinten durch den Rückspiegel, nach links, nach rechts, nach oben schauen, ich musste einfach durch. Im Radio sagten sie, man solle das Auto stehen lassen und zu Hause bleiben, was für ein Unwetter, sagten sie, was für ein Sturm, eine Katastrophe, ein Unglück, Schäden, Personenschäden, die Rettungskräfte überfordert, kein Durchkommen, Chaos, und ich hielt die Spur, schnurstracks geradeaus, dann sterbe ich eben, Adrenalin war in die Venen geschossen, es war russisches Roulette, ich hatte das Radio ausgeschaltet und die CD voll aufgedreht, Apocalypse Now, Helikopterröcheln, die Bomben schlugen neben mir ein, aber ich gab nicht nach, hatte das Lenkrad umschlossen, Weihnachten, die stille Zeit, das Fest der Liebe, bleiben sie lieber zu Hause, von der Außenwelt abgeschlossen. Und dann hatte ich es geschafft, der Wald war hinter mir, er war mir nicht gefolgt, ich hatte Glück gehabt, Gott hatte mich aus dem Mikadohaufen rausgezogen, unberührt, meine Hände hatten gezittert, mir war schlecht, ich hielt an, musste mich übergeben, lachte auf, du hast mehr Glück als Verstand, danke, danke. Als ich angekommen war, waren sie fassungslos, und ich erzählte meine Geschichte, als käme ich von Irrfahrten heim, als hätte ich Skylla und Charybdis passiert, die tödliche Enge zwischen den Stämmen. Der Tod war mir schon so oft begegnet.

Und jetzt fuhr ich in das Krankenhaus, in dem ich zur Welt gekommen war, um zu erfahren, ob ich sterben musste. Ich war ein Siebenmonatskind gewesen, sie hatten mich sofort nach der Geburt mit Blaulicht an das andere Ende der Stadt zu der Klinik gefahren, die Brutkästen hatte, die vorbereitet war auf einen Winzling wie mich, nicht überlebensfähig ohne Fernwärme, fremde Hitze, ohne Sauerstoffschläuche, hinter Glas weitergebrütet, gewachsen im Schaufenster, Peepshow, keine Haare, ein süßer Junge, sagte die Schwester zu meinem Vater, die sofort erkannt hatte, dass ich sein Sohn war, als sie mich gebracht hatten, denn sie war in meinen Vater verliebt gewesen, sie hatten sich seitdem nicht mehr gesehen gehabt. So lag ich da, und meine Mutterseele war allein, Kilometer entfernt und mochte nicht glauben, dass ich lebe, dass ich lebendig war. Die anderen Mütter bekamen ihre Säuglinge an die Brust gebracht, sie lag ohne Gewissheit, die Nerven zerrüttet, der Bauch aufgeschnitten, Tränen in den Augen, und eine missmutige, bösartige Schwester bellte sie an, ignorierte ihre Angst, die Schutzinstinkte ohne zu Schützendes. Meine Mutter lag verlassen da und musste glauben, dass alles gut gegangen war, dass ich gesund war, obwohl natürlich ein Risiko blieb. Würde sich alles bei mir normal entwickeln? Zwei Monate lag ich in dem Glaskasten, bis ich nach Hause durfte. Meine Mutter war so nervös gewesen, dass ich von ihr nicht trank, mein Vater musste die Flasche halten, er war mein erster Ernährer, die Muttermilch.

Danach hatte er immer weniger Zeit gehabt, ermöglichte mir alles, wollte all seine ungelebten Träume, die er sich nie erfüllt hatte, in mir Wirklichkeit werden sehen, aber er war wie unsichtbar für mich, er arbeitete in, für und mit der Firma. Die Firma, die ich nicht fortführen wollte, deren Zufluss an neuem, frischem Blut ich nicht sein wollte, konnte. Aber jetzt hatte sich das Problem ja vielleicht ganz anders gelöst. Wobei meine Eltern das Problem überhaupt nicht als Problem kannten, denn ich hatte ihnen nie gesagt, dass ich ihren Wunsch nicht erfüllen würde.

Das Krankenhaus war, wie alle Krankenhäuser, von einer austauschbaren Kälte und Effizienz, die Wärme und Fürsorge simulieren sollte und eine graue Fläche der Angst war, die traurig absurde Choreographie der Lebensspender und Todesverhinderer, ein trister Durchlauferhitzer von Anfang bis Ende, Kinderzeichnungen, Plastiksäcke, Restmüll, Röntgenrachen, Urinproben,

Herztöne, rollende Betten, lachende Glücksmütter, letzte Ölungen, Desinfektionsmittel. Der Himmel und die Hölle in einem Haus mit Helikopter auf dem Dach und Entsorgungsstraßen unter der Erde, die Katakomben des Karmas, die Tiefgarage, in der Orpheus in den Rückspiegel blickt.

Ich stieg in einen Aufzug mit einem leeren Bett, das wie verlassen dort stand. Wartete es auf mich? Hatten sie mich erwartet? Sollte ich mich jetzt in dieses Bett legen und statt nach oben nach unten fahren, wenn die Tür sich öffnete, immer tiefer hinabrollen durch endlose Schächte, grell ausgeleuchtete Operationssäle, mit Ärzten, die ununterbrochen, Skalpelle in der Hand, nach mir hechteten, Narkoseärzten, deren Abzählreime und Masken mich verfolgten, verzweifelte Schwestern, die sich der Bahre in den Weg warfen und die ich überrollte, ohne zu fallen. Plötzlich war ich angeschnallt, wurde schneller und schneller, die Wände rückten von den Seiten auf mich zu, die Ecken rundeten sich, ich war in einer Röhre, der Beton vereiste, die Rollen dehnten sich zu Kufen, glitten kratzend in das Eis, mir wurde kalt, ein atemraubender Lärm, ich überschlug mich, raste kreisend nach unten, nach unten. Auf einmal schmolz das Eis, ich hob den Kopf mit schmerzendem Nacken, die Fesseln sprangen auf, es wurde heiß, dann sah ich es, ein Licht am Ende des Tunnels, ein Feuerkessel, gleich, ein verzerrter Glockenton, fünfter Stock, die Tür ging auf, ich stolperte hinaus, blickte mich um, ängstlich, das Bett könnte mich verfolgen, mir nachrollen, du entkommst mir nicht, lege dein müdes Haupt in meine weichen Kissen, lass dich fallen, gebe auf.

Die Schwester fragte mich, ob mir nicht gut sei. Ich verneinte, bestens, alles bestens, ich suche den Professor, hätte einen Termin, einen Termin bei dem Professor, er wisse. Sie zeigte mir den Weg, fragte nochmals, ob ich mich nicht setzen möchte, ein Glas Wasser vielleicht, ich sei so blass. Mir sei nur heiß, sehr heiß, antwortete ich ihr, und sie forderte mich auf, den Anorak auszuziehen, ließ mich nicht aus dem Auge, brachte mich zum Sekretariat des Professors, bat mich, Platz zu nehmen und zu warten. Ich wartete, hatte Panik, die Augen könnten mir zufallen und es würde von Neuem beginnen. Aber ich war so müde, ich musste schlafen, musste doch schlafen, wenn ich müde war.

»Kommen Sie«, die Sekretärin bat mich in das Sprechzimmer. Ich wuchtete die schweren Glieder hoch, warf mich nach vorne und wankte, um Haltung kämpfend, in das Zimmer, bis ich mich fing und alles wie weggeblasen war.

Professor Lamm hatte einen entschiedenen Händedruck, er glich Alfred Döblin, seine Gesichtszüge waren nur strenger, aber er wirkte wie aus den Zwanzigern, eine schneidige Autorität, akkurate Freundlichkeit, reserviertes Zuvorkommen, blitzschnelle Auffassungsgabe, seine Augen Hochgeschwindigkeitsverarbeiter, der erste Blick war geschult, ich stellte mir vor, er warf meine Persönlichkeit auf ein Blatt wie ein Zeichner eine Skizze, wusste sofort, was wichtig, was unwichtig war, was er weglassen konnte. »Sie sind hier geboren, habe ich gehört. Schwester Maria hat es mir gesagt. Sie können sich ausmalen, ich bin bestens informiert. Setzen Sie sich doch. Wie kann ich helfen?«

Ich setzte mich, betrachtete die Rücken der Familienglückfotos auf dem Schreibtisch, die sich schwach in der Scheibe hinter ihm spiegelten. Ein Bücherregal mit dem gesammelten Wissen auf Kante, ein Buch quer, um die Ordnung zu bestätigen, sachliche Möbel, Persönliches, das persönlich wirken sollte. Vertrauensbildende Maßnahmen, ein schöner, schwerer Füller, eine kalligraphische Handschrift. Er musste ein Schöngeist sein, dachte ich mir, Chirurgenhände, die Skalpelle dirigierten, Pianistenhände, lange, etwas knöcherige Finger, kraftgeladene Fingerspitzen, eine Narbe über dem Daumen. Er war schlank, groß, aufrechte Haltung, die der Größe abgerungen war. Seine Pupillen wirkten trotz aller Wachheit müde gerollt, abgenutzt, verschlissen. Er hatte sicher heute noch nichts Schönes gesehen und jetzt noch dieser Verrückte, der glaubte, er wäre vom Affen gebissen.

Ich erzählte ihm die ganze Geschichte und fasste mich so kurz es ging, denn seine Blicke gaben mir eindeutig zu verstehen, nur ja alle Arabesken zu vermeiden. »Sie studieren Jura?«, fragte er, und ich konnte mit dieser Frage nichts anfangen, antwortete schlicht »ja« und vergaß selbst das »warum«. Ich hatte den Verdacht, er wollte nichts preisgeben, er versuchte zu verbergen, was er dachte, dass er mich beobachtete, dass er die entscheidenden Fragen nicht stellte, sondern sie sich selbst beantwortete, indem er seine Wahrnehmungen in Deckung brachte, koordinierte. Er fing ein banales Gespräch an, als wollte er mich verführen, die Anspannung zu verlieren, draufloszureden. Untersuchte er mich schon entsprechend des Krankheitsbildes? Hatte ich vergessen, was ich drei Fragen zuvor beantwortet hatte. Wollte er mich nicht untersuchen?

»Haben Ihre Eltern nicht eine Fabrik?« Ich wusste nicht, was das sollte. »Kann es sein, dass ich diesen Virus habe?« Ich hatte allen Mut für diese Frage zusammengenommen, meine ganze Todeskünstlersehnsucht war der Angst gewichen, der Schuld. Ich fühlte mich schuldig. Immer, wenn ich zum Mutmaßen gezwungen war, fühlte ich mich schuldig, suchte die Schuld bei mir, irgendeine Schuld musste und würde ich finden. Meine Mutter hatte mir nie gesagt, was ich falsch gemacht hatte, sie hatte es mich nur spüren lassen. Selbst wenn sich herausstellte, dass nichts gewesen war. Ich war wie ein Seismograph, wenn es darum ging, Schuld zu orten und auf mich zu ziehen.

»Ich kann es nicht ausschließen. Das Virus ist selten. Wir müssen die Seren aus den USA kommen lassen. Es wird acht Wochen dauern, bis wir Gewissheit haben.«

»Acht Wochen?« Zwei Monate ohne Gewissheit leben zu können oder sterben zu müssen, zwei Monate Zweifel, Angst, Ohnmacht. »Können Sie denn jetzt nichts tun?«

»Blut abnehmen, mehr nicht. Aber wir halten Sie unter Beobachtung. Sollten Symptome auftreten, werden wir auf Verdacht eingreifen müssen.«

»Und wenn ich nach Amerika fahre?«

»Das sollten Sie sich nicht antun. Die Schwester wird Ihnen Blut abnehmen. Mehr ist im Moment nicht zu machen. Sollte Ihnen oder Ihren Angehörigen irgendetwas an Ihnen auffällig erscheinen, Verwirrtheit, Verhaltensänderungen, Sprachprobleme, Epilepsie, dann informieren Sie mich bitte sofort.«

»Wäre es nicht besser, wenn ich hierbleibe?« Ich dachte an mein Weggetretensein im Aufzug, war das schon der Anfang?

»Wir wissen doch gar nicht, ob Sie wirklich krank sind«, lächelte er meinen Einwand weg, aber zugleich unterstellte ich ihm den Hintergedanken, ich sei ein interessanter Fall. »Wollen Sie mich nicht untersuchen«, wollte ich ihn fragen, wie um es bestätigen zu lassen, verzichtete aber darauf. Es müsste ja alles im Blut sein, mein Blut muss wie ein offenes Buch sein, in dem alles zu lesen ist. Die Adernzeilen sprangen aus dem Unterarm, als ich die Faust ballte.

»Grüßen Sie Ihre Mutter«, verabschiedete er mich und bat mich, im Nebenzimmer auf der Liege mir das Blut abnehmen zu lassen.

»Wird Ihnen schlecht beim Blutabnehmen?«, fragte die Schwester und bereitete die Spritzen vor. »Links oder rechts?« Ich ließ mich immer links spritzen, sie band mir den Arm ab, die oberen Knöpfe ihres Kittels waren geöffnet, warum, aber da war sie schon in meinen Venen, zog das Blut raus und forderte mich auf, den Finger auf den Tupfer zu halten, bis sie mir das Pflaster darüberklebte.

Sie nahm die gefüllten Ampullen in der Altpapiernierenschale mit, und ich dachte, hier liegt deine Zukunft. Was, wenn sie sie fallen lässt? Meine Krankengeschichte begann hier mit meiner Geburt, die Kreise schließen sich vielleicht, wie bei einem Kunstwerk, mein Körper brütet eine Krankheit aus, und der Tod saugt mich ein. »Sie können gehen«, gab mir die Schwester zu verstehen, nachdem ich immer noch auf der Liege saß. »Ist Ihnen schlecht?«

Nein, mir war nicht schlecht, warum fragten mich alle, ob mir schlecht sei. Mir war zum Kotzen, aber mir war nicht schlecht. Die Welt war schlecht. Die irakischen Panzerbestände sind vernichtet, die gesamte Artillerie dem Erdboden gleichgemacht, Babylon bombardiert. Kommt wohl einst die Zeit, da findet der Bauer in jenen Ländern, wenn er das Feld durchfurcht mit gebogenem Pfluge, Speere, zerfressen von schäbigem Rost, er trifft mit der schweren Hacke auf Helme, hohlen Klangs, und sieht: weiter konnte ich es nicht mehr auswendig. Ich hatte es mit Silvester übersetzt und zuvor auswendig gelernt, hatte es nicht vergessen, denn seitdem sah ich unter allen Wiesen Speere, ausgebleichte Knochen, waren Gesichter unter den Gänseblümchen, war die Idylle verseucht, kontaminiert mit Leichen, Giftgas, das Landleben, die Hirten, die Wüste. Silvester hatte einmal gesagt, die lateinischen Autoren gäben ihm Kraft, ich musste Vergil wieder lesen, Horaz. Vielleicht war es ein Zeichen. Vielleicht würden sie mir helfen. Vergil, der mit Dante durch die Hölle ging. Es war die Hölle. Väter, die zu ihren gebärenden Frauen eilten, Familien in Schwarz mit schwarzen Taschen und Schweigen, Männer mit Gipsbeinen in karierten Bademänteln vor dem Kiosk, vor der Eingangstür mit Zigaretten, Bierflaschen, tätowierte Frauen mit Stachelhaaren, hineingepresst in weiße Leggins, in eine Haut, die sich bei jeder Bewegung bläht, als platze sie gleich. War das hier das Fegefeuer? Ich zündete mir eine Zigarette an und blieb stehen.

Ich hatte fast vergessen, meine Eltern anzurufen, ich hatte versprochen, mich sofort zu melden, nachdem ich darauf bestanden hatte, allein zu fahren. Sicherlich hatte meine Mutter schon im Krankenhaus angerufen, nachgefragt oder nachfragen lassen, es war überflüssig zurückzugehen, ein Telefon zu suchen und zu sagen, es gibt nichts Neues. Ich wollte nicht zurück, ich würde eine Zelle auf dem Weg suchen, ich konnte nicht zurück, ich hatte Schüttelfrost bei dem Gedanken, zwischen Kranken mit meiner Mutter zu telefonieren. Ja, Mutter, ich bin tot, es gibt keinen Zweifel mehr, die Diagnose trifft zu, die Leichenstarre hat bereits eingesetzt. Nein, sie haben mir die Augen nicht geschlossen, ich sehe alles ganz deutlich. Meine Haut verfärbt sich, wird gelb, brüchig, ich kann es sehen. Mein Atem setzt aus, das Herz schlägt nicht mehr. Ich stehe, ja, ich bin im Stehen gestorben, zumindest das hatte ich mir ausbedungen. Kränze auf keinen Fall, eine schöne Todesanzeige, mit einem Zitat, Brecht vielleicht, wenn das mit der Kirche geht, oder Hölderlin, der geht immer. In meinem Schreibtisch müssten noch Manuskripte liegen. Sagt, ich wollte, dass sie verbrannt werden, aber verbrennt sie nicht. Ich habe Angst, lebendig begraben zu werden. Die Menschen werfen Hände voll Erde nach mir, es wird immer schwieriger, sich zu bewegen und aus dem Erdhaufen zu befreien, um mich herum schnellen Wände aus Erde empor, und die Erde fällt von oben wie Regen, obwohl die Sonne scheint. Ich muss auflegen, man faltet mir die Hände, die Krawatte ist zu eng gebunden, kann mir niemand den Krawattenknoten lockern. Könnte ich nicht mit einer Lederjacke, meiner schwarzen Lederjacke, der Claude-Montana-Lederjacke mit den gepolsterten Röhrenärmeln. Wo bin ich eigentlich, ich wollte doch in ein anderes Grab, ich wollte Blick auf den See, damit ihr, wenn ihr mich besucht, den See seht, die Schiffe, die Segel. Jetzt ist es dunkel. Sie schrauben den Deckel über meinem Kopf fest. Der Lärm bringt mich noch um, unerträglich. Ich mag keine Eiche, ich mag keine Goldgriffe, ich hasse Gold, lasst mich hier raus, macht auf, ich habe etwas vergessen, da ist noch ein Atemzug, der will raus, der erstickt, da ist noch ein Herzschlag, der schlägt nach oben, da ist noch Hoffnung, die nicht aufgibt, da ist noch eine Erinnerung, die nicht verschüttet werden will, und all das Verdrängte hat sich hier reingedrängt, ich bin ganz eingepfercht, zusammengedrückt, ich bin klaustrophobisch, zum Glück ist die Zelle aus Glas, Notrufnummer, Mutter, Hallo, Mutter, ja, er hat gesagt …, ach, du weißt schon. Gut. Nein. Ich komm nicht nach Hause, ich fahre in meine Wohnung, ich will ins Kino heute Abend, wir gehen ins Kino. Ich lebe weiter, als wäre nichts passiert, verstehst du? Oder willst du, dass ich zu ihr in Quarantäne gehe? Ich will nicht in diesen Bungalow, das kommt mir wie ein Sarg vor. Wir warten ab, was die zweite Untersuchung ans Licht bringt. Ihr sollt mich beobachten? Ja, das hat er mir auch gesagt. Aber ich lass mich nicht verrückt machen, wir dürfen uns jetzt nicht verrückt machen lassen. Wie? Natürlich fahre ich Auto, warum sollte ich nicht Auto fahren. Mutter, nein, du stirbst nicht. Mach es mir doch nicht noch schwerer. Muss ich auch daran schuld sein? Was sagt Vater da im Hintergrund. Meine Münzen sind gleich alle, es kann jeden.

Ich drückte die Gabel hinunter, lehnte mich mit dem Rücken gegen die Scheibe und schaute in den Winter, die kriechenden Autos. Ich rauchte die nächste Zigarette, füllte die Telefonzelle mit Rauch, atmete tief, bis es weh tat. Ich spüre mich noch, ich spüre mich. Ich ging raus in die Kälte und balancierte über den vereisten Gehweg zum Auto. Weg von hier in die Stadt, nur raus aus der Vorstadthölle.

Ich fuhr an Baustellen vorbei, trostlosem Supermarktlockbeton, an Sexpalästen, deren Märchenminarette, Rotlichtarabesken und glühende Versprechen im Tageslicht und schmutzigen Schnee kollabierten, vorbei an Tankstellen mit Regalen voller Enteisungssprays und Waschwasserplastikflaschen mit Frostschutzmitteln, hielt an der Ampel vor dem wuchtigen Würfel, hinter dessen Fensterfront im ersten Stock E-Gitarren aufgereiht waren, Schlagzeuge, Verstärker, Mikrofone. Hier hatte ich mir meine Flying-V gekauft. Sollte ich anhalten und reingehen? Mir eine Gitarre kaufen, es war doch eh alles umsonst, warum nicht eine Gitarre kaufen, aufdrehen, sie anzünden, zerschlagen, mich befreien? Ich könnte nie eine Gitarre zerschlagen, sagte ich mir, nie ein Instrument zerstören. Hinter mir sah ich im Rückspiegel immer noch dasselbe Auto wie schon in Pasing bei der Telefonzelle, ein schwarzer Fiat. Wurde ich jetzt paranoid? Ich schaute sehnsüchtig hoch zu den Gitarren, als sie mich zum Weiterfahren hupten.

Wo war eigentlich die Flying V? Sie musste bei den Eltern im Keller liegen, in dem Schrank am Ende des Gangs, hinter dem Vorhang. Wie alt war ich damals? 13? Ich hatte mit meinem Freund Steffen beschlossen, ein Konzert zu geben, wir wollten ins neu gegründete Jugendheim und es allen zeigen, wollten wie die Schenkerbrüder von den Scorpions sein, mit zwei V-Gitarren, mit hetzenden Noten und brennenden Fingerkuppen Parallelsoli spielen, die Verstärker übersteuern, die Plektren hart auf die Seiten prügeln. Wie Helikopter wollten wir klingen, alles zum Vibrieren bringen und dann eine Ballade, bei der alle die Feuerzeuge in das Dunkel hielten, während wir beide beim Singen die Augen schlossen und die Lockenköpfe über die Griffbretter beugten. Nur brauchten wir noch die Gitarren, mit unseren alten würden wir uns blamieren, wie hätte das ausgesehen, mit einer Akustikgitarre Metal zu spielen. Wir brauchten Stahlsaiten, die man mit der Zunge spielt. Also übernahmen wir Ferienjobs.

Ich strich einen Sommer lang Bretter. Die Hallen neben dem Sägewerk in unserem Ort waren mit Waggons voller übereinandergeschichteter Latten gefüllt, soweit das Auge reichte, Bretter, und alle sollten gestrichen, imprägniert werden, eines nach dem anderen, Brett für Brett, Waggon für Waggon, Sisyphus spielt Luftgitarre, wenn er nicht Bretter streicht. Und so strich ich, und die giftige Farbe verklebte mir die Nasenschleimhaut, stieg mir in den Kopf, hämmerte wie eine Punkband in meinen Schläfen. Ich wollte keinen Mundschutz tragen, ich sang beim Streichen, ich musste ja die Texte auswendig lernen, die uns Steffens Mutter ins Englische übersetzt hatte, lauter Worte, die ich nicht verstand, obwohl ich die Lieder selbst auf Deutsch geschrieben hatte. Am Anfang hatten wir sie in unserem Fantasieenglisch gesungen, ganz cool, rau, ganz tief aus dem Rachen gegen das Mikrofon geschleudert, klang echt, fanden wir. Aber in diesen fremden Worten tönte es nach Knabenchor im Stimmbruch, nach Domspatzenschießen, und die Zeilen wollten mir einfach nicht ins Hirn. Aber als die Halle leer war, Millionen Bretter später, hatte ich sie im Kopf, endlich, I am on the hard way. Nur noch zwei Wochen, dann hätte ich genügend Geld. Ab jetzt, nachdem die Latten, die ich gestrichen voll hatte, endlich weg waren, war die Arbeit ein Kinderspiel. Am nächsten Morgen ging ich vergnügt zur Halle und freute mich schon auf die Leberkässemmel in der ersten Pause, schob die Tür auf und fing zu heulen an: Die ganze Halle hatte sich über Nacht mit Brettern gefüllt, mein Kopf explodierte. Für die Kunst, den Ruhm musst du kämpfen, leiden, Opfer bringen, hatte ich mir gesagt, und ich hatte den Pinsel in die Farbe getaucht, als würde ich mein Todesurteil unterschreiben. Die anderen sind am goldenen Schuss verreckt, an ihrer Kotze im Wodka, und ich würde noch vor meinem ersten Konzert an Holzfarbenvergiftung draufgehen.

Ich ließ mir nun Zeit, denn ich wusste, die Halle würde sich immer wieder füllen, die Wälder würden geforstet, die Bäume fallen und zersägt, eingespannt und durch die rotierenden Maschinen gejagt, zerrissen, bis die Giganten schließlich Massenware waren, anonyme Bretter, austauschbare Bretter, die bei mir in der Halle landeten. Die Bretter, die mir die Welt bedeuteten, meine Gitarre. Als ich fertig gewesen war und die Halle erneut leer, streckte ich die Finger in die Luft für mein Sieges-V und spielte das Solo meines Lebens in der Ammoniakluft. Das Konzert konnte kommen! Ein schwarzer Schatten bog im Rückspiegel ab, der Fiat war verschwunden.

Wir hatten kaum für den Auftritt geübt, der ganz von selbst ablaufen sollte, wir bauen unsere Verstärker auf, stimmen die Gitarren, und wenn das Jugendheim voll ist, das Licht anspringt, stürmen wir auf die Bühne ins gleißende Scheinwerferlicht und biegen uns mit unseren Gitarrenhälsen in die Beifallsstürme. Es war Publikum gekommen, alle Freunde waren da, selbst aus den Nachbardörfern hatten sie sich von ihren Eltern herfahren lassen, es war berstend voll. Wir hatten kein Lampenfieber, nur fieberhaft auf diesen Augenblick hingelebt, uns hierher geträumt unter die Scheinwerfer aus den Hobbyräumen, zu den grölenden Fans und Mamas und Papas im Hintergrund an der Wand, die Hände an den Ohren, der Beton war ein Segen und vervielfachte den Lärm. Jetzt, als wir die Eingangsriffs spielten, fiel mir auf, dass wir eigentlich nur zu zweit waren, ohne Drums oder Drumcomputer, ohne Bassisten, ohne Keyboards, nur wir zwei, Two for the Show. Und wir mussten eine Show sein und alles geben, denn nach dem fünften Song merkten wir, dass wir keinen weiteren mehr hatten, dass alles schon vorbei war, gerade jetzt, wo es so gut lief und sie unsere Refrains sogar mitsangen, zumindest unsere Cousinen, die in der ersten Reihe kreischten. Wie lange konnten wir das Songende hinauszögern? Sollten wir noch mal von vorne beginnen, Texte erfinden, improvisieren? Wenn wir jetzt aufhörten, blieben alle enttäuscht zurück, wir hätten uns lächerlich gemacht, statt Legenden zu werden, fünf Songs, das wäre keine Platte, wenn irgendein Scout hier wäre, es könnte ja sein, mir wurde ganz schwindelig, Steffen gab alles und spielte einen Lauf nach dem anderen. Es musste etwas geschehen. Etwas Unvergessliches. Ich musste springen, ja, ich würde ins Publikum springen, so wie beim Skifahren würde ich springen, hochspringen, die Beine auseinanderreißen, fallen, landen in den Armen oder auf dem Boden zwischen den begeisterten Fans. Das Kabel würde reichen, zehn Meter. Ich gab Steffen ein Zeichen, noch mal in die letzte Strophe zu gehen, während der Bridge, kurz vor dem Refrain, würde ich springen. Der Raum war hoch, ich konnte die Decke sehen. Ich sprang, flog, riss die Beine auseinander und stieß in dem Moment mit dem Hinterkopf gegen den Mauervorsprung, den ich übersehen hatte, da er direkt über mir war. Ich landete ohnmächtig auf dem Boden, kam wieder zu Bewusstsein, kämpfte mich zurück auf die Bühne, spielte weiter, du musst weiterspielen. Und während ich schrubbte, lief mir das Blut über die Stirn und tropfte auf die weiße Gitarre. Gebannte Gesichter, nach dem Song totale Stille, bis der Applaus losdonnerte, das Grölen, aber als ich gerade wieder loslegen wollte, holte mich ein Arbeiter aus der Firma meines Vaters von der Bühne und fuhr mich ins Krankenhaus. Alles geplatzt, der Traum. Stiche stattdessen. Noch heute lachen sie im Dorf, wenn sie mich sehen, erinnern sich an das Konzert, sagen, wir wären der Zeit voraus gewesen, was wäre schon Ozzy Osborne gegen den blutenden Sebi mit seiner weißen Flying V.

Aber das war noch nicht das Ende der Rockträume gewesen. Beim nächsten Auftritt war ich wieder meiner Zeit voraus. Dieses Mal hatten wir einen genialen Schlagzeuger, David, aber keinen Bassisten. Also hatte ich dem hübschesten und blondesten Jungen, dem Mädchenschwarm in unserer Stufe, einen Bass umgehängt und ihm gesagt, er solle Luftbass spielen. Er war unglaublich und rockte fehlerfrei, während wir die Gitarren so hochschraubten und die Bässe runterdrehten, dass niemand etwas merkte. Dazu trugen wir mexikanische Stiefel und Sombreros und hatten uns Medici genannt. Aber wir waren nur die Vorgruppe gewesen für die große Schülerband, mit der Silvester spielte, was ich ihm übelnahm. Er hatte erst damit angefangen, als ich meine Gitarre schon lange an den Nagel gehängt hatte, aber es schmerzte mich. Das war besser als Blut und Boygroup, ein rockender Abt, darauf war ich nicht gekommen.

Mein Ende als Songwriter war einsam. Ich musste oft daran denken, immer, wenn ich an Musikläden vorbeifuhr. Meine große unglückliche Liebe während der Schulzeit hatte Geburtstag, meine Diotima, die Unberührbare, die, während sie mich abwehrte, insgeheim mit meinem Erzfeind rumknutschte, einem egoepileptischen Hampellulatsch. Und ich war voller Verständnis für ihre edle Moral und machte meine Minne. Ich schrieb für sie den schönsten Song, den ich je geschrieben hatte, platzierte mich ihr gegenüber, schaute ihr alles sagend in die Augen und fing an zu singen. Dieses Mal würde ich ihr Herz brechen, sie musste feuchte Lippen bekommen. Sie bekam sie auch, von der Torte, die sie aß, während ich sang und mein ganzes Herz in die Zeilen zwang.

Das war zu viel gewesen. Ich packte meine Gitarre ein, Ende, no more love songs. This is not. Die Musik hatte mich durch diese bittere Erfahrung vor der »Großen Liebe« gerettet, und jetzt gab ich sie aus Dankbarkeit auf. Ich nahm meine Gitarren nur mehr in die Hand, wenn ich meine Eltern besuchte. Die Hornhaut verschwand, und es tat jedes Mal weh, wenn ich die Stahlsaiten auf die Bünde drückte. Ich hatte die Songs nicht aufgeschrieben. Sie sind verloren. Weg. Sie hätten auch ohne Sahne nicht überlebt, sagte ich mir und lachte, obwohl ich die Sehnsucht in mir spürte, wieder auf einer Bühne zu stehen. Würde ich das mit Worten schaffen? Da war er wieder, der Fiat, als ich einen Parkplatz vor meiner Wohnung suchte, was fast utopisch in Schwabing war, gerade jetzt bei den Schneemassen auf den verbotenen Plätzen.

Ich stellte mich ins absolute Halteverbot. Was konnte schon passieren?

In meiner Wohnung kam ich mir verloren vor, wie in einem Grab, die schweren Stoffe, die Samtbezüge auf der wuchtigen Couch, deren geschnitzte Lehnen wie Geschwüre aus dem Holz hervortraten, die Teppiche, die geduldig alles schluckten, der Steintisch, unter den ich mich hätte legen können. In welchem Leben hauste ich hier, wessen Leben ahmte ich hier nach? Thomas Mann hätte sich an einem solchen Schreibtisch wohlgefühlt, der fast so breit wie das Zimmer war, das Maul aufriss, meine Beine einsog, den Unterleib. Den goldenen Briefbeschwerer gemocht, mit dem ich am liebsten den Glasschrank in meinem Rücken eingeworfen und die Bücher befreit hätte auf den hellblau bezogenen Regalbrettern. Diese Vorhangstangen, die aussahen, als würden sie Jahrhunderte überdauern, aber man hätte sich an ihnen nicht aufhängen oder Klimmzüge machen können, denn alles war ausgehöhlt, zitternd in den Verankerungen, war falsch, falsch wie der Stuck an der Decke, die feine Risse durchzog, die wie Flüsse durch das Weiß zu den Fällen flossen. Mir fiel nichts ein, ich wollte schreiben. Der Computer brauchte Jahre, um hochzufahren, als hätte er den ganzen Tag nur den Staub und die Erzählungen der Möbel geschluckt, als wäre er so langsam wie sie geworden, so unbeweglich, Gründerzeit.

Ich hatte das Zimmer geerbt, alle Möbel, von Blümchen. Blümchen, so hatten ihn meine Eltern genannt, so hatte er sich selbst genannt. Ich wusste nicht mehr, wie sein eigentlicher Name lautete. Er hatte in einem kleinen Märchenhaus im Dorf meiner Eltern gewohnt, mit Blick über den See. Er lebte sein Leben für Wagner, war zärtlich fanatisch, verträumt blond, hatte sein Haus in ein Spielzimmer und Theater verwandelt, schnitzte Marionettenfiguren, bastelte Papierbühnen, sammelte Märchenbücher aus aller Welt, versank über seinem Flügel, inszenierte in seinen vier Wänden den Ring, während sich der Ring um ihn immer enger schloss. Er machte Zimtmarmelade, kaufte Köstlichkeiten in kleinsten Döschen und Portiönchen, er verkleinerte alles, war selbst groß und kräftig, ein Siegfried in einer Spieluhr, die er in seinem Herz aufzog, wenn er um sich und seine Träume kreiste und nie wagte, sie Wirklichkeit werden zu lassen, hinauszugehen und mit dem Schwert die Dornenhecke, die um sein Leben gewachsen war, zu zerhauen. Er hatte nie einen Beruf ausgeübt, er war nur für seine Mutter da gewesen, die er abgöttisch liebte und die ihn nie freiließ, eine böse Hexe, die ihn noch nach ihrem Tod gefangen hielt mit dem von ihr geerbten Geld, die Reichtümer, die nichts waren gegen die Reichtümer in seinem Kopf und Herzen, die er nicht heben konnte, über die ein Alberich wachte, dem er den Schatz nicht entlocken konnte oder wollte. Er war in seinem Haus sein eigener grüner Hügel, Wahnfried, war von einem sanftmütigen Wahnsinn und hatte seinen Frieden mit der Welt gemacht, ohne ihr vorher den Krieg erklärt zu haben. Hatte er je eine Frau außer seiner Mutter geliebt, je einen Mann? Er konnte zeichnen, komponieren, improvisierte wundervoll, nahm es mir auf Band auf, als ich ihn besuchte, noch zu pubertär, zu aufbegehrend war, um zu sehen, was er mir alles zeigen, erklären hätte können, was erzählen. Seine Bücher, die Handschriften. Er stammte, so meinte ich, aus einer anderen, fernen Zeit, weit zurückliegend, ein Fabelwesen, ein Verwunschener, zugleich ein Wünschender, Sehnender. Er schenkte mir seine »Prinz Eisenherz«-Hefte, und ich muss noch heute an Prinz Eisenherz denken, wie er flieht, unter Wasser liegt, aber sich aus einem Schilfrohr einen Strohhalm macht, durch den er Luft holt und der Gefahr entkommt.

Blümchen entkam der Gefahr nicht, der Krebs nahm seine versponnenen Fäden auf und verwirrte sie weiter in seinem Körper, er wurde immer schwächer, dünner, und je verzweifelter er war, desto mehr suchte er Halt im Glauben, in Gott, Gott rette mich, behüte mich.

Meine Eltern hatten ihm den Kontakt zum Kloster vermittelt, und die Brüder kamen, kümmerten sich, aber ließen, was er war, sein Andenken, ungerührt und unberührt zurück. Aber Blümchen hatte sicher gehofft, sie stießen ihm das Tor zum Himmel auf, zur letzten Vorstellung, die endlos dauern würde, eine Oper, die keinen Schlussakkord kannte, nur Gesang und Erlösung. Er starb zu früh, als dass ich ihn hätte verstehen können und ihm Hoffnung geben, an sich und seine Kunst zu glauben. Seine Mutter hatte ihn niedergedrückt und nur so viel an Kunst und Selbstvertrauen erlaubt, dass er nicht ausbrach. Vielleicht wäre er ein Held geworden, hätte er den Absprung ins Ungewisse geschafft. Wenn ich an dem Schreibtisch saß, dachte ich oft an ihn und wusste, dass ich meinen Kampf nicht verlieren wollte, nicht meine Kunst nach innen treiben wollte, bis sie Metastasen statt Metaphern trieb. Nein, ich würde nicht aufgeben, nie!

Ich hörte Schritte unter meinem Fenster, Hochparterre, warum irritierten mich Schritte, es gingen immer Passanten vorbei. Ein Mann stand in der Einfahrt auf der anderen Straßenseite, lehnte am Baum und schien die Litfaßsäule zu betrachten, rauchte in der Kälte, die eine Hand in der Manteltasche. Vielleicht war er ein Spanner, denn in der Wohnung mir gegenüber trafen sie sich regelmäßig zum Aktzeichnen, und ich schaute beim Schreiben auf einen nackten Rücken, entblößte Schulterblätter, hängende Brüste, Botero-pralle Hintern oder leptosome Punktpunktkommastrichjungs. An manchen Abenden war ich von Nackten umzingelt, denn die junge hübsche Frau, die ihre Wohnung auf der anderen Seite des Innenhofs hatte, auf den mein Schlafzimmer ging, liebte es, sich in ihrem Wohnzimmer auszuziehen und erst danach die Vorhänge zuzuziehen.

Heute Abend gab es keine Zeichenstunden, und das einzige Geräusch, das im Innenhof zu hören war, war das des bierbäuchigen Hosenträgerrülpsers, der sich die Flaschen vom Balkon holte und das Amphitheater beschallte mit den Gameshows, die bei ihm die ganze Nacht liefen.

Es war schon früh dunkel geworden, und es kam mir dunkler vor als in den Nächten zuvor. Ich wartete, dass Klara mich abholte. Ich hatte das Kinoprogramm nach Filmen abgesucht. Was wollte ich sehen jetzt, was sollte ich mir anschauen? Eine Komödie, etwas, das mich ablenkte, sollte ich mich gesund lachen, alles nur ein Witz, ein schlechter Witz, es bleibt nichts zurück als ein Lachmuskelkater und Albtraumbumerangs. Ich hasse Komödien, nein, das würde ich nicht aushalten. Lieber etwas Depressives, sich noch mehr runterziehen lassen, größeres Leid sehen, rein in die melancholischen Minenfelder. Lief denn kein Tarkowski im Maxim? Drei Stunden Tarkowski auf Holzklappstühlen, ins Unglück erlösende Bilder, Kältebäder und Verzweiflungsströme. Nein, das ging auch nicht. »Das Schweigen der Lämmer«, las ich. Genau. Den wollte ich sehen. Den hätte ich mir sonst nie angesehen. Die Lämmer, die schweigen, bevor ihnen die Kehle aufgeschlitzt wurde und das Blut spritzte, die Lämmer, Gott geopfert zum Segen der Menschen, Lamm Gottes, der du hingehst zu sühnen die Sünden der Welt, Jesus, dein Hirte, die Lämmer schweigen, die Sirenen schweigen, ich schweige, verschweige, halte mir den Mund zu, damit ich nicht schreie.

Warum soll ich geschlachtet werden? Warum meine Leber? Und was mache ich mit einer fremden Leber in meinem Körper. Die Leber, die alles Gift aufsaugt und frisst, die Müllverbrennungsanlage im Körper. Warum konnte meine Leber das nicht alleine schaffen? Von wem wäre die Leber, die sie mir implantieren? Von einem Mexikaner, dem sie sie in der Wüste bei lebendigem Leib rausgeschnitten haben? Stammte die Leber aus illegalem Organhandel? Von einem in China hingerichteten Dissidenten, dem sie den Kopf abschlugen, erhängten, ertränkten? Die Leber eines Toten, welche Geschichte hätte sie, welche Schläge hätte sie aushalten müssen, was verarbeiten? Welche Adler hätten ihre Schnäbel in sie gehauen? Ich hatte irgendwann mal diesen Film gesehen, ich glaube, er hieß »Fleisch«, wo sie die Leute in einem Krankenwagen verfolgten und ihnen die Organe raubten. Aus welchem Ersatzteillager hätten sie sich bedient, welche Auftragskiller liefen mit Kühlboxen durch Atlanta oder hieben sich ihren Weg mit Macheten durch den Amazonas, in welchem Keller Osteuropas wurden Bäuche aufgeschlitzt, damit versoffene Millionäre, korrupte Politiker oder Verwandte weiterlebten? Würde ich die Leber abstoßen, würde mein Körper sich weigern, den neuen Bewohner aufzunehmen? Würde X. Y. nur das eine Gift gegen ein anderes tauschen? Und wenn ich da lag, und sie hätte mir gar keine Leber implantiert? Mir nur die Bauchdecke über den Kopf gezogen? Und ich kämpfte gegen einen Feind, der ich selbst war, der von mir kam? Ich hatte keine Ahnung. Sollte ich mich einlesen? Sollte ich in die Staatsbibliothek gehen, in der ich angeblich immer wegen des Studiums saß? Sollte ich dort schwere Folianten umblättern, in Lexika alles über meine Krankheit, Transplantationen, Risiken, Nebenwirkungen, Operationsmethode in Erfahrung bringen, damit ich mich bestens vorbereitet in Sybille Schers Arme begab und ihren Entscheidungen beipflichten konnte, da ich nun wusste und nicht mehr mutmaßte. Ich wollte nichts wissen, ich wollte schreiben, leben oder mich umbringen, aber ich wollte nicht durch die halbe Welt und von OP-Tisch zu OP-Tisch reisen und mich genauso wie die in Käfigen verschifften Wilden mit dem Skalpell bestaunen lassen, oder in Hörsäle voller Studenten gerollt werden, ein Wunder, dass er noch lebt, hier schauen Sie, diese Mutationen, wir haben ihm einen kleinen Affen implantiert, ein Meisterstück der medizinischen Kunst, öffnen Sie bitte einmal den Mund, danke. Wir haben diesen Affen aus dem Jemen importiert, aus Aden, wir werden in Zukunft nur noch Affen statt Lebern implantieren, die Ergebnisse sind richtungweisend, außerdem, denken Sie an die Kostenrevolution, keine Wartezeiten, obwohl sie nicht jeden beliebigen totgequälten Laboraffen nehmen können, auch wenn wir so ein Entsorgungsproblem weniger hätten und wir den Effektivitätsgrad steigern könnten, nein, wir brauchen diese jemenitische Affenrasse, ein neuer Markt, Entwicklungshilfe, der Jemen ist ein armes Land, denken Sie an all die armen Länder, deren Affen wir in unsere Bäuche implantieren werden, als Nächstes werden wir Lungen mit Schmetterlingen bevölkern, Zitronenfalter, die die Schwärze aufsaugen und als schwarze Schmetterlinge aus dem Mund fliegen und zurück am Licht zu Boden fallen, sich zurückverwandeln in Raupen, die verfüttert werden können.

Klara läutete an der Tür. Sie fragte mich, was der Professor gemeint habe, hatte eine Auflösung erwartet, dass alles ein Missverständnis sei, sie hielt diese Diagnose für absurd, schob sie weg, zog sie fast ins Lächerliche, und sie gab mir Kraft, dass ich mich nicht hineinsteigerte, sondern hinausfinden wollte. Aber ich hatte begonnen, diese Angst wie eine finstere Leidenschaft zu lieben, das Besondere, die besondere Krankheit, die mich unterschied, ich war anders als die anderen, und wenn ich das überlebte, wäre das der Anfangsakkord meines Werkes. Die Stimmungen wechselten immer schneller in meinem Kopf. Ich wollte Klara umarmen, komm, wir fahren weg, wir hauen ab, auf eine Insel, wir fliehen. Aber sie wäre nicht mit mir geflohen, denn sie hätte keinen Grund gesehen.

Ich lebte im Leben, zugleich im Traum, im Tagtraum, lebte zwei Leben. Wenn ich träumte, hielt Klara mich im und am Leben, es war ungerecht, aber ich schrieb ihr diese Schwerkraft zu, statt sie selbst schwerelos zu machen, indem ich sie aus der erwarteten Vernunft befreite, indem ich selbst vernünftig wurde, um ihr Platz zum Träumen zu schaffen, sie aufzufangen, wenn sie sich fallen lassen wollte. Wie hielt sie es mit mir aus? Musste ich, weil ich sie liebte, sie jetzt verlassen, damit ich ihr meinen Todeskampf ersparte? Nein, sie würde jeden Weg mit mir gehen, sie würde mich nicht im Stich lassen, wenn das Schicksal auf mich einstach, niemals. Aber jetzt wollte sie nicht mit mir in diesen Film, sie weigerte sich, sie hasste diese Brutalität.

»Schauen wir uns doch den neuen Kaurismäki an«, schlug sie vor. Ich gab nach. »Das Leben der Bohème«, das klang wie ein Versprechen. Ich musste bei Kaurismäki immer an meinen Lieblingsfilm von ihm denken, den ich erst kürzlich gesehen hatte, »I Hired a Contract Killer«. Sich jemanden engagieren, der einen umbringt, weil man es selbst nicht schafft, weil die Hände zu stark zittern, weil zum Ende hin alles total schiefgeht und nichts gelingt, der Tod nicht erster, sondern höchstens dritter Klasse kommt oder gar nicht. Also gibt man seinen Tod aus der Hand, sein Leben in fremde Hände, die es im Handumdrehen auslöschen, professionell, unpersönlich, kalt. Ist nicht der Tod sowieso ein Auftragskiller, gab ihm Gott nicht den Auftrag, uns hinzumähen, wenn Sense ist? Sollte ich mir auch einen Contract Killer suchen, meinen Tod inszenieren, ihm die Dramatik einschreiben, an der es in meinem Leben bislang fehlte. Keinen Abschiedsbrief, keine Spuren, verwisch deine Spuren. Ein Rätsel bleiben, damit sie die Dunkelheit am Ende schon im Anfang suchen, die Schatten, die länger werden. Dieser Kindertraum, bei der eigenen Beerdigung zuzusehen. Als sei der Tod nicht erbärmlich, vielmehr eine Genugtuung, die verdiente Strafe für das Leben der anderen, die mit der Schuld zurückbleiben, weiterzuleben.

Wir gingen durch das Schneetreiben zum Türkendolch, sprachen kaum miteinander, Klara hatte sich untergehakt. Die Flocken flogen ins Gesicht, schmolzen auf den Lidern, die ich reflexartig schloss, das Wasser floss über die Wangen, ein Treffer nach dem anderen, befeuert vom Wind, Kältenadeln, ein kurzer Schmerz, dann Nässe. Ich fühlte mich sicher an Klaras Seite, je mehr ich sie stützte, desto mehr hielt sie mich. Nur bei ihr ließ ich mich fallen und ließ sie deshalb oft fallen, in Verzweiflung stürzen, weil sie hoffte, ich führte, gäbe den Weg vor, hoffte, ich widerspräche ihr, wäre ein Gegen- und kein Leichtgewicht, hätte die Füße fest auf dem Boden der Tatsachen und nicht im Himmel. So cool ich mich als Künstler gab oder geben wollte, so ein Wärmebild gab ich vor ihr ab, immer vorauseilend dem hinterherstürzend, was ich in ihren Blicken und Wünschen vermutete. Bei dem, was mein Schreiben betraf, da konnte ich hart sein, auch wenn ich nicht zu diesem Egoismus stand, sondern sofort strauchelte, mich im Defizit fühlte, in der Schuld, und es in mir hämmerte, ich muss, was ich mir da herausnehme, dort wiedergutmachen. Wer forderte das von mir? Klara, meine Eltern, die Freunde? Oder mein krankes Hirn, das ihnen all diese Erwartungen zuschrieb, die ich glaubte erfüllen zu müssen, die ich nicht erfüllen konnte. Und so zwang ich mich, ein schlechter Schauspieler meiner selbst zu sein, war immerzu von der Rolle und vergaß so häufig meine einzig wirkliche Rolle, die mir niemand zuschrieb, die ich selbst finden und schreiben musste oder einfach sein. Wer war ich? Fragte ich mich das, weil ich Angst hatte, nicht mehr zu sein, gar nicht mehr, nicht der und nicht der, nicht jener und jener auch nicht. Oder versuchte ich der zu sein, von dem ich glaubte, er werde geliebt, ich will doch nur, dass ihr mich liebt. Aber liebt mich nicht zu sehr, sonst lieb ich mich nicht mehr, sonst drängt mich diese Liebe in die Ecke, und ich kann nicht fliehen, vor mir selbst und dir.

Fast wäre ich ausgerutscht, aber ich fing mich, uns beide, und wir hielten das Gleichgewicht, ein paar Meter weiter standen wir vor der Kinokasse. Ich kaufte die Karten, Gummibären, alles war wie immer. Tat mir das gut? War das nicht die beste Kriegserklärung an die Krankheit, Gummibärchen und ein Bier, Gummibärchen zum Film, bis einem fast schlecht wurde?

Wir saßen in der letzten Reihe, und Klara nahm meine Hand, was sie sonst nie tat, wir hassten es, uns als Paar zu veröffentlichen, diese seltsam ineinander verklebten Besitzstandswesen, die glaubten, was allen sichtbar sei, sei ein Beweis der Liebe, als müsste Liebe bewiesen werden wie Gott.

8

Die Tage vergingen und sie vergingen nicht. Die Schiiten im Irak waren aufgestanden und niedergemetzelt worden von den Armeeresten Saddams, die Sonne brannte auf die Trümmerfelder, und kein Wind war in den weißen Gewändern, Kalk über Leichen. Und die Albaner flohen auf Schiffwracks, rostigen Archen, überquellend von gestapelten Verzweifelten mit Kontinenten von Hoffnung in den Augen, Fähren ins trügerische Glück, in die Tiefe gedrückt von schweren Herzen und einem gnadenlosen Himmel. Sie springen von den Relings, schwimmen an Land, Tausende, werden zusammengepfercht wie Schafe zur Schlachtung. Sie haben nichts als ihre Haut, die sie gerade noch tragen können, aber es macht ihnen nichts, sie wollen sich häuten, das alte Leben abstreifen, das Paradies hinter dem Stacheldraht stürmen, den Engeln die Füße küssen, die Flügel waschen, in Kellern für Hungerlöhne arbeiten für den Hunger der Zurückgebliebenen und den unstillbaren Hunger nach Freiheit, nach Wohlstand, nach all dem, das sie nur von den Bildern kennen. Sie waren geflohen in die Sklaverei, in die Schlagschattenwinkel des Zitronenlands, aber fühlten sich frei durch den Traum, stärker zu sein, stärker als die Wüste, stärker als das Meer, stärker als die Polizei, stärker als die Verachtung. Und sooft sie aus dem Paradies vertrieben würden, so oft würden sie wiederkommen, in die wurmstichigen Äpfel beißen, die man ihnen als Almosen ließ.

Kann ich da mein eigenes Leben so wichtig nehmen, fragte ich mich, als ich wieder, statt in die Uni zu gehen, vor dem Fernseher saß, statt zu schreiben, wie hypnotisiert die Nachrichten studierte, als gebe es eine Geheimbotschaft zu entziffern, einen Schlüssel zu finden, ein System. Honecker mithilfe sowjetischer Militärs nach Moskau geflüchtet. War Flucht die Lösung, sollte ich fliehen? Der Bildschirm wandelte sich zum Orakel, ich ignorierte das Telefon, das permanent läutete, hörte meine Stimme, wenn der Anrufbeantworter ansprang, hörte das Auflegen des Hörers nach dem Signalton, keine Nachricht, zehn Minuten später der nächste Anruf. Vor dem Fenster sammelten sich das Grau und der Schnee, der die Autos über Nacht begraben hatte, verwandelte sich in Schmutz. Ein Fiat suchte einen Parkplatz, er kam schon das dritte Mal vorbei.

Was sollte ich tun? Warten, bis das Ergebnis der zweiten Untersuchung vorlag? Ich konnte doch nicht paralysiert vor der Schlange hocken? Und wenn sie längst in mir war, wenn sie sich vom Bein langsam zum Herzen vorarbeitete und mich verdaute, Millimeter für Millimeter, bis ich nur eine Hülle wäre, eine Haut für sie, die sie mit meinem Tod abstreifte. Was war die richtige Entscheidung? Beten, Selbstmord, Transplantation, Atlanta, Niederbayern, Stillhalten, Ausflippen, Schweigen, Schreien, sich alles trauen, alle Sehnsüchte leben oder Schreiben, mich konzentrieren, die Krankheit ab- und dann wegschreiben? Es gab eine Lösung, aber welche und wo? Vielleicht im Jemen. Denn wenn, hatte ich mir den Virus dort geholt, musste ich mich dort angesteckt haben. Und wenn ich dorthin zurückkehrte? Hatte ich ein Versprechen gegeben, das mich jetzt einholte, zurückholte?

Ich hatte Ahmed in Ostberlin kennengelernt, er arbeitete an der jemenitischen Botschaft, erzählte mir Märchen von Wolkenkratzern aus Lehm, versunkenen Städten, der Königin von Saba und dem Garten Eden, der zur Wüste wurde, verweht die Sünden, verdorrt das Gras, zerfetzt das Fleisch von den Kriegen zwischen Süd und Nord, erzählte von Ölfeldern und unentdecktem Reichtum, von den schönsten Frauen der Welt hinter Schleiern, die der Wind hebt, hatte glühende Augen, die größer wurden als er selbst, Pupillen wie schwarze Löcher, die alles in sich sogen. In der grimmig grauen Rumpelstilzchen-DDR, wo die Fettaugen auf den Suppen die Lippen überwachten, es aus dem Braunkohlehimmel Stacheldrahttaler regnete, mitten in diesem Fehlfarbenland zauberte er Arabesken in die Luft, wurde der brüchige Boden zu einem fliegenden Teppich, die Wasserflecken an den Wänden zu Umrissen von Städten fast in den Wolken.

Ich fuhr immer gern in die DDR, ich mochte die dort entstehende Literatur, das klandestine Kläffen, die subversiven Buchstabensuppen, reiste durch sie wie durch Ranke-Graves' Mythenlexikon und seine Verästelungen, verehrte Müller und Braun, las und traf die Plattenbautenpunker und Popproleten ohne Strom, die Simplicissimussozialisten und Sonettsurfer, ich hatte in meiner Schulzeit die Literatur der DDR verschlungen und an ihr gelernt, zwischen den Zeilen zu lesen, die Gegenwart in der Vergangenheit zu spielen. Und dann fiel die Mauer, und mein Bücherregal verlor seine Aufgabe. All die Untergrunddrucke und staatstragenden Werke hatten den Boden unter den Tatsachen verloren. Bis auf eine Handvoll Bücher war ich heimatlos geworden, und der Reißwolf streunte durch die Blätterwälder, alle Märchen gingen böse aus, jedes süße Versprechen hatte ein saures Ende. Meinen Dichterstaat gab es nicht mehr, dafür ein Deutschland weniger. Als ich die Autoren auf dem Alexanderplatz bei ihrem Auftritt beobachtet hatte, musste ich an die Münchner Räterepublik denken und die Weißen, die von überall herströmten, um die Roten rot und tot zu machen, die Utopie an die Mauer zu stellen, und danach Zwieback an die Kinder zu verteilen, die unterm Kruzifix vor den Soldaten zitterten. Von überall waren sie gekommen, den braunen Dreck unter den Stiefeln. Und nun waren die Weißen wieder über die Roten hinweggerollt, und die Roten hatten ihnen geholfen, alles zu überschreiben, auszuradieren, alles war weg, was die Dichter geschrieben hatten, über Nacht waren die Unternehmensberater wie einst die Stasi eingestiegen und hatten gesäubert, was ihnen nicht sauber genug war. Die neuen Weißen hatten auch rote Zahlen gebracht. Es wurde nicht mehr geschrieben, sondern allerorts abgeschrieben. Bis auf die Landschaften hatte keiner geahnt, was ihnen da blüht. Die Wiedervereinigung war an mir vorbeigegangen. Aber ich hatte mich an Ahmed erinnert, ihn angerufen und gesagt, jetzt komme ich. Der Jemen war immer noch ein geteiltes Land.

Der Entschluss dazu fiel, als ich mein Zimmer bei den Eltern räumte, um in die Stadt zu ziehen, und meinen ersten Prosatext fand. Er hieß »Die Stadt«. Ich hatte in der Schulbibliothek in einem Heft von »National Geographic« auf der Titelseite das Bild einer jemenitischen Stadt gesehen, das mich nicht mehr losließ, das etwas in mir berührte und anstimmte, ein Bild, das sich mir einbrannte wie ein Tattoo auf dem Herzen. Ich musste dort hin, unbedingt. Aber noch mehr als das, ich musste schreiben, darüber schreiben, die Geschichte dieser Stadt schreiben, die in mir aufstieg und sichtbar wurde wie Kafkas Landvermesser das Schloss. Sollte ich sie auch nie betreten können?

Abends lag ich in der Badewanne und hörte Pat Methenys Live-Album »Travel«, diese hypnotischen Rattenfängerriffs, die mich forttrieben, hinaustrieben, durch das Fenster, über die Kuppe, den Wald hinaus, hinaus über den See, den blutenden Horizont, der aussah wie das Plattencover, weiter, immer weiter in den untergehenden Himmel hinein, er leuchtete, glühte, als wäre es ein Zeichen. Ich müsste die Augen nur schließen, dann gäbe er die Stadt hinter den Wolken frei, während ich im heißen Wasser saß und die Spiegel beschlugen. Ich hatte gewartet, bis die Nacht kam, das Wasser kalt und kälter geworden war. Dann war ich in den Keller gegangen, hatte den orangenen Block mit den blauen Zeilen vor mich auf den fürs Schreiben zu tiefen Tisch gelegt und begonnen, eine Parabel zu erfinden, eine halbe Seite lang. Die andere halbe Seite konnte ich nur im Jemen zustande bringen, wenn ich mit eigenen Augen sah, was die Stadt jenseits der Sehnsucht zu offenbaren, zu erzählen hatte. Ich musste in den Jemen, das war in diesem Moment unumstößlich. Und Jahre später löste ich das Versprechen ein, das ich mir gegeben hatte, löste meinen Pakt mit der Stadt nahe am Himmel ein und flog nach Sanaa.

Kaum in der Stadt, war ich hypnotisiert, narkotisiert, hineingesogen in eine unbekannte Welt, eine unbekannte Zeit, hatten die Gerüche, die Gesichter, Farben, der Staub, die Häuser aus Lehm, der Lärm der Märkte, das Lachen der Kamele, hatten mich die geweiteten Pupillen Ahmeds und seine Erzählungen vergessen lassen, woher ich kam, was ich war, war meine Ungeduld ausradiert, waren meine Ängste ausgelöscht, als hätten sie nicht existiert und mich nie um den Schlaf gebracht und kein Fieber getrieben. Ich war einfach da vom ersten Moment an, als ich jemenitischen Boden betrat, als hätte ich die erste Zeile betreten, die zählte, die sich weiterspann und weiterspann, über die Serpentinen in den Bergjemen meiner Stadt zu drehte, die ich suchen wollte, um mich zu finden am Ende der Spiralen.

Ahmed hatte mir einen Turban gebunden, mich in einen Kaftan gesteckt, noch ehe ich begriffen hatte, was mir geschah. Ich war braun gebrannt, hatte mir den Bart stehen lassen und sah aus wie ein seltsamer Riese. Der Bergjemen war von jeglicher Fremdherrschaft abgeschirmt gewesen, unten das Meer, die uneinnehmbaren Gebirgszüge mit ihren Stämmen und Stammeskriegern, dahinter die große Wüste. Die Zeit hatte sich hier in der Sonne strecken können und Quat kauen, die Wunderdroge, die auf den Terrassen wuchs, Büsche mit kleinen Blättern, die Ahmeds Backe dick und seine Augen glasig machten, die den Durst nahmen und den Hunger, die Hitze und die Kälte, die die Männer mit gefalteten Beinen zusammensitzen und erzählen, debattieren, streiten, mit den Händen Zeichen durch die Luft wirbeln, ruhig werden, ruhiger werden, still werden ließen, bis alle ein tennisballgroßes Glück unter den Bärten gesammelt hatten, das anhielt, bis sie es ausspuckten und nur der bittere Nachgeschmack blieb. Wie die Kratzspuren der Traumblätter, die ihre scharfen Umrisse ins Zahnfleisch drückten.

Überall, wo wir waren, umringten mich die Menschen wie eine alberne Jahrmarktssensation, eine Wüstenspiegelung, etwas viel zu groß Gewachsenes, als hätte eine himmlische Hand mich gleich einem Kaugummi am Kopf hochgezogen. Ich schwieg, lachte, ließ mich berühren, erduldete, wie sie um mich kreisten, erschrak, wenn mir plötzlich eine Kalaschnikow in die Hand gedrückt und der Krummsäbel aus dem Gürtel gezogen wurde, ich war sofort einer der Ihren, und bald glühten meine Pupillen wie ihre, und ich gab zu verstehen, dass ich verstand, obwohl ich nichts mit dem Verstand fassen konnte, mich nur unfassbar vertraut und verwoben fühlte, ein Körper, der fremd war, aber kein Fremdkörper mehr, als wäre ich Alexander der Große, und war doch nur ein hochgewachsener Junge, der vom Abenteuer träumte, der seiner Chronologie entfliehen wollte, der Feigheit vor der Entscheidung, die eigene Geschichte zu leben. Ich war einer, der Geschichten machen wollte und sich plötzlich mitten in einer Geschichte befand, deren Worte mir fremd waren, deren Laute aber ihren Klangkörper in mir fanden, als wäre tief in mir ein Wissen, das ich verloren hatte und das sich nun in der Luft vor mir spiegelte, das ich spürte, aber nicht greifen und begreifen konnte. Wäre ich unter Drogen gestanden, wäre es erklärbar gewesen, aber ich hatte keine Drogen genommen, nur etwas Quat gekaut, der mir den Mund entzündet hatte und nicht so stark wirkte wie die seltsame Flüssigkeit aus ausgekochten Kaffeehülsen, die wir statt Tee tranken.

Ich fühlte mich frei, abgeschnitten von der Welt in einer anderen Welt, die von Tag zu Tag mehr meine eigene wurde, deren Sprache ich mit Sinnen erlernte, die ich verlernt hatte. Ich redete mit Mohammed, unserem Fahrer, obwohl wir keine gemeinsame Sprache konnten, doch wir fanden sie in der Art, wie wir einander anblickten, gestikulierten, wie wir Pausen setzten, den Blick senkten, lachten. Mohammed war melancholisch, seine Augenringe schwer von Trauergewichten, als hingen lauter kleine Dämonen an ihnen und machten sich lustig über ihn und fräßen sein Fett weg. Er war dünn, sehr dünn, dünner als ich, der sprichwörtliche Strich in der Landschaft, er war sehnig und schmal, und er aß, so viel er konnte, er wurde nicht dicker, kein Gramm blieb. Es war, als esse er jeden Tag sein Körpergewicht, aber kaum hatten die Speisen seine Lippen passiert, kaum fielen sie durch seine Kehle, lösten sie sich in Luft auf, verbrannt von seinen Wünschen, ehe sie sein Körper verbrennen konnte. Er wünschte nichts so dringlich, so unbedingt und verzweifelt, als fett zu werden. Warum konnte man Fett absaugen, aber nicht ankleben, einspritzen, warum ging er nicht auf wie ein Kuchen, wenn er den Teig aß und in der Sonne lag und inständig hoffte, sein Bauch würde sich in dem Hitzeofen blähen und die Pfunde würden über die Hüfte und die Kissen zu quellen beginnen?

Seine letzte Hoffnung war Bier, verbotenes Bier, Bier macht dick, dachte er, Bier trinken, wenn alles nicht half, helfe vielleicht Bier, das Teufelsgetränk, das sie in meinem Land tranken, Bier, das die Bäuche aufschwemmte, das sich hinter dem Nabel sammelte wie der Quat in den Backen, Bier, das nicht mehr verschwand, das blieb, sich breitmachte und alles rund. Ich brachte es nicht übers Herz, ihm zu widersprechen, log ihn an, ich tränke kein Bier, vielmehr Wein, Wasser, nie Bier. Und woher sollten wir hier Bier besorgen? Whisky, ja, den hatte ich im Koffer versteckt gehabt und begann jeden Tag mit einem Schluck zur Desinfektion, fühlte mich wie aus einer Joseph-Conrad-Erzählung, mit meinem besoffenen Herzen in der Helligkeit. Ahmed erfuhr, dass Schmuggler einen bestimmten Parkplatz ansteuerten und Bier aus Dschibuti brächten. Ich stellte mir vor, wie sie die Fässer von den Ladeflächen rollten, wir das Fass anstachen in einem Innenhof, in der Dunkelheit und Mohammed trank und trank und trank, den Schaum auf den Lippen trank und schwankte.

Auf den Parkplatz kam kein LKW, es kam ein Mofa mit zwei Sixpacks, und gerade als wir bezahlt hatten, tauchte die Polizei auf, wir sprangen ins Auto, starteten, Ahmed fuhr quer durch den Sand, weg von der Straße einfach drauflos, ich dachte, wir verirren uns, verdursten, denn wir hatten ja nur zwölf Dosen Bier, die Mohammed mit seinem Leben verteidigen würde, eine Sanddüne würde uns begraben, die Polizei würde uns jagen, die Räder drehten durch, griffen wieder, drehten erneut durch, es krachte, holperte, Ahmed und Mohammed stritten sich, redeten wild aufeinander ein, im Kofferraum lag die Kalaschnikow, Ahmed war wütend, aber Mohammed zeigte ein beglücktes Lächeln und fuhr aufs Geratewohl, als führe er ins Glück, als fühlte er seinen Bauch wachsen.

Unvermittelt gelangten wir wieder auf eine Straße und stellten erleichtert fest, dass niemand uns folgte. Es hatte uns und das Bier mächtig durchgeschüttelt, und so explodierte es und spritzte in Mohammeds Gesicht, als er die Lasche zog, das Glückslos. Nach jedem Schluck beobachtete er sich. Ich fürchtete, er würde sich und uns umbringen, wenn er nach den zwölf Dosen immer noch Leptosome war. Ich erklärte ihm, es würde drei Wochen dauern, bis es wirkte, das Bier Bauch wurde. In drei Wochen bin ich zurück in Deutschland, dachte ich. Wir schauten Mohammed bei seinem Experiment genau zu. Wann wurde er betrunken? War er zuvor jemals betrunken gewesen? Würde er einschlafen oder um sich schlagen? Sollten wir ihm nicht seinen Säbel wegnehmen? Er wurde ganz sanft, er nippte am Paradies, in seiner Vorstellung war er schon zu dick für seinen schmalen Stuhl, und so rückte er sich einen zweiten näher und saß auf beiden, bewegte sich, als hätte er unmenschliche Gewichte zu stemmen, wenn er von einer Hinterbacke auf die andere wechselte oder unendlich langsam auf die Toilette verschwand. Schließlich schlief er ein, sicher träumte er, auf einem Fettpolster zu erwachen. Zumindest bildete er sich am nächsten Morgen ein, er habe zugenommen.

Wir machten uns auf den Weg zu einer Hochzeit, die

Bergketten waren geflochten wie Zöpfe. Mohammed fuhr Schlangenlinien, kratzte mit quietschenden Reifen die Abgründe auf den Bergstraßen, beschleunigte willkürlich, lachte, weinte, saß tonnenschwer in seinen Sitz gedrückt hinter dem Lenkrad und hüpfte dennoch bei jedem Schlagloch fast an den Innenraumhimmel.

Fünf Stunden hatte der Höllentrip gedauert durch eine paradiesische, hautfarbene Landschaft mit Städten wie aus Gedanken, Arabesken der Sehnsucht, Ornamente, von Fingerspitzen in den Stein gezeichnet, Sandskulpturen für die vergängliche Ewigkeit, Wind mit der Hand vor den Lippen, Menschen, eingehüllt in Märchen, Kinder mit Luftballonaugen und Armen, die sich nach Kugelschreibern ausstreckten, blaue Blumen zu malen. Tiergeräusche, als wäre das Ungeheuer im Rausch und schliefe bis ans Ende seiner Tage, von den Ängsten vergessen, gefangen und hypnotisiert von seinem eigenen Atem in den Höhlen, die in die Hänge fielen, Löcher in eine Vorzeit, schwarze Pupillen unter der Sonne und über den Sandwirbeln der Jeeps, die über die Staubstraße jagten.

In dem Dorf wartete die Familie auf uns, ein Knäuel aus Umarmungen, Wangenküssen, Schulterschlägen, Kinderköpfen dazwischen, und plötzlich nahm mich eine Hand bei der Hand, ein alter Mann, dessen Gesichtszüge Schluchten bildeten, Hieroglyphen für die Geheimnisse der Welt, in deren Mitte zwei funkelnde Augen ewig jung aus den Augenhöhlen stachen. Der Alte sprach kein Wort, aber er führte mich mit sanfter Bestimmtheit fort. Als wir außer Sichtweite der Hochzeitsgesellschaft waren, fing er an zu sprechen, ganz leise und unhörbar zunächst, obwohl er nicht flüsterte, eher sang, ein gleichförmiges Sprechen, nicht er sprach, es sprach aus ihm, formte Laute, Töne, die in Fluss gerieten und einem Fluss glichen, dessen Wasser stillzustehen scheint, doch unversehens reißend wird und seine Wellen gegen die Felsen schlägt, alles fortspült. So war ich in seinem Erzählfluss und trieb dahin, er hielt mich an der Hand, führte mich durch das Labyrinth der Gassen, durch Innenhöfe, auf Dächer, in Schattenecken, auf Sonnenplätze, zu den Tieren und den magisch strahlenden Steinen, er sprach auf einmal ganz deutlich, klar, verkündend, drohend, um im nächsten Moment wieder sanft zu werden, in Satzmelodien, die klangen, als wären sie aus einer untergegangenen Sprache heraufbeschworen, die eins war mit den Dingen, die sie benennt, die nicht unterschied zwischen innen und außen, zwischen Vergangenheit, Gegenwart und Zukunft, die ein Kreislauf war, so wie wir im Kreis liefen, denn wir waren wieder bei der Gesellschaft angelangt, dabei hätte ich geschworen, wir wären nur nach oben gegangen, Stufe um Stufe, mich schmerzten die Oberschenkel, die Augen brannten, aber ich fühlte mich besänftigt, versöhnt, fast erlöst, wusste nicht, wie mir geschehen war und wie mir geschah. Der Alte umarmte mich, drückte mich an seine Brust, nahm meine Hände zwischen seine und verschwand. Alle anderen standen noch dort, wo wir sie verlassen hatten, und keiner schien mich vermisst, mein Verschwinden bemerkt zu haben, und ich war doch mindestens eine Stunde unterwegs gewesen.

Ahmed führte mich in das Haus, dessen sämtliche Böden, so kam es mir vor, mit Speisen bedeckt waren, als würden die in die Teppiche eingeflochtenen Früchte herausspringen, als wären sie so gewoben, weshalb ich mich wirklichkeitsgetreu in ihr Täuschen verwob, aber nein, es waren alles köstlichste Speisen, und ich aß, als hätte ich Tage nichts gegessen, als wäre ich durch die Wüste gegangen, über die Kämme der Berge und durch die Schluchten und Abgründe bis hierher.

Ich hatte ohne Vorsicht alles gegessen, alles getrunken, hatte meinen Körper nicht unbrauchbar gefühlt für das Unbekannte, meine Gesundheit nicht zerbrechlich wie geblasenes Glas, ich hielt mich für unverwüstlich, eingenäht in eine Schutzhaut aus Angekommensein und dem unumstößlichen Willen, sich nicht mehr aus der Haut jagen zu lassen, in ein allumfassend behütetes Leben.

Ich hatte mir vorgenommen, ein Tagebuch zu führen und jeden Tag Silvester eine Karte zu schicken, doch ich schrieb keine Zeile, das Land schrieb mich, der Wind schrieb mich, die Blicke, die Geräusche, die Staubwirbel und Sanddünen, die fiebernden Wolken am Abend und das Nachglühen der Steine, die Gerüche der Gewürze, die Tierfelle, das Salz auf der Zunge, der Zucker auf den Fingern, der leuchtende Safran, die Farbflächen und Irrwege, der beißende Gestank, die Tücher im Wind, die verstohlenen Lidaufschläge und verbotenen Zeichen. All das würde mich verwandeln, und ich würde es verwandeln in meine Sprache, wenn ich zurück wäre.

Wollte ich zurück? Konnte ich nicht hier bleiben? Hatte nicht auch Rimbaud hier gelebt? War er nicht von Frankreich nach Aden verschwunden? Hatte mit Waffen gehandelt, mit Fellen, Elfenbein, Gewürzen, Gold? Waren hier noch seine Worte zu vernehmen, seine unvollendeten Sätze, die letzten Zeilen, die niemand gelesen hatte außer dem Wind, von denen er nie erzählt hatte, als er nach Marseille zurückkehrte, um einen schönen Tod zu sterben, der ihm als Erstes das Bein amputierte? Was würden sie mir amputieren, wenn ich zurückkehrte? Müsste ich auch zurückkehren, um einen schönen Tod zu sterben, einen frühen Dichtertod? Hätte ich geahnt, was sich ereignen würde, hätte ich das auch gedacht in jener Stadt im Bergjemen? Hätte ich nicht gefürchtet, dass sie mich einholen, die Gedanken, die Worte, die Fragen?

Wir aßen, feierten, tanzten, lachten Stunden. Die Hochzeitsgesellschaft hatte sich aufgelöst, es war um Mitternacht, Ahmed, Mohammed und ich saßen noch in einem Zimmer im Gästehaus, das für Durchreisende eingerichtet war. Ein karges Zimmer, Kissen am Boden, weiße Wände, kleine Fenster in die Dunkelheit, die unendlich schien und sich mit Kälte auflud. Ahmed hatte einem Mann Geld gegeben und ihn weggeschickt, jetzt kam er wieder mit einer Decke, aus der Ahmed lachend eine Flasche Whisky hervorzog. Er spülte die Teegläser aus und goss uns ein, versteckte danach sofort die Flasche. Der Whisky unterschied sich im schwachen Licht nicht von Tee. Mohammed trank nicht. Er hätte nur Bier getrunken und hoffte, sich in einer wundersamen Mutation zu befinden, tastete sich permanent ab, ob schon etwas erkennbar war und sein Wohlstand, seine Männlichkeit endlich sichtbar wurden. Wir tranken und lachten, Ahmed erzählte die wildesten Geschichten, Amouren aus tausendundabertausend Nächten, aus seiner Zeit in der DDR und die Abenteuer der verbotenen Früchte in Sanaa, pries die Verschleierung als sexuelle Befreiung, denn die Frauen könnten in ihrer Anonymität die Ehemänner betrügen, mit den falschen Ehemännern verschwinden, in fremde Autos steigen. Überhaupt sei die Andeutung das sinnlichste Feuer, der Körper, den die Fantasie aus schwarzen Stoffen in nackte Haut und Körper übersetzt. Wenn der Stoff dann zu Boden fällt, stürzen oft auch die Träume ins Bodenlose, da sie uneinholbar sind von der Wirklichkeit und ihrer Orangenhaut. Ahmed fabulierte sich in immer heißere Erzählungen und Wirklichkeiten, ginge es nach ihm, war das Land als eine einzige Sexorgie zu lesen, lauernde Lust hinter keuschen Kutten, ein Zeichensystem für Verabredungen zum Betrug, man musste sie nur zu lesen verstehen, der Teufel lag in den Details, und natürlich gäbe es ein Risiko, den Kopf in jeder Bedeutung zu verlieren, aber das mache ja den Reiz aus, dass es nicht so billig zu haben sei wie bei uns, sondern teuer zu stehen kommen könne. Er zeichnete mit seinen Händen Frauenformen in die Luft und schwärmte davon, im Jemen seien die hübschesten Frauen der Welt und die allerhübschesten seien seine Schwestern. Wir hatten die ganze Flasche beinahe geleert, und ich gab ihm recht, stellte mir seine Schwester vor. Ich hatte sie noch nie gesehen, keine jemenitische Frau entschleiert gesehen, allein diese Augenpaare, die alles in ihren Blicken bündelten, und natürlich die Highheels und Knöchel, die unter dem Stoff herausstachen. Ich erinnerte mich an eine Frau, gekleidet in Blitzblau, die mich im Vorübergehen angeschaut und gebannt hatte.

Ahmed erzählte weiter von seinen Schwestern, kein Superlativ, den er ausließ, beschrieb sie mir, als würde er einem Blinden mitteilen, was dieser nur mit den Händen fassen konnte. Und dann vollendete er sein Hohelied: Ich bin der älteste Sohn, ich darf meine Schwester verheiraten. Du bist mein Freund, möchtest du meine Schwester heiraten? Seine Stimme kippte von der Trunkenheit in eine pompöse Feierlichkeit, er saß aufrecht, und ich wartete, dass er mir sein halbes Königreich zusätzlich zur Schwester versprach. War es wieder ein Spiel? Ich sagte ja, ich könne mir keine größere Ehre vorstellen, sicherlich ist sie die aufregendste Frau auf Erden, man müsse sie allein schon deshalb heiraten, um dich zum Schwager zu bekommen. Ich gab ihm die Hand. »Hast du ein Foto?

Oder sehe ich sie erst in der Hochzeitsnacht?« Ahmeds Gesichtszüge verhärteten sich, er gestikulierte mit Fallbeilhandkanten und redete auf Mohammed ein, der mich fixierte und seine filigrane Hand auf meine Schultern legte. »Du weißt, mein Freund«, nahm Ahmed den feierlichen Ton wieder auf, »dass du in einem muslimischen Land bist. Du bist nun rechtmäßig mit meiner Schwester verheiratet, Mohammed war Zeuge. Ich sagte es dir, es ist mein Recht als ältester Bruder, ihr einen Mann zu bestimmen, und ich habe dich erwählt.« Ich lachte, hob das Glas, er war ein wunderbarer Schauspieler, er ließ keinen Spaß aus, der Jemen war ein großer Sandkasten. »Du lachst aus Freude, hoffe ich. Es ist kein Spaß, Schwager. Du wirst konvertieren und dich beschneiden lassen. Die Hochzeit wird in einem Monat sein. Du wirst morgen deine Familie informieren und sie einladen. Ich kümmere mich um die Formalitäten und Genehmigungen.«

»Ich lass mich nicht beschneiden, und ich werde meinen Glauben keinesfalls aufgeben, warum auch. Oder küsst deine Schwester keinen Christen?«

»Du willst mich doch nicht beleidigen, oder? Es ist mir ernst, wir haben getrunken, ja, aber ich war nicht zu trunken, um dir die Hand meiner Schwester zu geben. Sie ist dein. Du weißt, der Jemen ist uneinnehmbar, niemand wird dich hier herausholen, wenn du kalte Füße bekommst oder vor deinem Versprechen fliehen willst, das du unter Zeugen und vor Allah gegeben hast. Du weißt, was in meinem Kofferraum liegt. Und wenn du Ärger machst oder deine Botschaft Ärger machen will, kommen meine Freunde und Verwandte aus den Bergen und entführen dich und werden dich nicht nur beschneiden, sondern dir jeden Knochen brechen. Sie werden dich wie einen Hund töten. Aber ich muss dir nicht drohen, mein Freund, ich weiß, ich kann dir vertrauen, und du wirst mich nicht enttäuschen und Schande über mich und meine Sippe bringen. Du bist ein Ehrenmann, ein Poet, die Vögel werden deine Verse singen.« Dann nahm er mich in den Arm, drückte mich an seine Brust, hatte Tränen in den Augen, küsste mir die Hände und sprach kein Wort Deutsch mehr mit mir, unterhielt sich die nächsten Stunden nur mit Mohammed, der von Minute zu Minute ernster wurde und mich mit seinen Blicken zu durchleuchten versuchte, mich fixierte, damit ich nicht davonlief, obwohl mir zum Davonlaufen war.

Wie kam ich da raus, es war doch nur purer Leichtsinn gewesen, ein Spiel? Ich hatte ihn nicht enttäuschen wollen, was hätte ich antworten sollen? Meine Traumstadt wurde zur Gefängnisstadt, das Märchenland zum Albtraumland. Ich stellte mir vor, wie sie mir die Vorhaut entfernten, mich ankleideten, mich zum Muslim und zum Ehemann machten, ihr Schleier fiel und ich sah, wie hässlich sie war. Ich flehte zu Gott, sie solle zumindest schön sein, eine schöne, sinnliche, intelligente Frau. Könnten meine Eltern mich rausholen? Die Botschaft musste mich retten, ich konnte einen Kassiber übermitteln, und dann schalteten sie die Regierung ein. Die Regierung hier besaß allerdings keine Macht, die lag bei den Stämmen. Die Medien, nein, nicht die Medien, nicht in die Schlagzeilen. Ich musste Zeit gewinnen. Wie gewann ich Zeit? Was redeten sie die ganze Zeit miteinander? Worüber verhandelten sie, warum werden sie immer aggressiver, gereizter? Ich trank, ich konnte ja nicht aufstehen und gehen. Wohin und wie? Mir war zum Heulen, Freudentränen würde er denken. Ich bringe mich um, wenn sie nicht schön ist. Auch wenn sie schön ist, bringe ich mich um. Ich hatte Todesangst, als stünde ich nicht an der Kante eines Abgrunds, sondern wäre längst am Fallen, im freien Fall, ich falle, falle in die Arme einer Frau, deren Hüften so breit wie ein Zimmer sind. Als ich sagte, ja, ich heirate sie, habe ich an die blaue Frau gedacht. Aber jetzt wurde mir schwarz vor den Augen. Ich übergab mich, Schweiß brach aus. Ahmeds Blick verdüsterte sich, Mohammed legte die Hand auf den Griff seines Dolchs.

Und dann, die ersten Sonnenstrahlen kämpften sich durch den Stoff ins Zimmer, fingen beide schallend an zu lachen, hielten sich die Bäuche, bekamen fast keine Luft mehr. Sie hatten mich die ganze Zeit über auf den Arm genommen. Ich lachte mit, aber das Lachen war nicht befreiend. Mein Magen fühlte sich an wie nach einem Fastunfall, wenn man dem Aufprall durch eine Reaktion im Bruchteil einer Sekunde entgangen ist. Ich konnte ihnen nicht böse sein, ich war erleichtert und konnte es nicht fassen, hatte Panik, sie könnten wieder das Blatt wenden und erklären, die Heirat sei nicht mehr rückgängig zu machen, es sei kein Spaß, doch die neue Drehung blieb aus, sie erzählten, nachdem wir weitergereist waren, immer wieder, wie blass ich ausgesehen habe, und beim Wort beschneiden machten sie sich fast in die Hosen, und Mohammed bildete mit beiden Fingern eine Schere, während er mit den Beinen das Lenkrad hielt und zu mir blickte, und ich fürchtete, er würde geradeaus in die Schlucht fahren, statt die Kurve zu kriegen, was ihm dann schlafwandlerisch gelang.

Und wo habe ich mir im Jemen diesen verdammten Virus eingefangen, fragte ich mich, wo habe ich mich mit dem Tod kontaminiert? Lag der Schlüssel zu meiner Geschichte im Jemen? War die Trauung damals Wirklichkeit geworden, und ich hatte einen Fluch auf mich gezogen, weil wir geheiligte Rituale verhöhnten? Konnte mich das krank gemacht haben? Oder war ich nur krank gewesen aus Angst, meine Eltern krank zu machen durch meine Entscheidung gegen die Firma. Stefan hatte gesagt, für die Literatur müsse ich über Leichen gehen. Über welche und wessen Leichen würde ich gehen müssen und ging ich schließlich? Über meine eigene, über den jungen Mann, der ich war, bevor ich Dichter wurde? Warum wollte ich immer zusammendenken, was nicht zusammengehört? Warum wollte ich der Sonnyboy bleiben, zugleich über die Schatten in mir schreiben, wie sie mich mehr und mehr ausfüllen? Warum wollte ich nach wie vor von allen geliebt werden, obwohl ich aufgehört hatte, alle zu lieben, und begonnen hatte, zu entscheiden? Warum träumte ich meine Literatur als schneidend, tat aber alles, um niemanden zu verletzen durch das, was ich schrieb? Warum konnte ich es so schwer ertragen, dass meine Freunde mir fremd wurden, weil sie nicht verstanden, was ich da dichtete, welche Schatten ich auf der Seele gesammelt hatte, weil sie fassungslos feststellten, dass ich für sie nicht mehr zu fassen war, und sie vermuteten, ich hätte die ganzen Jahre ein Doppelleben geführt, auf jeden Fall ein geheimes, vor ihnen verborgenes, denn wie sonst war erklärbar, dass sie lasen und für sie dabei sich nur Rätsel auftaten, nicht zu begründen durch gemeinsam Erlebtes, nicht zurückzuführen auf die Nächte, in denen wir uns die Köpfe und Herzen heißredeten, nicht erklärbar durch die Schule, meine Eltern, nicht einmal durch die Musik, die wir zusammen hörten und die ich spielte. Nicht erklärbar aus den Songtexten, die ich geschrieben, gesungen hatte. Sie hielten mich für einen Verräter, der ihr Vertrauen missbraucht hat, als wäre die Blutsbrüderschaft im Brudermord zur Ader gelassen. Wie sollte ich ihnen begreiflich machen, was ich mir selbst nicht begreiflich machen konnte, wer dieser Unbekannte war, der aus mir sprach, der tief in mir formulierte und nach außen drängte.

Wenn ich las, was ich geschrieben hatte und schrieb, schleuderte ich hin und her zwischen Erschrecken und Stolz, dass es nichts mit mir zu tun hatte, dass es mehr war als ich, dass es mich überwand, dass ich nur das Medium von etwas Anderem, Höherem oder Tieferem war. Mein Leben hielt ich nicht für wichtig, nicht die eigene Biografie, hielt sie für zufällig, austauschbar, ohne jede Dramatik, tausendmal vor mir erlebt, durchlitten, aufgeschrieben. Ich hasste autobiografische Romane, Pubertätsgeschichten. Nach Törless war das alles sinnlos, denn Törless blieb unerreicht, nur die Wirklichkeit des Beschriebenen wiederholte sich immerzu brutal und unmittelbar, aber wer konnte das ähnlich gut aufzeichnen. Oder musste man es ständig wiederholen, bis es aufhörte, selbst wenn man es nicht so gut erzählen konnte und schweigen besser gewesen wäre. Aber nichts zu sagen bedeutete das Einverständnis und Eingeständnis, nichts zu sagen zu haben und nicht mitreden zu dürfen. Was war mit meiner Moral? Auch uns hatte man geschlagen, warum hielten wir das für normal, warum war die Gewalt ein Echo aus der Literatur, warum hörte sie so wenig auf, wie die Werke, die sie beschrieben, immer neue Leser fanden? Ich hasste diese Verlogenheit. Aber warum schrieb ich kryptische Gedichte? Warum nicht darüber, was ich gesehen hatte, täglich sah, was ich gehört hatte und hörte? Warum erfand ich keine Geschichten aus meiner Geschichte, warum schrieb ich keine Liebesgedichte, schloss die Liebe vielmehr in Satzblöcken ein? Was hatte ich zu verbergen? Vor mir, vor den anderen? Und dabei glaubte ich, allen ständig transparent vor die Augen und Nasen zu halten, meine Gedichte seien metaphysische Bomben, deren Zeitzünder in der Zukunft warteten wie Jean Paul auf jene, die ihn verstünden. Ein revolutionsbigottes Bürgerbürschchen, verwöhnt bis unter die Haarspitzen, eine Kindheit mit Gold ausgeschlagen, ein Leben ohne Sorgen, damit ich mir Sorgen machen konnte um mein Leben und die Frage: wie leben? Und jetzt: warum?

Es schneite, der Schnee fiel, ich wollte ihn nicht mehr sehen, ich ließ die Rollläden herunter, die Scheinwerfer eines Wagens flackerten auf, die Scheibenwischer kämpften sich über die Windschutzscheibe und befreiten sie von dem klebrigen Weiß, das alles unsichtbar machte, und gaben eine glühende Zigarette preis, ein verwischtes Gesicht dahinter. Der Rollladen schloss sich, das Zimmer war dunkel, ich blieb im Dunkeln stehen und bildete mir ein, mein Herz schlagen zu hören, dass es sich überschlug, dass die Wände sein Schlagen zurückwürfen auf mich, dass es mich umwarf, zu Boden warf, dass ich unsichtbaren Schlägen auswich, die von allen Seiten gleichzeitig auf mich einschlugen, ich ging in die Knie, lag auf dem Teppich, krümmte mich zu einem Embryo und schrie, heulte, wand mich unter Schmerzen, fing mit meiner Brust, dem Bauch imaginäre Tritte auf, und stand bewegungslos in der Dunkelheit mit geschlossenen Augen. Ich spürte, dass ich mehr Kraft verloren hatte, als ich mir eingestanden hatte. Es nahm mich mehr mit, als ich zeigte, mir und den anderen. Jetzt, wo es nichts mehr zu tun gab, kein Blut abzupumpen, keine Arzttermine, keine Gespräche, verwandelte sich meine ganze Bewegungsenergie in statische Verzweiflung, ich kam nicht vom Fleck. Wieder entschieden andere für und über mich. Was wollte ich? Leben? Sterben? Schreiben? Amoklaufen? Ich stellte mir in Endlosschleifen dieselben Fragen, war gefangen in einem Kopfwaschzwang, stürzte mich in Fluchtgedanken, Allmachts- und Ohnmachtsfantasien und fühlte mich allein, weil ich allein sein wollte, weil ich immer, wenn ich krank war, allein sein wollte, aber nur allein gelassen wurde. Da war Klara, die mich schützte, weil sie nicht an die Krankheit glauben konnte und wollte, und da waren meine Eltern, die an die Krankheit glaubten und an den Glauben, die ihren Sohn beschützen wollten und sahen, wie er schutzlos einer Prophezeiung ausgeliefert war, die man nicht ungehört machen konnte. Erst nach einem halben, einem ganzen Jahr bestünde Gewissheit. Wie konnte ich diese Zeit, wie konnten wir diese Zeit überstehen? Wie leben mit dieser unsichtbaren Krankheit, die keine Symptome preisgab. Oder sah ich sie nicht? Oder war es krank, zu glauben, ich sei krank. Krank, dass man einer Diagnose mehr glaubte als den eigenen Augen. Erst wenn zwei Untersuchungsergebnisse das Gleiche ergäben, wäre die Wahrscheinlichkeit nicht zu leugnen. Oder verlor ich so die Zeit, um mein Leben zu retten, erlaubte ich dem Virus einen Vorsprung, den ich vor dem Zielstrich nicht aufholen konnte. Es gab keine selig machenden Antworten, ich musste mir selbst Frage und Antwort stehen und entscheiden, statt unentschieden aus dem Leben und dem Alltag auszuscheiden. Konnte ich sagen, nein, es ist nichts? Ich stoppe die zweite Untersuchung, denn es ist nichts. Ich ignoriere alles, was war, was gesagt wurde. Ihr, die ihr mich liebt, müsst an mich und meine Gesundheit glauben. Ich bin gesund. Warum ging das nicht? Weil ich selbst nicht so sicher war und gerne so sicher wie Klara gewesen wäre, die keinen Zweifel zuließ.

Warum kümmerte sich Silvester nicht mehr um mich? Warum gab er mir keinen seelischen Beistand? Auf welcher Seite stand er? Er glaubte an Scher wie an Gott. Ihre Erfolge waren für ihn der Gottesbeweis. Wozu brauchte er Beweise? Konnte er mir erklären, weshalb mich Gott dieser Prüfung aussetzte? Er war doch mein Freund. Wo war er? Wieder auf Reisen? Während ich meine letzte Reise antrat? Würde er mir Postkarten schicken? Und meine Eltern schickten ihm die Todesanzeige. Und er würde die Totenmesse lesen und an meinem Grab sprechen, mit den Tränen kämpfen. Und unausgesprochen gäbe er Klara und meinen Eltern die Schuld, da sie nicht ihm, und mit ihm Scher, vertrauten und mich sofort in ihre Obhut gaben.

Würde er von mir als Schriftsteller sprechen, als Hoffnung, die mit mir starb? Konnte er einfach so sprechen oder musste er abbrechen, weil ihn die Trauer übermannte? Oder war er so einfühlsam unverwundbar wie gewohnt, nähme meinen Tod als gottgegeben und kümmerte sich um mein Erbe. Was würde ich zurücklassen? Gab ich mich schon auf, wenn ich ein Testament schrieb? Müsste ich nicht zuerst ein literarisches Testament verfassen, bevor ich ein profanes aufsetzte? Ich musste das klären, egal wie. Jetzt gleich. Ich nahm mir ein Blatt Papier und suchte den Füller, den ich nie benutzt hatte, da ich meine Handschrift hasste. Jetzt schrieb ich mit der Hand. Was sollte ich schreiben? Was hatte ich bisher geleistet? Ein paar Gedichte, die vielleicht zählten, die ich zumindest für meine ersten wirklichen Gedichte hielt. Ein Einakter, »Feldpost«, der nach Samuel Beckett und Heiner Müller klang. Überhaupt, wie seltsam, ich legte den Füller weg, verwischte ungeschickt die ersten Zeilen, die ich geschrieben hatte, suchte das Manuskript, mein erstes Stück. Ich hatte mir, um ein Stück zu schreiben, Zigarren gekauft, weil Heiner und Stefan und Brecht beim Schreiben Zigarre rauchten. Ich dachte, ich könnte dadurch meine Angst überlisten, sie ausräuchern, kaltblütig werden im blauen Dunst, das raschelnde Glimmen der Tabakblätter beim Verbrennen in die

Zeilen übertragen. Aber meine Figuren erglimmten nicht, sie glühten aus, sie brannten nach, es waren drei mit Zahlen benannte Männer, die auf Bahren lagen und sprachen, dem Ende zu redeten, unter einer leuchtenden Glühbirne, die ich in einer Beuys-Ausstellung gesehen hatte. Und jetzt erinnerte ich mich, die Bahren stammten aus seiner Installation »Zeige deine Wunde«. Ich zeigte meine Wunde, jetzt verstand ich, was ich geschrieben hatte. Lotta continua, der Kampf geht weiter, war der Titel der italienischen Zeitung, die in der Installation hing. Mein Kampf ging weiter, so verwundet ich auch war. Ich hatte die Wunde verborgen, hatte die Hand auf die Wunde gelegt, den Finger in die Wunde, um sie abzuschließen, und bin mit offener Wunde und schmerzverzerrtem Lächeln herumgelaufen, hatte alle Kraft zusammengenommen, die Wunde zu verbergen, statt sie zu zeigen, zu zeigen, seht her, das ist meine Wunde, ich bin verletzt, helft mir, helft mir, ich kann mir nicht helfen. Sollte ich jetzt derart zur Bewegungslosigkeit verdammt auf Krankenbetten durch die Welt und unendliche Krankenhauskorridore gerollt werden, am Tropf hängen statt an den Worten, die Wunden versorgt mit Versprechen, die neue Wunden aufrissen. Wer von den dreien war ich, oder war ich alle drei, weil ich ja drei Leben lebte, ein Leben für Klara, ein Leben für meine Eltern, ein verborgenes Leben für mich. Wem hatte ich meine Wunde gezeigt? Klara und Silvester. Und nur einer von beiden konnte sie schließen, nein, nur ich konnte sie schließen. Aber zuerst musste ich sie zeigen, musste ich sie, musste ich es allen zeigen, der Kampf geht weiter, er hatte längst begonnen.

Was sollte in meinem Testament stehen, wem sollte ich meine Rechte vererben, wem recht geben? Ich gebe alles Klara. Nur die Liebe kann mich retten. Meine Eltern lieben mich auch, aber was würden sie mit meinen Texten machen? Und ich wollte schreiben, mich fortschreiben, keinen Punkt setzen, sondern einen Doppelpunkt. Was würden sie mit meinen letzten Zeilen und Worten anfangen? Würden sie um Rat fragen oder sie vernichten, wegschließen? Konnte ich meine Erben zur Veröffentlichung verpflichten? Wieso war ich mir jetzt bereits sicher, dass meine Texte taugten oder ich nicht zugedröhnt mit Medikamenten, zerfressen von Todesangst, erstickt von Weihrauch, Albernes, sogar Bigottes schrieb? Ich musste darauf bauen, dass meine Texte nach meinem Tod distanziert beurteilt wurden. Wer wäre dazu in der Lage, das richtige Verhalten von Nähe und Abstand einzuhalten?

Dafür kam nur Werner in Frage. Klara bekommt alles, alle Rechte, aber Werner, der Kritiker und Schriftsteller, dem ich vertraute wie keinem anderen, der nicht nur meinen Verstand, sondern auch mein Herz für die Literatur geschärft hatte, er sollte bestimmen, was und ob etwas veröffentlicht wird. Aber auch Klara und Werner waren sich nicht grün. Warum war ich selbst diesem Blatt gegenüber, das erst zählen würde, wenn ich tot wäre, so vorsichtig, so ängstlich. Was fühlte ich? Hatte ich die Furcht, mein Nachruhm könne verhindert werden? Was hatte ich jetzt, im Augenblick, von einem möglicherweise nie sich einstellenden Nachruhm? Was war das überhaupt, Nachruhm, war das das Einzige, was mir vom großen Latinum hängenblieb? Würden mir die Tantiemen in den Himmel überwiesen? Vielleicht wäre eine Stiftung gut, Geld für Schriftsteller, die in der gleichen Lage waren wie ich.

Ich kam nicht weiter.

Bei heruntergelassenen Rollläden am helllichten Tag im künstlichen Licht zu schreiben war krank, sagte ich mir. Ich mache mich selbst krank, ich verschreibe mir den Tod statt das Leben. Und Silvester rief nicht an. Er könnte doch anrufen. Ich fand eine Karte von ihm in der Post, er wünschte mir stabile Gesundheit. Ahnte er nicht, wie labil ich war angesichts dieser Diagnose? Zuletzt, aber nicht am Ende, stabile Seitenlage.

Ich musste etwas Großes schreiben, etwas, das mich wegsaugt von allem, etwas, das mich ganz ausfüllt, transformiert. Ein Stück. Ein Anfang. Mich aufspalten in verschiedene Personen. Keine Prosa. Ein Gespräch. Ein Selbstgespräch mit meinem Alter Ego. Vielleicht sollte ich über Toller schreiben. Über seinen Selbstmord in New York, im Mayflower-Hotel. Ich spannte ein leeres Blatt ein. Suchte die Zigarren, den Aschenbecher, machte Kaffee. Ging durch die Wohnung. Schaltete den Fernsehapparat ein, CNN, ich musste nach Amerika.

Kalifornien. Ein innerstädtischer Highway. Ein Wagen gerät in eine Radarfalle, hinter ihm taucht ein Polizeiwagen auf, signalisiert ihm rechts ranzufahren, die Sirenen heulen auf. Der Wagen verlangsamt, senkt die Geschwindigkeit, deutet an, alles zu befolgen, doch dann dreht er auf, gibt Gas, zieht davon. Das Polizeiauto nimmt die Verfolgung auf, jagt hinterher, fordert per Funk Verstärkung an. Dichter Verkehr, Bremslichter, Spurwechel, Neonleuchten, Reklamen, Fabrikgelände, ein desolater, zugedröhnter Himmel, und der Wind zieht seinen Joint durch die Straßen, Schaulustige an den Leitplanken starren auf das Szenario, wie immer, wie jeden Tag, wie jede Nacht. Die Polizei holt den Wagen ein, stoppt ihn. Pistolen im Anschlag, die Hände des Fahrers auf dem Lenkrad. King hat zu viel getrunken, er ist besoffen, er hätte nicht fahren dürfen, er weiß es, deswegen ist er in Panik geraten, versuchte zu flüchten. Er steht unter Bewährung, hätte seine Bewährungsauflagen verletzt, wäre wieder in den Knast gekommen, vielleicht für immer, third strike. Eine Übersprunghandlung, vermindert zurechnungsfähig, betrunken, aussteigen, Hände sichtbar, schon gut, Hände auf das Dach, Beine auseinander, schon gut, Officer, Papiere. Der zweite Polizist kontrolliert Kings Papiere, entdeckt seine Vorstrafen, Raubdelikt. Sie wollen King verhaften, er will sich nicht verhaften lassen, leistet Widerstand. Sie schlagen ihn, vier weiße Polizisten schlagen einen Schwarzen, sie prügeln auf ihn ein, sie treten ihn, sechs Tritte, und die Stöcke, immer wieder die Stöcke, unzählige Stockschläge, schwarze Stöcke, die durch die Luft auf das Gesicht Kings zielen, blutverschmierte Schlagstöcke, aufgeplatzte Wunden. King windet sich, sie schlagen weiter auf ihn ein, sie werden gefilmt, ein Nachbar filmt sie, zufällig, King liegt am Boden, aber sie haben noch nicht genug, Beamtenbeleidigung, tätlicher Angriff auf einen Polizisten, Widersetzung einer Verhaftung, Notwehr, sie wehren sich und schlagen auf den Schwarzen ein, vier nimmt der doch leicht auf einen Streich, also treten sie, damit er ihnen keinen Streich spielt, ein Schwarzer kennt keinen Schmerz, sie verlesen ihm seine Rechte mit Schlägen und treten in ihre Traditionslinie. Dann zerren sie ihn in das Polizeiauto, drücken ihn auf die Rückbank.

Er ist nicht zu identifizieren, sein Gesicht geschwollen bis zur Unkenntlichkeit. Die Autos fahren vorbei, die Nacht geht vorbei, die Lichter leuchten weiter, die Sonne schleppt sich mit Raucherhusten in den Tag und zündet die Pupillen an, kickt den Himmel aus seiner Überlebensfolie, bis er seine blau geprügelte Haut über der Stadt ausstreckt. This is CNN.

Ich schaltete ab. Die Schläge hallten nach. Es musste ein Boxkampf sein. Ich nahm das Lexikon, schlug nach. Was stand da, nach Toller. Tollkirsche. Die tödliche Tollkirsche. Der tödliche Zweifel, die verbotene, trügerische Frucht. Toller und Tollkirsch. Narziss und Goldmund. Es dröhnte in meinem Kopf, New York, der Central Park. Toller allein und allein gelassen in seinem Apartment, kurz vor seinem Selbstmord, in Gedanken die Schlinge schon längst um seinen Hals, der Stuhl neben den Heizungsspiralen. Er sieht aus dem Fenster, schiebt den Vorhang zur Seite, die Nacht. Was hört er da? Den Widerspruch in sich. Er spürt etwas in seinem Nacken, ein Windzug. Dreht sich nicht um, aber fängt zu sprechen an. Hörst du? Hörst du die Seelöwen? Im Central Park, nachts? Wie sie schreien?

Ich hatte einen Anfang, einen Anfang, einen Grund. Ich konnte jetzt nicht sterben, ich konnte nicht sterben, bevor Toller gestorben war. Ich hatte ihn doch gerade erst zwischen den Satzschenkeln auf die Welt geworfen. Hörst du? Ich zog die Rollläden hoch. Hochparterre, da war nicht New York, da war Schnee, da fuhr ein Wagen vorbei, aber ich blickte über die Stadt und in die Käfige der Seelöwen.

9

Hunderttausend Demonstranten in Belgrad, eine nicht genehmigte Demonstration, sie drängen sich auf den Straßen, kommen aus allen Ecken, vervielfältigen sich, der Protest multipliziert sich, die Stimmen, das Skandieren, sie protestieren gegen das Fernsehen, gegen die tendenziöse Berichterstattung. Es kommt zu gewaltigen Ausschreitungen, sagt der Korrespondent. Stunden später zählt man 76 Verletzte und zwei Tote, Leichen vor der Rundfunkanstalt, erschossen von der Polizei. Panzer fahren auf, platzieren sich vor öffentlichen Gebäuden, schwenken ihre Rohre, die Kinder auf der Straße vor meinem Fenster spielen Räuber und Gendarm, der Räuber sinkt zu Boden, hält sich den Bauch, schlägt beim Fallen mit dem Kopf gegen die Kühlerhaube des schwarzen Autos. Der Fahrer springt aus dem Wagen, beugt sich über den Jungen. Blutet er? Nein, er läuft davon, beide, Räuber und Gendarm, laufen lachend davon, jagen einander nicht mehr. Slowenien und Kroatien wollen einen Staatenbund, Serbien beharrt auf einem Bundesstaat. Was ist mit Samir? Ich machte mir Sorgen um ihn. Er war gerade unten, leistete dort seinen Militärdienst ab. Der Junge hat seine Pistole vergessen, der Mann hält sie in der Hand. Als er sieht, dass ich ihn beobachte, wendet er sich sofort um, steigt mit der Plastikwaffe ins Auto. Was will er damit? Der Junge wird sie suchen. Warum legt er sie nicht auf den Trafokasten? Soll ich rausgehen? Wie könnte ich Samir erreichen? Vielleicht sollte ich seine Eltern anrufen. Am Ende eskaliert der Konflikt, fürchtete ich, und er gerät zwischen die Fronten, unter den ersten Opfern ein Münchner. Der Emir von Kuwait kehrt zurück. Die rechtsextreme Arena-Partei wird stärkste Fraktion in El Salvador. Ich kämpfe gegen den Feind in mir.

Die Tage wechselten wie die Nachrichten. Ich ging nicht in die Universität, aber erklärte allen ich ginge, reagierte nicht auf das Klingeln des Telefons, nicht auf das an der Tür. Kinder und Frauen kampieren in Zelten und Notunterkünften im wilden Kurdistan. Karl May erfriert nicht, aber die Kinder ohne Decken. Wir mischen uns nicht ein, der Wind mischt sich ein, der Frost, die Nächte unter null, der Hunger, der Durst. Der Schnelle Brüter in Kalkar heizt nicht Kurdistan auf, die Fernwärme erreicht die Menschen nicht, nur der Tod erreicht sie. Der Krieg ist beendet, der Krieg bricht aus, er stirbt, er stirbt nicht, er stirbt, er stirbt nicht, ich sterbe, ich sterbe nicht.

Frühlingsgefühle, die Sonne hat sich durchgekämpft, der Schnee verendet als schmutziges Wasser. Ich wäre gerne nach Paris gefahren zu Mnouchkines Atriden, Fluch und Totschlag, Mord und Sünde, krepierende Körper, kreischende Kreaturen, die Kakophonie des Krieges, gerade jetzt, bevor der Krieg neuen Anlauf nimmt, Luft holt, um den Stier Europa in sein Tuch rennen zu lassen. Warum war ich nicht in Paris? Konnte ich nicht frei entscheiden, das zu machen, was ich wollte, zu reisen, wohin ich wollte? Warum saß ich gelähmt in meiner Gruft und starrte auf die Mondbilder und wunderte mich nicht, dass die Stasi die RAF unterstützt hatte. Hatte ich sie nicht auch unterstützt? Mit Kassibergedichten gegen Stammheim, die ich Stammhaut nannte, mit Solidaritätslesungen für Abgetauchte, initiiert vom Sohn des Mordopfers, der mich faszinierte, weil er über sich und seinen Schmerz hinaussehen und die Perspektive wechseln konnte, weil er denen die Augen zu öffnen helfen wollte, denen blinde Wut sie verbrannt hatte, bis sie nur noch rotsahen und nur noch Blut sehen wollten, moralisch sich vermehrende Blutkörper, Tugendterrormetastasen der selbst ernannten Guillotineguerilla, die ansteckend waren mit ihrer roten Romantik. Natürlich wollte auch ich der Gesellschaft die Masken vom Gesicht reißen, auf dass die Fratzen sichtbar wurden. Aber was, wenn hinter der Maske die Schönheit lag? Eine unentdeckte Schönheit? Und die unschuldigen Gesichter der Empörer, längst von Schuld durchfurcht, sich immer mehr zu einer kalten Comedia del Terror verzerrten. Hatten sie die Wirklichkeit nicht längst nur noch durch Strumpfmasken und aus Rückspiegeln gesehen, aus konspirativen Wohnungen hinter zugezogenen Vorhängen beobachtet, in Tiefgaragen und Tarnanzügen, in Wüstenausbildungslagern und dann in der Spießer-DDR.

Ich hatte mir vorgestellt, wie es wäre, ein Terrorist zu sein, Baader im Porsche, dunkle Sonnenbrille, radikale Rhetorik, Papierbögen mit Maschinengewehrwasserzeichen. Isolationshaftfolter. Und Klaras Vater war Gefängnisdirektor nach den inszenierten Selbstmorden. Ich hatte ihn nie als Feind gesehen, im Gegenteil als einen Garanten des Gewissens und der Gewissenhaftigkeit. Aber so unbedingt wie er an das System glaubte, konnte er da die Fehler im System entdecken, die eben der Glaube an es unglaubwürdig machen sollte? In welchen Systemen steckte ich? Wäre nicht jetzt, angesichts dieser Diagnose, die Zeit, sämtliche Schleier zu lüften, sämtliche Scheuklappen abzulegen? Erweitert die Todesnähe nicht die Maschen der Wirklichkeit? Hätte mir nun nicht deutlich werden müssen, was vorher undeutlich geblieben war, weil ich es nicht hatte sehen wollen, weil ich es immer noch nicht sehen mochte? April, April, es ist schon April, und alles ist anders, du bist reingelegt worden, April, April, erster April, Rohwedder wird in seiner Düsseldorfer Wohnung ermordet, man findet ein Bekennerschreiben der RAF. Er war Präsident der Treuhandanstalt gewesen. April, April. Warum rief die Ärztin heute nicht an, warum rief Silvester nicht an und eröffnete mir, dass alles nur ein Aprilscherz war, sie mich in den April geschickt hätten und nicht in den Tod, auch nicht nach Atlanta. Wie lange musste ich diese Ungewissheit noch ertragen? Wie konnte ich sie beenden? Wenn ich selbst ein Ende machen würde, einen Schlussstrich über den Kehlkopf ziehen, eine tiefschürfende Zeile über die Pulsadern, ein Komma in den Kopf und drei Punkte für das Herz. Aber war Selbstmord etwas anderes als Romantik? Nur ein Verwesungsbeschleuniger? Was würde Silvester sagen, wenn ich zu ihm führe und erklärte, ich möchte mir das Leben nehmen? Würde er trotzdem den Beerdigungsgottesdienst für mich halten und mich in ein normales Grab betten? Oder blieb für mich bloß eine Grube am Rande des Friedhofs, der Platz für die, die selbst im Tod keinen Frieden finden, weil man ihnen keinen Frieden lässt. Freitod, war das wirklich eine Befreiung vom Tod? Und wie ginge das ohne Schmutz und prägnant, den Selbstmord als Kunstwerk betrachtet. Dass zumindest das Ende in Erinnerung bleibt, wenn sonst schon nichts. War ich verzweifelt genug? Oder war die Hoffnung stärker? Was machte mich stark? Ich erinnerte mich an den Jakobsweg, an unsere mörderische Tour über die Pässe.

Wir waren mit dem Zug von Paris nach Pamplona gefahren, hatten zuvor in unserem Lieblingslokal gegessen, Le fast fou, und danach musste es bei mir die ganze Nacht über schnell gehen, ich litt, kurz nachdem wir uns im Liegewagen übernächtigt eingerichtet hatten, unter Durchfall und Erbrechen, mein Magen rannte, wirbelte alles durcheinander in dem schwankenden Abteil, ich übergab mich alle zehn Minuten, mein nervöser Magen tanzte zum Takt der Schienen, ich kotzte, pisste, schiss, leerte alles aus mir, schlich zum Abteil zurück, jedes Mal hoffend, es wäre vorbei, ich kletterte hoch zur Liege, brachte mich in stabile Rückenlage, atmete tief, ganz langsam, die Hände auf dem Bauch, und in meinem Augwinkel sah ich die rasende Stadt, sich jagende Häuser, Busparkplätze, Industrieanlagen, Elendsviertel, Züge, die vorbeischossen, und dann musste ich wieder rennen, ich sprang hinunter, schob die Tür auf, lief durch den Gang zur Toilette, sie war verschlossen, selbst die Fenster verschlossen, ich ging in die Hocke, hätte nichts gehabt außer meinem T-Shirt, wollte es gerade ausziehen, da öffnete sich die Tür, ich stürmte hinein, riss den Mund auf, und es kam nichts, ich würgte, nichts, es würgte mich, nichts, nichts kam, ich war ausgekotzt, ich schwitzte, ich heulte, schüttete mir Wasser ins Gesicht, wusch mir mit dieser ekligen Seife, die man aus einem Hahn drehen konnte, die Hände, sie roch so, dass es mir sofort wieder schlecht wurde. An der Grenze zu Spanien wurden die Zugtüren verriegelt. Klara hatte es ebenfalls erwischt, aber sie konnte schlafen, wachte nur kurz auf, um im Halbschlaf ihren Pass zu zeigen. Was war mit mir los? Hatten wir eine Lebensmittelvergiftung? Oder was kam mir in Paris alles wieder hoch? Dass, als wir das letzte Mal dort gewesen waren, ich tagelang durch die Stadt gelaufen war, weil Handke zu Fuß durch die Stadt lief, gegangen und gegangen war, in Cafés saß und Kaffee trank wie Wasser, befürchtete, mich könne jemand ansprechen, denn mein Französisch war so schlecht, dass die Bewohner der Stadt mich nicht verstehen wollten, mir in einem Englisch antworteten, das noch unverständlicher als mein Französisch war, dafür aber überladen mit Verachtung, Ignoranz. Ich war, wenn ich den Mund aufmachte, ein Unsichtbarer. Ich ging in Buchhandlungen, suchte Bücher aus, Berge von Büchern, kehrte aber vor der Kasse um, denn sie mussten denken, ich spräche die Sprache der Bücher, konnte sie aber nur lesen. Ich ging in größere Buchhandlungen, die mich anekelten, aber dort fragte keiner, ich musste nur das Geld parat haben. Ich suchte die Literaturcafés, schrieb in ein Notizbuch, obwohl ich nichts so sehr hasse, als in der Öffentlichkeit Notizbücher vollzuschreiben und zu signalisieren, schaut her, schaut alle her, ich bin Schriftsteller, es ist wichtig, was ich mache, ich schreibe, hier entsteht ein Roman oder ein Gedicht.

Ich dichtete, aber ich konnte ohne Schreibmaschine nicht dichten, ich konnte nur beidhändig, mit zehn Fingern dichten, nicht in meiner Schrift, die so hin und her gerissen war wie ich, die von Druckbuchstaben in Schreibschrift kippte, die sich schräg nach rechts legte und beschleunigte, um dann klobig beim nächsten freistehenden Buchstaben festzusitzen, der alles aufhielt. Die Gedanken rannten in einem Abschnitt mit Geschwindigkeitsbegrenzung, wurden ungeduldig, langweilten sich, drehten um, verschwanden. Zurück blieb das Unleserliche, es sollte nicht zu lesen, nur zu erkennen sein als Schrift und Zeilensprünge. Ein junger Dichter in Paris an dem Platz, an dem einst Camus, an dem Genet saß, an dem Beckett saß. Und jetzt saß ich hier, trank schwarzen Kaffee und übte im Stillen das richtig auszusprechen, was ich mir auf der Speisekarte ausgesucht hatte, denn ich starb vor Hunger, aber die Angst, vor Scham zu sterben, war noch größer. Und währenddessen wurde Klara von dem Anwalt angemacht, bei dem sie ein Praktikum absolvierte, so einem Schnösel, einem typischen französischen Nasalschnösel, wie ich meinte, ohne ihn je gesehen zu haben. Ich saß auf der Bank vor ihrem Büro und war nicht mehr der Dichter, sondern nur ein Nervenbündel aus Angst und Eifersucht, war die ganzen Tage nur um ihr Büro herumgelaufen, die Umkreisungen wurden enger und enger, bis ich fast bloß noch um den Block ging, denn ich hatte mir den kleinsten und empfindlichsten Knochen in der Sohle durchgelaufen, aufgearbeitet. Sie hatten mir zuvor in Rouen das Auto gestohlen, wollten sie mir jetzt auch die Frau stehlen, die Franzosen?

War mir das alles wieder in den Magen geschossen, als ich in Paris war? Oder war es die Angst, den Jakobsweg nicht auf Fahrrädern zu bewältigen, untrainiert wie ich war? Und ich durfte mir keine Blöße geben bei unserer ersten großen Reise. Ich hatte zu allem ja gesagt, zum Jakobsweg, zu den Fahrrädern und, mit etwas Widerstand, auch zum Zelten, obwohl ich Zelten nicht ausstehen konnte, diese durchsichtige Haut, auf der die Schatten wanderten, unter der sich die Hitze staute und der Boden hart war und beweglich, wenn die roten Ameisen wie Blutkörperchen über ihn zogen.

In Pamplona hatten sie das Wochenende zuvor die Stiere losgelassen und durch die Stadt gebrüllt. Es blieb mir zum Glück erspart, mich mit einer weißen Hose aufspießen zu lassen. Ich, der ich nie die Probleme bei den Hörnern fassen konnte, und, wenn ich es versuchte, durch die Luft geschleudert wurde.

Die ersten Tage in Pamplona lagen wir krank im Bett, in einem verdunkelten Zimmer. So wie ich auch mit meinem Vater bei unserer New-York-Reise den ersten Tag nur im Bett lag, die Angst wegschlafen wollte und wie ein kleines Kind die Hände über die Augen legte, ich sehe nichts, und keiner sieht mich, mir kann also nichts passieren.

Aber dann hatten wir die Fahrräder am Bahnhof abgeholt, und es ging los. Die erste Etappe, hatten wir wegen unserer Erschöpfung gehofft, würde wohl nicht die schwerste sein, aber sie war von allen die schwerste, und es gab kein Entrinnen, denn der nächste Campingplatz lag zwei Pässe weiter, zwei endlose Aufstiege im Gegenwind, in der versengenden Sonne, die Räder voller Gepäck. Ich schwitzte, als würde ich im Regen stehen, alles war nass, überall floh der Schweiß aus meinem Körper. Längst waren es nicht mehr die Beine, die traten, allein die Willenskraft, der Liebesbeweis, die Angst vor der Dunkelheit und den streunenden Hunden, den Luchsen und Strauchdieben, denn wo alles heilig war, sammelten sich auch die Schatten unter den Heiligenscheinen.

Schließlich hatte ich die erste Etappe geschafft, und, ich weiß nicht warum, dankte Gott dafür, durchgehalten zu haben, mir keine Blöße gegeben zu haben, mich nicht in den Straßengraben übergeben und dann aufgegeben zu haben. Wir hatten diese Strecke nicht ausgesucht wegen ihres mythischen Rufs, wegen ihres kulturellen und sakralen Mehrwerts, waren keine strampelnden Pilger, hatten keine Muschel um den Hals, keine Rosenkränze in den Taschen, kein Gelübde abgegeben in Gedanken, nein, wir, eigentlich nicht wir, vielmehr Klara wollte eine Fahrradtour machen, und so kamen wir auf Spanien. Wir hatten den Jakobsweg gewählt, weil er durch diese Landschaften führte und Santiago fast am Meer lag. Weil es eine Strecke mit festgelegtem Start und festgelegtem Ziel war. Aber jetzt passierte etwas, mit dem wir nicht gerechnet hatten. Der Weg war mehr als ein Weg, wir spürten, dass wir zugleich eine innere Reise zurücklegten, dass der Weg uns seine Geschichten erzählte, dass wir selbst Teil einer Erzählung wurden, dass in unseren Schritten die Schritte aller nachvibrierten, die hier vor uns gegangen waren, dass die Seelen wanderten, dass das Herz weit wurde wie ein Horizont. In diesem Boden lag eine Kraft, die sich übertrug, in die Muskeln und in die Sinne. Auf diesem Weg befand man sich in Gemeinschaft mit dem Unsichtbaren, man fühlte sich nie einsam, verlassen. Erschöpft, ja, aber anders erschöpft, als wir es kannten. Und, größte aller Erfahrungen, Sinne sensibilisierten sich, die Zeit verlangsamte sich, und die Wahrnehmung steigerte sich, während sie sich entschleunigte, gewann an Tiefenschärfe im Blick nach außen und nach innen. Es sahen nicht nur die Augen, auch die Beine, die diesen Weg zurücklegten. Der zurückgelegte Weg war das Gastgeschenk für die Kirchen, die wir betraten, und zum Dank eröffneten sie Seitenblicke auf das, was man sonst übersehen oder nicht so gesehen hätte. Jedes Detail war eine Sensation, die Augen wie ausgewaschen mit kaltem Wasser. Die Ruhe der Kreuzgänge, die mich das erste Mal verstehen ließen, was es hieß, Frieden zu finden, seinen Frieden zu machen oder zumindest zu machen versuchen. Es gab Momente, die aus der Zeit fielen, eine Architektur, welche die Zeitachsen drehte und Minuten verwandelten in ein Mosaik aus Augenblicken. Natürlich hatte ich auch das gesucht, diesen zerbrechlichen Schutz vor der Welt in der Schönheit.

Zu Hause ließ ich mich hetzen und hetzte mich selbst. Ich fühlte mich überall frei und freier, wenn ich nicht der sein musste, den man von mir erwartete. Ich wollte nicht der Andere sein, den sie für mein Selbst hielten, den sie zu kennen glaubten, weil sie nur glauben wollten, was sie kannten. Immer musste ich müssen, nie durfte ich dürfen, was die Rettung gewesen wäre. So konnte ich mich immer nur aus der Zeit in den Augenblick retten, mich erlösen in die Täuschung, solange das Manöver ging. Ich lebte an der langen Leine meiner Nabelschnur und drehte mich um mich selbst, während ich fortlief und dabei im Kreis rannte.

Der Weg war meine Kirche. Er fühlte sich so an, wie sich für mich Religion anfühlte, er traf meine Seele und mein Glaubenwollen, das aus dem Spüren kam, aus der Zuversicht, dem Vertrauen in Gott. Glaube war für mich unlösbar an Schönheit gebunden, an die Bilder, die Geschichten, die Inszenierung, die Ästhetik, ohne sie gab es für mich keine Ethik, noch ehe ich wusste, was dieses Wort oder das andere bedeuten. Ich hatte nie geglaubt, wie ich gelehrt wurde, glauben zu sollen. Ich habe nie Gott gefürchtet, mir nie einen strafenden Gott vorgestellt, nie an Gott in den Priestern geglaubt. Ich hatte sie schon als Kind wie Schauspieler betrachtet. Und die guten Schauspieler unter ihnen bewundert. Ich hatte den Glauben und Gott in mir gespürt, ich brauchte niemanden, der das für mich verwaltete, niemanden, der seine Stelle vor und in mir vertrat. Natürlich war da immer das Mehr, aber das war bedingt durch die Theatralität, die gute Show. Ich hatte das nie als anstößig empfunden, ich hielt nur lila Schuhe und weiße Söckchen für anstößig, gepuderte Pseudoprüderie, fand unerträglich, wenn jemand bestimmen wollte, wie ich, wie wir zu leben hatten, was wir durften und was wir nicht durften, wenn Befreiungstheologen an den Pranger gestellt wurden. Ich hatte die Priester bewundert, die gegen die Diktaturen, für die Indianer kämpften, ich hatte die Scharfzüngigen bewundert, die Gottesbeweisfallensteller. Ich lebte in einer Der-Name-der-Rose-Glaubenswelt. Jede Klosterbibliothek verbarg für mich Wissen und Geheimnisse, zugleich lauerte überall die Gefahr, der Tod, die bösen Buben, die den braven Buben böse mitspielten. Ich wollte einen Glauben, der aus den romanischen Kirchen kam und spielerisch war, Luft ließ, aber der Glaube der Kirche war die Gotik, die wuchtige Gotik von Burgos, der erste Stein, den Gott aus dem Himmel geworfen hat.

Wir wurden von Etappe zu Etappe fitter, kräftiger, kamen immer besser in Tritt. Nur war mein Hinterteil, waren die Innenseiten meiner Schenkel ein einziger schwarzblauer Bluterguss, den ich vor Klara verbarg. Doch schließlich zeigte ich ihr, warum ich jammerte und warum sie mich zu Unrecht als Jammerlappen beschimpfte. Jetzt, da meine Schmerzen einen Grund hatten, durfte ich sie haben. Ich fühlte mich wie ein Märtyrer. Schmerz empfinden und Schmerz überwinden, das war die Lektion meiner Kindheit.

Das Radfahren, die körperliche Anstrengung bis an die Grenzen, machte mir, obwohl ich mir das nicht hatte vorstellen können, von Tag zu Tag mehr Spaß, befreite mich, ich kam in Form, und alles hatte seine Form. Bis wir merkten, dass wir uns verrechnet hatten, der Zeitplan falsch berechnet war und wir, um am Ende noch eine Woche am Meer zu haben, einen Streckenabschnitt mit dem Zug zurücklegen mussten. Das kam uns wie ein Verrat vor, es war eine Sünde, wir fühlten uns schuldig und versuchten das Gefühl zu überspielen, indem wir uns und dem heiligen Geist des Wegs schworen, die Etappe in den nächsten Jahren zu Fuß nachzuholen.

Wurde ich für die Unterbrechung bestraft? Wäre das vielleicht die Lösung? Statt nach Atlanta zu fahren, auf dem Jakobsweg nach Santiago zu pilgern und um Gesundheit zu beten und bitten?

Hatte mir Gott also nicht verziehen, hatte gezürnt, weil wir den Weg nicht vollständig gegangen waren. Er hatte uns doch eine Woche später das Leben gerettet. Warum hat er uns nicht gleich in den Wellen ertrinken lassen? Oder von einem LKW überfahren, zerquetschen?

Warum hat uns niemand ausgeraubt, vergewaltigt, aufgeschlitzt, misshandelt, warum sind wir in keinen Abgrund gefallen, wurden von keinem Stein erschlagen? Warum entgleiste der Zug nicht? Nein, er wollte nicht strafen. Denn wir hatten ihn auf dem Weg gespürt wie nie und ohne dass wir darüber gesprochen hätten. Unser schlechtes Gewissen war Strafe genug, und wir hatten gespürt, dass es etwas völlig anderes ist, auf deinen eigenen Füßen in der Kathedrale anzukommen bzw. auf dem Rad, die Arme ausgestreckt, atemlos, oder mit der Bahn anzureisen, die Fahrräder aus dem Waggon zu stemmen und dann ein Hotel zu beziehen und frisch geduscht und entspannt zum Ziel zu schlendern. Hätten wir nur eine Etappe übersprungen, uns danach wieder eingefunden auf dem Weg, hätte er uns aufgenommen, beglaubigt, wir hätten die Stadt gespürt in jeder Faser, sie hätte sich angekündigt im Herzschlag, sie hätte die Beine unerklärlich leicht gemacht, fast schwebend. Wir hätten die Kathedrale betreten in der Erwartung, nicht nur belohnt, sondern auch erlöst zu werden von dem, was uns bedrängte, beschwerte, befreite von diesem unerklärlichen Prozess, der täglich die Geschworenen hinter der Stirn versammelte. Auch so war es erhebend, aber es war etwas anders, wir hatten es gespürt, Klara hatte unvermittelt zu weinen begonnen, ich hatte sie beruhigen müssen, besänftigen mit dem Versprechen, wir holen nach, was wir überholt hatten mit einer Geschwindigkeit, die den Glauben durch Eile verletzte, statt ihm Zeit zu geben und Geduld, die Zeit als Maß zu überwinden. Wir waren zu schnell in die Gegenwart zurückgekehrt, zu schnell nach oben geschossen ins Jetzt, und das tat uns, wie jedem Taucher aus der Tiefe, nicht gut.

Und dennoch wussten unsere Augen noch aus der Erinnerung der letzten Wochen, wie der Blick den Atem des Beobachteten suchen musste, den Herzschlag des Ungesehenen.

Von Santiago waren wir ans Meer gefahren. Klara war der Überzeugung, zum Meer ginge es nur bergab, wir seien ja über Meereshöhe gewesen. Es ging auch bergab, doch erst die letzten Kilometer, nachdem zuvor die Straße anstieg und anstieg, immer wieder anstieg, nachdem sie abgefallen war, anstieg, als ob sie zum Himmel wollte, und kein Meer war zu sehen, nur der schwitzende Stein, der aufgeplatzte Asphalt und ein Weg, der kein Mitgefühl mehr hatte, keine unsichtbaren Rufer und Winde. Aber wir waren noch so im Schwung und glaubten, unsere ausgelassene Wegstrecke wegtreten zu können, wieder auf Augenhöhe zu kommen und so zum Meer. Es wurde und war die härteste Etappe, die leichteste zugleich.

Schließlich fanden wir ein Apartment am Strand einer verlassenen Küste, an der die Häuser wie Steine nach einer Lawine lagen, ins Grün gerollt, in den Schatten gebeugt, schweigsame Steinhaufen mit kleinen Fenstern und schweren Türen. Die Menschen stiller als die Stille, die Frauen in Schwarz, die Männer wortlos rauchend, die Mundwinkel nach unten ziehend, die Zungen an den Zähnen das Ungesagte zermalmend. Körper aus Augen, und mit Händen, die keine Augen brauchten, sehende Hände, als hätte die Zeit ihren tiefen Rechen und ihre Pflüge durch sie gezogen. Schon die Kinderhände waren rau wie die Freundlichkeit für den fremden Gast.

Wir waren an unserem Strand jeden Tag die Wellen geritten, hatten uns von ihren Rücken tragen lassen, bliesen ihnen den Schaum von den Lippen und küssten den Himmel mit dem Salz auf der Haut. Wir fühlten uns, als wären wir schwerer als Luft, aber leichter als Wasser, das uns davonfliegen ließ wie ein Luftballon, wenn die Finger ihn freigaben. Wir kreischten vor Freude, erschöpften uns im Seelensurfen und Glücksgleiten, die Lungenflügel Luftkissen, die Füße Flossen, die Augen Atem und in der Brust die Brandung zum Herzen hin. Wir legten uns in den Sand wie nach einem Abenteuer, hatten uns bisher noch an keinem Tag so weit hinaus, so in die Wellen gewagt gehabt, aber alle Angst überwunden.

Ich war für mich allein, ohne Furcht, ohne Sorgen um mein Leben, vertrauend, mich mehr trauend und mir mehr zutrauend, als vernünftig war. Ich war gleichgültig dem Tod gegenüber, weil ich ihn fern glaubte. Aber ich war ängstlich, wenn jemand bei mir war, fühlte mich verantwortlich, als müsste ich auf ein Geschwister aufpassen, das ich nie hatte, als läge die Entscheidung über Leben und Tod in meiner Obhut, wäre abhängig von meiner Wachheit und Wachsamkeit. Klara hatte oft ironisch bemerkt, ich sähe aus wie ihr Leibwächter, braungebrannt mit schwarzer Sonnenbrille, im Kopf zwei Schritte voraus und mit dem Rücken um mich blickend. Nun wollte sie noch einmal hinaus in die Wellen. Dabei hatten wir sie gerade bezwungen, zugeritten. Warum es bis zum Letzten ausreizen, warum das Glück und seinen Muskelkater provozieren? Sie war nicht davon abzubringen. Ich blieb zunächst liegen, beklommen, konnte es aber auch nicht ertragen, sie in den Wellen alleine zu lassen. Und wieder trugen die Wellen uns hinaus, und plötzlich waren wir zwischen den Wellen, sie brachen sich vor und hinter uns, wir konnten nicht hinaus und nicht zurück, sie wurden immer gewaltiger, zürnten, schleuderten uns in die Luft, rempelten uns mit ihren eisernen Schultern, drückten uns unter Wasser, sprangen auf die Brust, spuckten in die Augen. Ich sah Klara nicht mehr, da, da war sie, schrie, wir gerieten in Panik, hatten Wasser geschluckt, suchten uns, nahmen uns an den Händen, als könnten wir, uns so haltend, die nächste Wellenwand aufhalten, als wären wir gemeinsam stärker. Die Wellen trennten uns, ich vergrub meinen Kopf hinter den Ellbogen, die Welle rammte mich gegen die Steine am Grund, ich dachte, das sei das Ende, ich ertrinke, wir ersaufen, es gibt kein Zurück. Aber dann waren wir für die Wellen ein langweiliges Spielzeug, und sie warfen uns zurück an den Strand. Die Haut aufgeschürft, die Haare verdreckt, verklebt, die Angst bleiern im Magen, nachbrüllend in den Gliedern. Die Wellenbezwinger ausgewrungen, verknotet. Wir fielen und fielen uns in die Arme, hielten uns, hatten nicht mehr geglaubt, uns wiederzusehen. Beschämt und mit dem Leben davongekommen schlichen wir in unser Apartment, aus dem Salzwasser unter das Süßwasser der Dusche und in jede geschenkte Sekunde, da wir keine Sekunde länger zu leben gefürchtet hatten, als wir Furchtlosen fürchterlich gestrandet waren.

Hatte uns da nicht Gott geholfen? Wäre ein solcher Tod nicht grausam genug gewesen? Ich hatte diese Strecke hinter mich gebracht, die Wellen überlebt, mit meinem Körper die Grenzen gespürt. Und während dieser Zeit hat der Tod schon auf sein Lichtzeichen gewartet, seinen ersten und letzten Auftritt, der sich hinauszögerte wie in einem schlechten Stück? Sollte das Schicksal solch ein scheußliches Spiel mit mir treiben? Wie lange müsste ich noch auf Gewissheit warten, oder könnte ich mir selbst Gewissheit verschaffen, fragte ich mich. In den Wellen hatte ich mich bereits dem Tod geweiht gefühlt, war danach lebendiger denn je, denn ich spürte das Leben als Lust, es zu leben. Ich wollte mich und nichts verschwenden.

Das war mir klar, als ich auf die gelbe Glühbirne von Beuys sah, die mir auf meinem Schreibtisch aus dem

Dunkel heimleuchtete in die Zuversicht, dass ich nichts unversucht ließe. Und stünde mir das Ende gegenüber, ich würde schneller ziehen.

10

Die Urinprobe war positiv. Es konnten Reste nachgewiesen werden. Die Augen geschlossen, die Lippen geöffnet zum Schmerzensschrei, um den Hals zwei Hände zweier verschiedener Menschen, zwei Eheringe verdecken den pulsierenden Kehlkopf, die Stirnfalten ziehen sich zusammen, die Augenbrauen berühren sich fast und bilden zusammen mit dem Nasenrücken ein Kreuz. Maradona gekreuzigt, verhaftetet wegen Drogenkonsums, Kokain, 15 Monate Spielverbot, Martyrium. Die Polizisten hinter ihm, die großen Mützen mit absurden Goldwappen, der verkniffene Mann in weißem T-Shirt und Jeansjacke links neben ihm, der ihn an sich zieht, als wolle er ihn in den Schwitzkasten nehmen. Der Arm des Unsichtbaren hinter ihm, der ebenso zudrückt, Maradona kann sich nicht befreien, kein Trick, keine Körpertäuschung, keine Drehung. Über seinem linken Arm die schwarze Lederjacke, ihr Faltenwurf. Die beiden lachenden Frauen rechts neben ihm, links vor ihm der Mann mit Gel im grauen Haar, weißer Kragen, korrekte Krawatte, akkurat geknotet. Das Mikrofon zielt wie ein Pistolenlauf auf die Stirn Maradonas, die über alle Köpfe gereckte Kamera mit ihrem Auge und dem Blitz vor dem Auslöser. Das Ganze ein geschwungenes S, das Altarbild eines neapolitanischen Meisters. Ich stelle mir alle barfuß vor, dreckige Füße und Sohlen, sähe man die untere Hälfte des Bildes, einen Ascheplatz, Steine, kreuzigt ihn. Maradona, die Hand Gottes, mit einem Schlag der zweitmeistgehasste Mann Argentiniens. Der Kranke gekränkt, der stumme Schrei. Die Zahl auf dem Mikrofon eine 13.

Gestern war ich in der Kirche, danach ging ich ins Kino, Barton Fink.

11

Scher auf dem Anrufbeantworter. Der rote Punkt. Sie fragte, ob die Ergebnisse der zweite Untersuchung eingetroffen sind. Ich würde mich doch nochmals untersuchen lassen, habe sie von Silvester gehört, der übrigens sehr besorgt sei. Das hätte ich mir sparen können, sagte sie, alle anderen Untersuchungen bedienten sich einer veralteten Methode. Und selbst wenn sie zu dem Resultat kämen, ich sei gesund, müsse sie mir nochmals klar und deutlich sagen, ich würde sterben, spätestens in einem halben Jahr sei ich tot, es sei denn, ich begäbe mich in ihre Obhut und suchte sie unverzüglich auf, damit sie die Reise nach Atlanta vorbereiten könne. »Ihre Zeit läuft ab«, »ich weiß nicht, ob Ihnen noch viel Zeit bleibt. Silvester und ich bangen um Ihr Leben.« »Ihre Zeit läuft ab«, ich spulte den Anrufbeantworter zurück, zehn Mal vor und zurück, als hätte ich etwas, das Lebensentscheidende, überhört, als gäbe es in den Atempausen und Hintergrundgeräuschen einen Hinweis, der mich aus dem klandestinen Koma lösen könnte.

Nein, ich hatte die Diagnose nicht vergessen, mir im Gegenteil viel vorgenommen. Jeden Tag, jede Stunde, jede Sekunde, jeden Bruchteil eines Augenblicks wollte ich erleben, erfahren, atmen, wollte so leben, als wäre das Leben im nächsten Moment vorbei. Ich löschte die Nachricht. Sie haben also keine Neuigkeiten für mich. Danach fühlte ich mich erleichtert. Warum besaß ich nicht hundert Anrufbeantworter mit hundert Löschtasten, hundert blinkenden roten Punkten, die erloschen, wenn ich wollte. Wollen Sie diese Nachricht wirklich löschen. Ja, ich will. Ich will mich vom Tod scheiden. »Ihre Zeit läuft ab«, hämmerte es in meinem Kopf, die Zeit läuft ab, also lief ich, ich lief, um der Zeit davonzulaufen. Aber alle Gesichter, die ich auf der Straße sah, schienen nur eines zu denken: Seine Zeit läuft ab. Ich schämte mich, fühlte mich, als litte ich unter einer ansteckenden Krankheit, als könnte ich alle mit in meine ablaufende Zeit reißen, in meinen Countdown mitnehmen. Du bist ein toter Mann, stand an der Wand.

Ich schloss die Augen und querte auf geradem Weg die Straße, Hupen, eine Frau schrie auf, ich rempelte einen tätowierten Typen an, er zuckte, ich drehte mich um, aber er sagte nichts, ich lief weiter, die Straße hinunter, außer Atem, keuchte, fasste mich an die Seite, drückte die Hände in die Seiten, als müsste ich eine Wunde stillen, als würde sonst das Blut aus mir schießen, ich wollte schreien, aber ich konnte nicht, wie in meinen Albträumen zog sich der Schrei von den Lippen zurück in mein Herz, verbarrikadierte sich in der Herzkammer, schrie im Dunkeln, während mir die Sonne ins Auge stach, alle lachten, sie lachten, dieser schöne Tag, sie schlenderten Arm in Arm, ich lief, sie schleckten Eis, sie küssten sich, die Fußballfans sangen, ich verlor mich in ihnen, sie ließen mich aus ihrem Tunnel, ich konnte nicht mehr, aber ich musste weiter, weiter bis nach Atlanta, weiter an die Kreuzung, wohin, wohin lief ich, warum, es war doch nichts passiert, meine Zeit lief ab, deine Zeit läuft ab, ihre Zeit läuft ab, und dann war seine Zeit abgelaufen, niemand hält die Zeit an, hatte jemand im Vorbeirennen gesagt, bildete ich mir ein, ich streifte einen schwarzen Wagen, wann ist meine Zeit gekommen, meine Zeit muss doch kommen, meine Zeit war ja noch gar nicht da, wie spät ist es, fragte ich die Frau mit den Einkaufstüten, kurz vor zwölf, sie fürchtete sich vor mir, fürchteten sich nicht alle vor mir, war mir nicht der Tod ins Gesicht geschrieben, wollte nicht jeder vermeiden, dem Tod zu nahe zu kommen? Sie haben ein Problem mit der Nähe, hatte mir ein Psychotherapeut gesagt.

Ich stoppte abrupt, ich stand vor der Universität. Ich lachte, lachte laut. Rechtzeitig zur Vorlesung. Der Tod kann bis zu meinem juristischen Examen warten. Ich lass ihn vorladen. Ich zeige ihn an. Wer zeigt die Zeit an? Warum hatte Silvester ihr gesagt, was er mir nicht gesagt hatte? Warum meldete er sich nicht, jetzt, da ich nichts als Angst hatte und leere Hände. Vielleicht hat er auf meinen Anrufbeantworter gesprochen, wenn ich nach Hause zurückkomme. Mir war schon wieder zum Heulen. Ich musste jemandem begegnen, mit jemand reden. Eine dritte Meinung war unabdingbar, notwendig zum Weiterleben. Eine Tür, die ich übersehen hatte. Jemand, der mir eine Antwort gab.

Der Heuschnupfen wurde immer unerträglicher, meine Pupillen glichen rotem Mohn, der Schlafmohn lief durch die Sehkanäle wie durch eine Sanduhr. Meine Augen brannten, und zugleich war ich so müde, dass ich fast vergaß zu atmen. Aber wie sollte ich atmen, wenn ich bei jedem Atemzug die Marmorplatte auf meiner Brust mit meinem Herzschlag nach oben hieven musste, um Sauerstoff schnappen zu können. Ich war benebelt, der Nebel stieg in meinem Körper aus der Seele auf, trat wie Schweiß aus meinen Poren, stahl mir die Sicht, ließ mich im Ungefähren wanken. Die Tropfen halfen nichts, sie rannen aus den Augwinkeln über die Wangen in die Mundwinkel, und ich schluckte die bittere Flüssigkeit. Die Finger verklebten, alles war verklebt von Pollen, Blütenstaub, alles platzte auf, nur in mir verschloss sich jeden neuen Tag eine weitere Blüte, machte zu, kroch zurück in den Boden. Der Schmetterling verpuppte sich erneut, die Blätter sogen das Grün ein.

Mit offenem Mund lag ich auf der Couch, Silvester

und Scher standen daneben. Sie hatte eine Schaufel in der Hand und kippte Blumenerde aus dem Pflanzentopf in meinen Mund, Schaufel für Schaufel, Staub zu Staub. Silvester sang, als stünden wir in einer Kirche, er sang so berührend schön, ich wollte die Augen öffnen, aber seine Hand lag auf meinem Mund, der einbalsamierte Daumen strich über meine Lippen, bekreuzigte sie, fuhr über meine Stirn, die Lider. Jemand hinter mir strich mir die Haare glatt, strich die Locken zu langen Haaren, die dunklen Locken zu langen goldenen Haaren, die der Wind in der Luft hielt. Jetzt erst merkte ich, dass ich schwebte, über der Couch schwebte. Die Sonne wurde durch die Jalousien wie durch einen Fleischwolf gepresst, glutrote Strahlen fielen durch die gelochten Ritzen klirrend zu Boden. Dann wurde es finster, ich schaukelte nach unten. Jetzt konnte ich die Augen öffnen. Ich lag auf meiner Couch, zwei Seile waren unter ihr gegürtet, an denen ich in ein Grab hinabgelassen wurde. Von dort sah ich ihre Gesichter, wie sie von oben auf mich hinabblickten und sich zunehmend entfernten, bis sie unerreichbar wie Sterne waren. Herr, komm mir zu Hilfe, Herr, eile, mir zu helfen, schrie ich flüsternd. Aber das Weltall war kalt, die Sterne sind längst erloschen, sagte ich mir, ich bin allein, ich gleite auf einem Surfbrett, ich liege auf dem Rücken, schwerelos, ein schwarzes Loch wird mich schlucken, und ich werde in ihm schlafen wie im Bauch eines Wals. Dann eine Explosion. Ich schreckte hoch. Das Telefon. Das Telefon. Im All. Ruft Gott mich an und sagt mir, dass er tot ist? Ich erwachte. Die Augen brannten. Brannten weiter, wie das Telefon weiter läutete. Soll es, beruhigte ich mich, was geht es mich an?

Es war Silvester. Ich spürte es. Ich stellte den Lautsprecher nicht an, hörte nicht hin. Ich wartete, bis das Band sich fixierte, zurückspulte, der rote Punkt blinkte, die Null sich in eine Eins verwandelte, eine rote Eins, ein blinkender Punkt. Sie haben eine Nachricht. Ich hatte Angst, sie abzuhören. Wollte gehen, schaute mich um, zog die Jacke aus, warf sie auf den Boden, drückte den Knopf, erstarrte. Es war Silvester. Seine Stimme klang belegt. Hatte er sich erkältet, vielleicht war er krank gewesen und hatte sich deshalb so lange nicht gemeldet? Aber wer meidet nicht die Todgeweihten, wer sieht schon gerne beim Sterben zu und blickt in brechende Augen, wer hält schon eine gebrochene Brust zusammen? Wem ist es nicht peinlich, wenn ihn der andere mit seinem Sterben belästigt und Schatten auf die eigene Gesundheit und den eigenen Traum der Unverletzbarkeit wirft, während die Furcht emporkriecht, es kann auch mich treffen, vielleicht lauert es schon in mir, vielleicht hat der Tod mich schon besichtigt, vielleicht hat er schon angezahlt, nach einigen Renovierungen. Silvester fragte, ob wir uns treffen könnten. Fragte, warum ich mich so lange nicht gemeldet hätte, er habe mir doch geschrieben, habe versucht, mich zu erreichen. Er spreche ungern auf einen Anrufbeantworter. Ich wusste, er findet es seelenlos, den mechanischen Trost. Den Bandsalatbalsam, der mir geholfen hätte. Sie sagen, du bist nicht allein, aber das stimmt nicht, ich bin allein und von allen guten Geistern verlassen, weil ich allein sein will, weil mich die Einsamkeit erstickt, weil ich keine Luft bekomme, wenn mir jemand gegenübersteht oder gegenübersitzt, weil ich nicht reden will, weil ich mit jemand reden muss, niemand kann mich verstehen, ich bin verrückt, sie erklären mich für verrückt, du bist doch nicht krank, du bist verrückt, warum gehst du nicht zu der Professorin, sie wird dir helfen, sie wird dich retten, sie wird dich über den Atlantik jagen, und du wirst in der Ferne sterben, zurückkommen wie ein Soldat in einem Sarg, er kämpfte einen Krieg gegen seinen Körper, den er nicht gewinnen konnte, ich kann nur gewinnen, sagen die einen, du wirst alles verlieren, wenn du es machst, sage ich mir, warum gibt Gott mir kein Zeichen? Der rote Punkt, er könnte jetzt blinken, ohne dass jemand anruft. Und wenn Gott mich heimrufen will? Wenn er will, dass ich mit Wolkentinte in den Himmel schreibe? Kennt mich Gott? Kennt Silvester Gott? Hat er ihn in Korea gesehen, in China, war er ihm immer auf der Spur?

Silvester schlug vor, seine Stimme auf dem Band schlug vor, wir sollten uns im El Toula treffen. Er hatte recht, wenn wir schon über den Tod sprachen, dann bei herrlichem Wein, dionysisch, dann zerreißen sie mich wie Orpheus in tausend Stücke, und ich treibe den Fluss entlang bis dorthin, wo er in den Styx mündet. El Toula, der Gourmettempel, in dem wir göttlich gespeist hatten, ich die himmlischen Genüsse meines ersten Tiramisus genossen hatte, ich spüre es noch auf dem Gaumen, wie meine Zunge durch die Mascarponecreme fährt. Heute macht jede Hausfrau Tiramisu. Aber damals eröffnete es mir eine Welt. Wie der Wein aus der Abtei, Abazzo di Rosazzo, in Holzfässern gelagert, der raue, angedeutete Holzgeschmack, das Holz der Wälder auf dem Klosterberg, das Holz, das schon im Mittelalter geschlagen wurde, das gebogene Holz, das mit Eisenbändern zusammengehaltene Holz, das Holz, auf dem ich in die Erde versenkt werde. Er soll mich begraben und bei der Messe diesen Wein trinken, das soll sein Messwein sein.

Wir gehen ins El Toula. Wird es meine Henkersmahlzeit? Ich bin schuldig. Er hat nicht gesagt, Klara solle mitkommen. Wie wird sie reagieren? Erzähle ich es ihr? Am Anfang ist alles ganz eilig, er macht Druck, als könnte ich jeden Augenblick tot sein, und jetzt will er mit mir essen gehen, exquisit essen gehen, essen braucht Zeit. Lebensverlängernde Maßnahmen. Woher kommt diese Zeit? Warum hat er nicht gesagt, ich hole dich ab und bringe dich zu ihr, zu Scher, fahre dich zum Flughafen, und wir steigen in die nächste Maschine nach Atlanta. One way? Nein, er will mit mir essen. Vielleicht, weil alles schon zu spät ist. Weil ich entschieden habe, nichts zu machen, und deshalb nichts mehr zu machen ist. Was will er mir sagen?

Ich muss ihn zurückrufen. Ich hatte auf seinen Anruf gewartet, und jetzt war ich nicht rangegangen, als er anrief, und scheute mich, ihn zurückzurufen. Aber ich hatte ihn treffen wollen. Ich hob den Hörer ab. Was sollte ich ihm sagen? Eine Notlüge. Oder einfach nur. Ja, Silvester, El Toula ist eine gute Idee. Nur wir beide? Ja, du hast recht, das ist besser, sicher. Also dann. Nein, ich merke nichts, gar nichts. Glaubte er, mir würden die Haare ausfallen? Ich musste es meiner Mutter sagen. Ich hatte nicht genug Geld, um ihn dorthin auszuführen, und er wird mich kaum einladen. Der Champagner, fünf oder sieben Gänge, der edle Wein, die Schnäpse. So viel habe ich nicht hier. Oder hatte meine Mutter ihm Geld gegeben? Hatte sie ihn gebeten, mich anzurufen, zu treffen? Oder war es Scher? Weil sie wusste, wenn jemand, dann bringt nur er mich dazu. War sie gekränkt, weil ich mich nicht sofort in ihre Hände begab. War Silvester gekränkt? War Klara gekränkt, weil ich Silvester treffen wollte? War meine Mutter gekränkt, weil ich mich nicht bei ihr in Quarantäne begab, bei ihr Obhut suchte, zurück in den Brustkasten, zurück an die Schläuche, die mich am Leben erhalten, zurück zur Nabelschnur?

Die Zeit geriet mir aus dem Denken, dem Fühlen, dem Schauen, ich konnte nicht aufhören zu denken, konnte mich nicht ablenken, nicht vergessen. Alles kehrte zurück, brachte sich in Erinnerung, brachte mich in Verlegenheit, drängte mich in die Enge, in die Schlaflosigkeit. Wenn ich nicht krank war, wäre ich dabei, mich krank zu denken. Warum konnte ich mich denn nicht gesund denken, warum fiel mir das so viel schwerer? Ich musste nur Klara vertrauen, machte ich mir klar, ihren Worten, ihrer Zuversicht. Sie hielt mich am Leben. Warum war ich so leicht bereit, es für verspielt zu halten? Wo war mein Gottvertrauen? In Kroatien beginnt der Krieg, sagte mein Freund Samir. Ich hatte Angst um ihn, um sein Leben. Hatte ich Angst um Leben?

Das El Toula war ein Lokal wie aus einem Filmset von Bertolucci, es erinnerte mit seinem dunklen Holz, den geschwungenen Stühlen, der Wendeltreppe, dem glänzenden Braun, an das Italien der dreißiger und vierziger Jahre, hier könnte Malaparte in der Ecke sitzen, und der Konformist käme, um den Professor, der sich auf der Toilette eingesperrt hat, zu erschießen, und dann in aller Ruhe, nachdem er seine Serviette glatt gestrichen hätte, mit der blonden Frau des Philosophen auf dessen Platz den Nachtisch einzunehmen, sich die Lippen zu tupfen, einen Espresso zu bestellen, aufzustehen, sich höflichst zu entschuldigen und das Lokal zu verlassen, während vier Männer in langen Mänteln durch die Drehtüre hereinspazieren und die Frau erschießen, während sie flehend an der Fensterscheibe klebt, durch die er sie von der Straße aus, fast Mund an Mund, beobachtet, nach dem Schuss ins Genick die Zigarette mit den schwarzen Lederschuhen ausdrückt, den Hut über die Stirn zieht, sich umdreht und um die Ecke biegt, wobei ihm die Tränen aus den Augen schießen. Ich stellte mir in diesem Lokal immer Filme und italienische Regisseure vor, Blutbäder, Orgien, sich küssende Männer in Maßanzügen, Frauen, die in Cocktailkleidern unter die Tische sanken,

Dichter, die schrieben und schrieben und schrieben, sodass es den Anschein hätte, als wäre alles, was ich allein sah und sonst niemand, ihrem Schreiben entsprungen, als stülpte sich ihre Fantasie aus den Köpfen in meine, als erobere sie dann diesen Raum, dieses Lokal.

Ich war vor Silvester da. I live to live, I die to die, I cry to cry. Ich hatte die ganze Zeit Soundgarden gehört, das hatte mir geholfen. Ich hatte dieses Treffen herbeigesehnt, als verspräche es eine Entscheidung über Leben und Tod. Die Kellner schlichen wie Schatten um den Tisch, flüsterten, es waren keine anderen Gäste da. Kurz fragte ich mich, ob er das Lokal gemietet habe. Es ist dein letztes Essen. Die gestopfte Leber ist vorzüglich, der Schwanenhals, Stierhoden und schwarze Spaghetti, mein Leibgericht, Tintenfische in der eigenen Tinte, zu Beginn Champagner oder Ferrarischaumwein, zum Essen sicher ein Wein aus irgendeinem Kloster, und zum Abschluss eine Chartreuse, süßherben Klosterkräuterlikör, der auf der Zunge klebt, einen doppelten Espresso, in dem der Löffel stand.

Endlich kam er, Kutte, Kreuz auf der Brust, kleine schwarze Pfeifentasche unter dem Arm. Die Kellner verbeugten sich, als wollten sie in die Knie gehen und ihm den Ring küssen, Signore. Er umarmte mich. Es war wie immer. Warum konnte er sein wie immer? Er fragte, woran ich sitze, was ich schriebe. Warum fragte er nicht nach meiner Gesundheit? Ich erzählte ihm von dem Stück, das ich begonnen hatte. Er horchte auf, Theater. Darauf sollten wir ein besonderes Glas trinken! Er lächelte. Er merkte, dass ich irritiert war, dass ich wartete.

»Ich verliere nicht leicht die Nerven«, fing er an, »ich habe einiges erlebt und bin auf so ziemlich alles vorbereitet. Ich habe erlebt, dass das Unvorstellbare in greifbare Nähe rückt, das Unvorstellbare, das wir fürchten wie dasjenige, das wir herbeisehnen.« Er unterbrach, um den Wein zu bestellen. »Ronco dei Benedettine, die Mönche machten den Wein schon im 12. Jahrhundert bekannt. Er reift zur Vollendung in Barrique-Fässern aus französischer Eiche, die Benediktiner wussten schon immer zu leben.«

Ich wollte mich nicht ablenken lassen von Genusslegenden, schaute ihn an und wartete, bis er mit dem Unvorstellbaren fortfuhr. »Du hast vom Unvorstellbaren gesprochen«, erinnerte ich ihn.

»Du musst ein Gefühl dafür entwickeln, was du durch eigene Kraft erreichst und was alles im Bereich des Möglichen liegt.«

»Im Bereich des Möglichen liegt, dass ich sterbe, sagt Scher. Sie sagt sogar, es sei nicht nur möglich, es sei sogar wahrscheinlich. Mit an Sicherheit grenzender Wahrscheinlichkeit, so sagt man doch, oder?«

»Sei nicht verbittert, das verstellt den Blick.«

»Wie soll ich nicht verbittert sein, wenn mir der Tod droht?«

»Niemand droht dir. Du allein triffst die Entscheidung, es ist deine persönliche Freiheit. Geh zu Frau Scher. Sie wird dir helfen und alles Menschenmögliche in Bewegung setzen, damit du gesund wirst.«

»Warum bist du dir so sicher, dass ich diesen Virus habe? Ich habe keine Affen geküsst.«

»Ich vertraue ihr.«

»Mir nicht?«

»Man muss Geduld haben. Aber vor allem muss man anfangen. Noch hast du Zeit. Sie ist die Expertin. Sieh mich an. Sie hat mich gerettet, warum soll sie nicht auch dich retten.«

»Ich muss dem Tod ins Angesicht schauen.« Ich trank zu schnell, er machte mich wütend, und ich fragte mich, ob ich eifersüchtig auf Scher war, weil sie sein Leben gerettet hatte und nicht ich.

»Sie ist die Beste in ihrem Fach. Du musst ihr vertrauen, vertraue mir. Man kann im Vorhinein nie genau wissen, worauf es hinausläuft. Doch wenn man beweglich ist, wenn man beharrlich ist, wenn man sich nicht entmutigen lässt, dann können ungeahnte Dinge entstehen, weit über die bescheidenen Ziele hinaus, die man sich zunächst gesetzt hat. Wer den Aufbruch wagt, der schafft auch den Durchbruch. Mein und ihr Einfluss auf dich und deine Zukunft reichen nur so weit wie dein Vertrauen zu uns.«

Er schlürfte die Auster, nachdem er sie mit etwas Zitrone betropft hatte. Ich bildete mir ein, sie hätte noch gezuckt, bevor er sie schluckte. Sie waren frisch. Mir wurde schlecht von Austern, von großen Muscheln, sie stülpten mir den Magen um. Ich goss mir Wein nach, der Kellner kam zu spät, entschuldigte sich. Silvester hatte von »uns« gesprochen. Ich spürte, er war nur noch als Teil des Gespanns Scher – Silvester zu erreichen. Er war nicht von ihr zu trennen, er würde darauf beharren, nur mit ihr sei eine Heilung möglich. Er würde mich zu keinen anderen Ärzten begleiten, mir nicht sagen, sie habe sich geirrt, mir nicht glauben, dass ich diese Krankheit nicht hatte.

»Warum bist du dir so sicher, dass sie recht hat? Sehe ich aus wie ein Todkranker?«

Er blickt besorgt, ich hasste diesen verständnisvollen Blick, diesen Trostspenderaugenaufschlag, es machte mich rasend, ich fühlte mich austauschbar, wie eine Kreditkarte. Ich tat ihm unrecht, wollte ungerecht sein.

»Warum misstraust du ihr? Es ist dein Leben. Du weißt, wie viel mir an deinem Leben liegt. Aber es ist deine Entscheidung. Ich möchte mir nicht vorwerfen müssen, dein Leben aufs Spiel gesetzt zu haben, nicht alles versucht zu haben. Es ist ein Geschenk Gottes, dass er dich diese Untersuchung hat machen lassen und Frau Scher erkannt hat, dass du diesen Virus in dir trägst. Du hättest keine Chance gehabt; wenn die Symptome aufgetreten wären, hätte sie keiner erkannt, niemand hätte dir helfen können, weil es für jede Hilfe längst zu spät gewesen wäre. Und es wird zu spät sein, wenn du nicht so schnell wie möglich tust, was sie sagt. Was hast du gegen sie?«

Aus einem Gefühl heraus. Weil Klara dich hasst und alles, was mit dir zu tun hat. Aber das wollte ich nicht sagen. Das hätte nicht ausgereicht, dieses Risiko einzugehen.

»Ich will einfach eine zweite Meinung«, antwortete ich, »ich will sichergehen. Ich kann nicht wegen einem Telefongespräch, wegen einer Behauptung, einer Diagnose, alles aufgeben.«

»Ich verstehe dich«, er griff nach meiner Hand, »aber zum Zögern bleibt keine Zeit. Natürlich brauchst du eine zweite Diagnose. Aber sie sind nicht auf ihrem Wissens- und Forschungsstand. Sie werden länger brauchen. Du wirst die Zeit verlieren, die du nicht verlieren darfst. Ich kann dir nur sagen, dass alle, die sie behandelt hat, ihr dankbar sind. Sprich mit denen, wenn du mir nicht glauben willst. Ich hätte sie dir doch nie empfohlen, wenn ich mir nicht hundert Prozent sicher wäre. Ich hatte gespürt, dass du dich verändert hast. Ich hatte plötzlich Angst um dich. Ich kann es nicht erklären. Als ich betete, kam diese Angst in mein Herz. Und ich trug diese Angst um dich in meinem Herzen. Und dadurch wurde es schwer. Ich betete, aber die Angst verflog nicht. Ich fragte mich, woher die Angst kommt, auf was sie sich bezieht. Und dann fiel mir deine Reise in den Jemen ein. Ich sah den Jemen. Die Bilder, die du mir gezeigt hast. Und die Angst wurde stärker. Deshalb rief ich dich an. Ich zögerte zuletzt. Es ist eine Grenzüberschreitung, einen Gesunden zum Arzt zu schicken. Es ist die Verletzung eines heiligen Bezirks. Wie man die Scham verletzt, wenn man ihre Grenzen überschreitet. Du trägst die Verantwortung für dein Leben. Ich trage die Verantwortung für meine Sorge um dich.«

Die Kellner standen hinter uns und servierten die Hauptspeise, hoben choreographiert die silbernen Kuppeln, Langusten und Seezunge.

»Wenn ich nach Atlanta fliege, kommst du dann mit?«

Silvester brach die Langustenzangen. »Natürlich. Wenn ich nicht dringend nach China oder Korea gerufen werde, du weißt, wir haben dort neue Projekte, ich war dort, es war riskant. Als wir …«

»Ohne dich würde ich nie fahren«, unterbrach ich ihn. »Ich kann dir nicht sagen, warum, aber etwas an Scher beklemmt mich, wenn sie mit mir spricht, meine ich, ich sei in einem Aufzug gefangen, der in die Tiefe rast, während sie lächelt und sich über meine Angst lustig macht. In deinen Worten, tritt in alle mir heiligen Bezirke. Sie ist zu nah, zu direkt, schamlos, als hätte sie Zutritt, als hätte sie den Generalschlüssel zu allen meinen Türen oder zumindest das Recht, ihn von mir zu verlangen. Sie tut, als würden wir uns schon seit Jahren kennen, als wären wir befreundet.«

Er sog das Fleisch aus den Zangen, tupfte sich die Lippen ab, nahm einen Schluck Wein. »Viel weiß sie von mir, ich habe ihr von dir erzählt, von meiner Freude über dich, über deine Gedichte, wie du das alles geschafft hast, obwohl deine Eltern etwas ganz anderes erwartet haben. Sie kennt den immensen Druck, der auf dir lastet. Gerade deswegen will sie dich aus dieser Umgebung herausholen, dir den Raum verschaffen, damit du dich ganz auf das Gesundwerden konzentrieren kannst, dich auf das Wesentliche besinnst, das für deine Heilung Notwendige. Dein Kopf ist für sie genauso entscheidend wie die Medikamente. Es müssen alle zusammenwirken. Du musst dich aus deiner jetzigen Selbstwahrnehmung befreien. Alles hängt davon ab, wie frei du von dir selbst wirst. Wenn du Distanz zu dir selbst gewinnst, dann schaffst du die Voraussetzung zu einer neuen Souveränität, mit der du der Krankheit begegnen kannst und mit der du sie besiegen kannst. Du musst in ein inneres Kloster gehen, glaub mir. Und ich bin an deiner Seite. Du weißt«, er gab ein Zeichen, eine neue Flasche zu bringen, »ich war und bin immer für dich da. Ich glaube an dich. Alle dachten, du würdest nie das Latein schaffen. Und haben wir nicht zusammen den Ovid, den Horaz gelesen? Bist du heute nicht selbst ein Dichter und reichst ihnen die Hand? Du musst die Mousse au Chocolat versuchen, du liebst doch Schokolade. Du hast in Venedig jeden Tag Schokoladentarte gegessen. Ich erinnere mich genau. Verzweifle nicht. Ich verstehe deine Angst. Ich stand selbst am Rande des Todes, und der Abgrund tat sich vor mir auf. Diese Erfahrung wird dich stärken, sie wird dir eine Kraft geben, die mit nichts vergleichbar ist, außer mit der Nähe Gottes. Gott prüft dich, weil er will, dass du über dich hinauswächst. Du wirst sehen, du wächst und wächst, bis der Abgrund nur mehr eine schmale Spalte ist, über die du gehen musst und gehen wirst.«

»Aber gehen sie ins Theater.«

»Ich verstehe dich nicht. Was meinst du?«

»Ach nichts, ich dachte an Dantons Tod, an die Pfütze.«

Mir war schlecht, ich wusste plötzlich gar nichts mehr, mein Kehlkopf wurde unendlich schwer, zog meinen

Kopf nach unten. »Ich komm gleich wieder«, ich stand auf, ging Richtung Toilette, hätte rennen wollen, ging in die Kabine, schloss ab, wollte mich übergeben, aber ich konnte nicht. Ich zitterte am ganzen Körper, mir war schwarz vor den Augen, ich heulte, riss mich zusammen, spülte, stand auf, schüttete mir kaltes Wasser ins Gesicht, wieder und wieder. Was war los? Warum diese Attacke? Oder fing es schon an? Ich versuchte in den Spiegel zu lächeln, mich anzulächeln, hey, was war denn das für ein Schwächeanfall, du bist doch kein Mädchen. Dann kehrte ich zum Tisch zurück, nahm einen Schluck, desinfizierte meinen Rachen mit schwerem Bordeaux und wollte nicht mehr über Krankheit sprechen, was sollte das nützen, ich war in der Falle, egal wie, ich war gefangen.

»Was sagst du zu Jugoslawien«, fragte ich, um ihn abzulenken. Ich wollte nicht, dass er bemerkt, wie schlecht es mir ging. Bei Jugoslawien konnte ich mir Sorgen machen, weil ich nicht wusste, wie es meinem Freund ging. Ich war erleichtert, er beharrte nicht und erklärte mir, nachdem wir das Dessert bestellt hatten und er einen feinen Dessertwein entdeckt hatte, den wir nicht verpassen sollten, wie er die politischen Verhältnisse sieht.

»Eine gerechte Welt übersteigt bei Weitem unsere Kräfte. Aus dem einfachen Grund, weil es das Böse gibt. Wir müssen auch jederzeit mit der eigenen Böswilligkeit rechnen. Wir sind dagegen nicht geschützt, nicht ich, nicht du. Es gibt diese menschliche Lust am Bösen, die dort meiner Meinung nach überall ausbricht. In dieser lustvollen Schwäche für das Böse liegt der tiefste Grund für den Unfrieden und die Ungerechtigkeit der Welt. Das ist kein religiöser Konflikt. Das Böse ist persönlich, es wird persönlich. Man muss nicht den Teufel an die Wand malen, wenn man dem Bösen eine Gestalt geben will. Es braucht keine Dämonenfratze, es reicht der Wille, dem anderen zu schaden. Die Freude und Genugtuung über sein Verderben, die Lust an seiner Qual. Das ist das Teuflische. Diese Lust, dieser Teufel, die lauert in jedem Menschen. Jeder kann schuldig werden.«

»Vielleicht ist es das«, ich gab meinen Vorsatz auf, ich hatte nur seine letzten Sätze gehört. »Ich habe den Eindruck, sie will mir vor allem schaden.«

Silvester rang um Beherrschung, wahrscheinlich hasste er mich für diesen Satz, diese Grenzüberschreitung. Meinte ich das wirklich oder wollte ich ihn provozieren?

»Wie kommst du auf solch einen Unsinn? Ich möchte dir nicht zu nahe treten, hat das nicht mit deiner Freundin zu tun, richtet sich diese Skepsis gegen Sybille, Frau Scher, nicht eigentlich gegen mich? Aber, ich bitte dich, es muss und darf nur um dich gehen. Es müssen alle alles andere zurückstellen. Es geht um dein Leben. Und nur sie kann dein Leben retten. Und Gott, bei dem ich täglich für dich bete.« Er schob seinen Teller vor sich, um irgendetwas zu tun, um nicht auf den Tisch zu schlagen oder aufzuspringen, vermutete ich.

»Du spielst mit ›Reverb‹«, versuchte ich abzulenken, »meine Mutter hat mir den Zeitungsausschnitt gefaxt, der rockende Abt. Lokomotive Breath, spielst du da mit deiner Querflöte, oder? Ich muss bei Querflöte immer an Jethro Tull denken.«

Er ging sofort auf mein Manöver ein, erzählte von der Idee, mit der Schülerband zu spielen, ein Konzert am Weiher zu geben, über den Spaß und die pikierten Gesichter der Herrschaften, die dachten, so etwas schicke sich nicht, so etwas gehöre sich nicht für einen Abt, Rockmusik. Weiherserenaden ja, aber nicht Hardrock. Hätte er auch mit uns gespielt, fragte ich mich und merkte, dass ich schon wieder eifersüchtig reagierte. Reverb war immer eine gute, solide Band, das waren die Großen, das waren die Profis, die waren aber für uns wie aus einer anderen Zeit. Und jetzt spielte er mit ihnen, doch meine Musikkarriere war beendet. Aber ich trauerte ihr immer noch nach. Hätte ich Silvester gefragt, ob er mit uns spielt? Ich wusste es nicht. Als er zu meinen Gedichten spielte, das war klar, das stimmte, das freute mich. Jethro Tull. Meine Gedanken wichen ab, ich erinnerte mich an meine erste Jethro-Tull-Platte, eine meiner ersten Platten überhaupt.

Ich hatte mit meinen beiden Freunden Pascal und Harald eine Radtour zu Tante Hanni und Onkel Gottfried unternommen, die am See wohnten.

Pascal kannte ich seit dem ersten Tag auf dem Gymnasium. Wir hatten uns sofort nebeneinandergesetzt, als wir an den Klunkerhänden unserer Mütter in das Klassenzimmer gekommen waren und uns ihre Blicke im Rücken in die Bank in der ersten Reihe rechts dirigierten. Ich saß mit der Schulter an der Wand, und wir versperrten den anderen hinter uns die Sicht auf die Tafel, da wir die Größten waren und unsere Rücken durchdrückten.

Wir saßen fast die gesamte Schulzeit über nebeneinander, aber wir waren eigentlich Einzelgänger, Querläufer und -denker, wir passten zusammen, weil wir überhaupt nicht zusammenpassten; zumindest nach dem Augenschein. Pascal hatte immer die besseren Noten bis zur Kollegstufe, aber er war alles andere als ein Streber, er strebte, wenn überhaupt, dann dorthin, wo das Denken an Grenzen stieß, die er überwinden wollte. Er störte den Frieden der Lehrer, den sie durch Routine zu erreichen versuchten, die er routiniert durchkreuzte mit fordernden Fragen. Er hatte etwas von einem Genie, das seine Genialität hinter einer aufreizenden Wurschtigkeit versteckte, einem gleichgültigen Verschlurftsein, einem abfälligen Abwinken. Weil er so schnell dachte, zu schnell für die anderen, weil sie ihn nur begriffsstutzig anstarrten, verlangsamte er seine Bewegungen und beschleunigte die Teilchen hinter seiner Stirn. Er war ein Rebell mit einem Grund, aber dieser Grund war ihm nicht Grund genug, sich ganz und gar dem System zu verweigern. Er spielte mit, aber spielte zugleich Parallelpartien im Kopf. Während ich immer von allen geliebt werden wollte, war ihm die Klasse eine Klasse zu tief, verschwendete er keinen Gedanken daran, was die anderen dachten.

Schon früh hatte er ein Echolot in sich gehört und war ihm gefolgt, seiner Sehnsucht. Er hatte gespürt, dass da mehr ist als das, was sichtbar war, er wollte unter die Oberfläche tauchen. Sein liebstes Buch war ›Zettel's Traum‹ und meines der ›Zauberberg‹, manchmal sah ich uns als Naphta und Settembrini.

Einmal hatte er mir zwischen zwei Stunden mit einer Rasierklinge fast die Pulsadern durchtrennt. So begann unsere Blutsbrüderschaft, obwohl er fast von der Schule geflogen wäre und ich vor Schreck in Ohnmacht fiel.

Pascal war der Einzige, der verstand, wie sehr ich suchte. Er hatte eine untrügliche Intuition für das Verborgene, für das Zusammenspiel und Zusammendenken von Unbekannten, er konnte sich ausrechnen, womit niemand sonst rechnete. Und er malte, er war für mich ein Dürer auf dem Dorf, ein Farbenforscher inmitten der Farblosen, ein Pollock in der Pfaffenprovinz. Er zog unter alles einen Strich und übermalte die Leere, bis aus ihr Figuren auftauchten. Er zeigte sich als der unabhängigste Mensch, den ich kannte, durch nichts korrumpierbar, durch nichts verführbar. Er warf mir vor, ich nähme die Wichtigen zu wichtig und die Unwichtigen zu unwichtig. Er war für mich wichtig, für mein Schreiben. Er weckte mich auf mit einem Satz, in dem er mir erklärte, wie er das gefunden hatte, was ihn trieb und nicht mehr losließ, zeigte mir, wie ich herausbekommen könnte, was ich herausbekommen musste. Wir saßen in einem russischen Restaurant in Schwabing, redeten uns die Köpfe heiß und den Borscht kalt, stritten über Dostojewski, träumten uns als existenzialistische Russen. Tschechow hätte seine Freude gehabt, hätte er uns so gesehen, die flaumbärtigen Jungträumer mit ihren glühenden Pupillen und ihr Weltveränderungsverlangen.

Ich war gerade mit meiner Band gescheitert und so eifersüchtig, dass er das Seine, das für ihn Eigentliche schon gefunden hatte, die Physik, die Malerei. Und ich? Was sollte ich machen? Er sagte lapidar: »Es muss das gewisse Etwas haben.« Ich spürte diesen Satz, ich schmeckte ihn auf der Zunge, und im Bruchteil einer Sekunde hetzte ich durch die Leidenschaften meines Lebens, um herauszufinden und festzuhalten, was und wo das Etwas war. Es war das Schreiben. Ich hatte schon lange Gedichte geschrieben, Liebesgedichte, Songtexte. Ich weiß nicht, warum, ich konnte es nicht erklären. Aber in diesem Augenblick, in diesem russischen Lokal, das es heute nicht mehr gibt, wusste ich, dass dieses Etwas das Schreiben war, dass ich Schriftsteller werden wollte. Dieser Abend war mein Abend mit Goldrand. Auch wenn wir dann in der Kollegstufe uns seltener sahen und nach dem Abitur fast aus den Augen verloren, war immer diese Verbindung da, dieses Wissen, dass unsere Freundschaft immer mehr wäre als nur Erinnerung. Dieses ›Etwas‹ zwischen uns würde bleiben, da war ich mir sicher.

Pascal, Harald und ich hatten unser Zelt in ihrem Garten aufgestellt und waren nachmittags in die Stadt gefahren, um Platten zu kaufen. Ich kaufte mir Jethro Tull und Fleetwood Mac. Dann hatten wir sie auf der Braunanlage gehört und im Wohnzimmer getanzt, Luftgitarre gespielt, Querflöte, hatten Aqualung mitgesungen, waren in den See gesprungen, zum Floß geschwommen und hatten mit den anderen Jungs um die Plätze gekämpft. Nachdem wir mit Gottfried Winnetoufilme und einen seiner Reisefilme angeschaut hatten, lagen wir zu dritt in unserem orangen Zelt und konnten nicht schlafen. Bei Sonnenaufgang schwammen wir über den See und radelten danach zurück.

Zu Hause lief ich sofort in den Keller, legte die Platte auf, holte meine Gitarre und versuchte, den Song mitzuspielen, »in the shuffling madness«. Ich sah Silvester seine Pfeife stopfen, als mir der Song wieder durch den Kopf schoss: »in the shuffling madness of the locomotive breath, runs the all-time-loser«. Die Lok rast auf den Abgrund, nichts hält sie auf, das Leben, dein Leben, mein Leben rast unabänderlich auf den Tod zu, bin ich das, der all-time-loser, der ewige Verlierer in diesem pulsierenden, pumpenden Wahnsinn, bricht mir der Schweiß aus der Stirn, schlägt mir der Wind ins Gesicht, als hätte er Fäuste? Wer befeuert den Zug, dessen Bremsen manipuliert, geklaut sind? Wer ist all-time-loser headlong to death, der kopfüber dem Tod zurast? Wer hat mich auf diesen Zug gesetzt und lässt mich jetzt allein durch fliehende, sterbende Landschaften jagen, warum spielt Silvester gerade diesen Song, bläst, was das Zeug hält, Rauchwolken steigen auf, seine Fingerspitzen tanzen auf der Querflöte, seine Lippen auf dem Silber, und ich schaffe den Absprung nicht, das Ende eilt auf mich zu, ich fliege ihm entgegen, headlong, kopfüber, schneller und schneller, to his death, to his death, meinem Tod zu, durch mein Leben dem Tod zu, und der Wind ist außer Atem, und sein Atem wird der Wind, das rastlose Drehen der Räder, no way to slow down, no way, keinen

Weg, es gibt keinen Weg zurück, alles fliegt davon, alle springen ab, nur ich bleibe auf der Lok, der Zug fährt weiter, die Stille heult, und er fängt die Engel beim Fallen auf, die Engel fallen vom Himmel, fallen wie der Regen schräg vom Himmel, fallen wie Pfeile an mir vorbei, ich rase, aber die Welt steht still, sie bewegt sich nicht, der Fahrtwind reißt mir das Gesicht weg, die Knöpfe an meinem Hemd platzen, ich höre sie lachen, ein pfeifendes Lachen, sie lachen mich zu Tode, an den Bahnhöfen lachen sie, sie winken mir zu, goodbye, er pumpt die Töne aus seiner Lunge, aus seinen Lungenflügeln, die Flügel der Engel brennen, seine Finger rennen über die Löcher, die Flammen blitzen aus dem Kessel, die Kolben krachen, der Himmel reißt mir die Bibel aus der Hand, ich zerknülle die zerrissenen Seiten in meiner Faust, die Lok wird immer schneller, Gitarrenläufe, schneller, Gott hat den Griff gestohlen, schneller, Gott hilft mir nicht, schneller, noch schneller, was steh ich da und breite die Arme aus, schneller, ich bin festgewurzelt, der Wind reißt mich nicht aus der Lok, Schläge, schneller, Trommelläufe, schneller, noch schneller, so schnell, dass alles langsam wird, keine Chance abzubremsen, es wird so langsam, so schnell, ganz langsam, running to stand still, ich stehe still, ich sitze ihm gegenüber, die Pfeife zwischen den Lippen, er lächelt, er muss doch sehen, dass ich Wind bin, dass meine Haare wehen, dass mein Leben mich hinter sich lässt, dass meine Brust offen ist, er schlägt die Beine übereinander, jetzt gleich, schneller, gleich stürze ich hinab, den Abgrund vor Augen, headlong, headlong to his death, ich stürze, stürze im nächsten Augenblick, zu spät abzubremsen, to late, to late, God stole the handle, jetzt, halte mich doch fest.

»Noch einen Espresso?«, schlug er vor, die Kellner brachten selbstgemachte Pralinen dazu, Champagnertrüffel, Würfel aus schwarzer Schokolade, drei Sorten Zucker. »Und einen Grappa, was meinst du?« Ich nickte, nickte alles ab, mein Kopf fiel nach vorne, nickte, ich schlug auch die Beine übereinander, bat um eine Zigarette, inhalierte, ich lebe, lasst mich in Ruhe, ich trinke Grappa, ich beiße in die schwarze Süße, ich löffle Zucker in den Espresso, ich rühre um, ich lebe, ich lebe verdammt noch mal, ich sterbe nicht, ich will nicht sterben, schneidet mir den Bauch auf, nimm das Hummerbesteck, brech mir die Ellbogen, das Schlüsselbein, ich bin nicht krank, ich lebe, rauche, ich rauche, ich trinke, ich fang jetzt nicht zu heulen an, mit Gottes Hilfe, kam mir in den Sinn, God stole the handle, mit Gottes Hilfe, Gott hat mich in seinen Händen, Gott sind die Hände gebunden, Jesus hängt am Kreuz, die Hände genagelt, Nägel durch die Hände getrieben, blutende Lebenslinie, Gott, warum hast du mich verlassen, warum hatte er ihn verlassen? Damit er uns erlöst? Erlöst du mich, Jesus, von schlimmer Krankheit, nach schlimmer Krankheit erlöst, der Tod war eine Erlösung für ihn, man hat ihn kaum noch wiedererkannt, ich lebe.

»Gehen wir?«, fragte Silvester, aber ich wollte nicht gehen, nirgends mehr hin, wollte sitzen bleiben und warten, ob ich lebe oder sterben werde, und wenn ich sterbe, könnten sie mich gleich auf dem Tisch hier aufbahren, und er könnte mich salben, mir die letzten Sakramente spenden, eine kleine Spende für den Armen, so jung, er war ja noch so jung, only the good die young, bin ich gut, bin ich gut genug zu sterben oder bin ich fürs Sterben zu gut.

Silvester war schon aufgestanden, er ging zur Toilette, vorher hatte er ein Zeichen gemacht, einen Strich in der Luft, die Rechnung, sie brachten mir die Rechnung, ich beglich sie, ich blätterte die Scheine auf das Porzellan, schob es in die Serviette, stimmt so, stimmt so, es hat alles seine Richtigkeit. Silvester kam zurück, ich stand auf, bevor er sich setzen konnte, aber er hatte das gar nicht vor, er ließ sich seinen Mantel bringen. Und dann standen wir auf der Straße, und er fragte mich, ob er mich nach Hause bringen solle. Ich lehnte ab, ich wollte laufen, frische Luft, schnappen, schnappen. Jetzt war die letzte Gelegenheit für mich und für ihn, etwas zu sagen. Oder dachte er, er habe alles gesagt und es sei nun an mir, zu handeln? Warum fragte er nicht, ob er mich zu Scher fahren sollte, jetzt gleich, in einer Stunde wären wir in ihrem Bungalow und ich in Quarantäne, wie sie sagte. Warum sagte sie Quarantäne? War ich denn ansteckend? Oder musste man mich isolieren? Warum wollte sie mich wegsperren? Es sei alles zu meinem Besten, würde sie behaupten. Mir fiel nicht ein, was ich zum Abschied sagen sollte. Also begleitete ich ihn stumm zu seinem Wagen. Dann verabschiedeten wir uns, als sei es ein Abend wie all die anderen Abende gewesen. Ich hoffte, er würde das Fenster hinunterkurbeln. Und einfach sagen: Du bist gesund. Ich bin da. Du wirst nicht sterben, weil du nicht sterbenskrank bist. Aber er parkte aus und fuhr los. Er winkte noch kurz, ich sah seine Augen im Rückspiegel, ich stand auf der Mitte der Straße, und er schaffte es noch bei Gelb über die Kreuzung.

12

Wir waren den nasskalten Wochen entflohen, dem falschen Hochsommer, den Gewittern und schwülen, schweißtreibenden Tagen, in denen man die Sonne am Himmel nicht sah hinter den Wolken, aber die Hitze spürte, wie sie die Tropfen durch die Haut trieb, mäandernde Flecken auf den frisch gebügelten Hemden, die am Rücken klebten. Wir waren nach Venedig geflogen, Silvester und ich, zur Biennale. Schon meine erste Reise, die ich alleine gewagt hatte, hatte mich nach Venedig geführt. Waren mit einem Motorboot im frühen Nebel über die Lagune gepeitscht, den ersten Sonnenstrahlen entgegen, und saßen jetzt auf der Terrasse des Danielli, den Markusplatz zu Füßen, die Choreografie der Tauben und Touristen, die geflügelten Löwen im Blick, die Bleikammern, und gegenüber San Giorgio, mit seinen opulenten, fließenden Rundungen.

Silvester wollte mir alles zeigen. Die alte Kunst, die neue Kunst, die Kirchen, die Gassen, wir wollten uns verlaufen, verirren in den Erzählungen, Gerüchen und Gerüchten der Stadt, in den Geschichten der Dogen und Maler, der Abenteurer und Ausbeuter, der Kardinäle und Kardinalssünden. Silvester sprach perfekt Italienisch, versprühte Charme, flirtete mit dem Personal und den anderen Gästen, zwinkerte mir dabei zu, da nur wir das Geheimnis teilten, dass er ein Mönch war. Sie mochten mich für seinen Sohn halten. Ich mochte es mir anders vorstellen, wir waren Freunde, die auf eine Reise gegangen waren in die Welt, die all meine Träume erfüllt und ausgebreitet hatte.

Silvester war ganz in Weiß gekleidet, er trug weiße Baumwollhosen, weiße Hemden oder Poloshirts, weiße

Slipper. Er zeigte mir die Huren und Heiligen, Beuys und Botticelli, wir reisten in den Pavillons der Biennale durch die Welt, und noch aufregender als die Kunst waren seine Erzählungen, denn eigentlich waren es seine Irrfahrten, die mich faszinierten, wenn jede Landesgrenze, die wir mit der Schwelle überquerten, nur den Anstoß gab zu einer neuen Geschichte aus seinem Leben, er war Circe und Cicerone, er war ein lebendiges Kunstwerk, er öffnete mir die Augen für das Unsichtbare in der Kunst, für die verborgenen Territorien, die Geheimschriften, er erklärte mir, was Kunst kann und was ich können muss und können werde. Er führte mich wie Vergil Dante. Aber war das die Hölle? Die Bilder, Installationen zeigten die Welt als Inferno, aber Venedig war der Himmel, und als wir vor Bacon standen, vor dem schreienden Kardinal, waren Himmel und Hölle deckungsgleich, und etwas durchzuckte mich, riss mir die Augen auf, als wollten sie auch schreien.

»Schau dir den heiligen Sebastian an«, erklärte er mir, »diese intellektuelle und jugendliche Männlichkeit, die in stolzer Scham die Zähne aufeinanderbeißt und ruhig dasteht, während die Schwerter und Speere durch den Leib gehen.« Ich versuchte die Haltung meines Namenspatrons nachzumachen, er korrigierte mich. War es das? Anmut in der Qual, aber ohne zu dulden, vielmehr zu lächeln, mit dem Lachen die Qual überwinden. Er schwärmte von der eleganten Selbstbeherrschung. Meinte er sich, den Mönch, oder den Künstler? Den Verfall der Welt vor Augen, die Hässlichkeit und den Hass, und dennoch die Brust entgegenhalten, den Blick aushalten, während die Pfeile treffen, das Feuer im Herzen entfachen, für eine andere Welt, die von innen glüht. Aber ist das Feuer nur innen? Muss es nicht auch nach außen getragen werden mit Feuerzungen? Oder ist das alles das falsche, gefährliche Leben, die rasch entnervende Sehnsucht und Kunst des geborenen Betrügers, las ich ihm vor. Bestand der wirkliche Heroismus in der Schwäche, die einzige Macht in der Ohnmacht? Ich war so übermütig, so voller Energie, so hungrig, so ausgehungert. Das Wasser spritzte mir ins Gesicht, die Gischt, als ich vorne auf dem Vaporetto stand und er hinter mir, als ich fast über die Reling gedrängt wurde, weil immer mehr Menschen zustiegen. Neben mir leckte ein Mann mit der Zungenspitze die Mundwinkel, die Seufzerbrücke, ein flüchtiger Schauer, wie faulig die Lagune heute roch. Wir stiegen aus, liefen über den Markusplatz, die Gondeln im Rücken, den duldsam vieles umfassenden Horizont und die ummauerte Toteninsel.

Die Sonne war untergegangen, schwappte ihre ausblutenden Wellen in die Straßen, sprang von Spiegel zu Spiegel, bis die Nacht sie einholte, das letzte Licht einfing in ihren Netzen. Wir gingen in eines von Silvesters Lieblingslokalen, in dem sich die Künstler der Biennale trafen, und so hingen an den Wänden Bilder über Bilder, Zeitungsausschnitte, Skizzen, Gouachen, Drucke, Porträts in Öl, traurige, kniende Harlekins neben strengen Männern im Frack, die den Zylinder in der Hand, den Mantel über den Arm geschlagen hatten und an den Nackten vorbeiflanierten. Die Künstler konnten hier mit Kunst bezahlen, erklärte mir Silvester und bestellte ein Menü aus Meeresfrüchten. Das Hummerbesteck wurde gereicht, wir verspeisten die kuriosesten Krustentiere und schlürften Meeresschnecken aus ihren verdrehten Gehäusen. Ich hatte hitzige Wangen vom Wein, fühlte mich älter, als ich war, als Teil dieser herbeigesehnten Welt aus Kunst, Boheme und Trüffeltristesse, kam mir herrlich dekadent vor, ein unentdecktes Genie, ein ungeschliffener Juwel, ein Jüngling, den es drängte, das Leben im Sturm zu nehmen. Während wir tranken und lachten, die Leute beobachteten, übersprang ich die Zeit, imaginierte mich zwanzig Jahre später an diesen Tisch als Schriftsteller unter Künstlern, stellte mir vor, wie wir weiterzogen in Harrys Bar auf einen »Tizian« und »Tadzio«, wo einst Hemingway zusah, wie sein Carpaccio geschnitten und auf dem vorgewärmten Teller serviert wurde, während er von Afrika erzählte, der Großwildjagd, dem Bürgerkrieg, dem Stierkampf.

Was für ein Tag war das gewesen, ich platzte vor all dem, was ich gesehen, gegessen, getrunken, gehört hatte.

Silvester hatte in den Kirchen zu singen begonnen, unvermittelt sang er einen Choral, ein Gebet, sang für Gott, für die Schönheit, für mich. Er hatte mir die Scuola Dalmata di San Giorgio gezeigt. »John Ruskin hat sie mit einem altmodischen, englischen Pub verglichen«, meinte er ironisch, aber ich nahm es gar nicht wahr, blickte nur auf den heiligen Hieronymus, der schrieb, während die Welt um ihn unterging, die Menschen zerfetzt wurden von wilden Tieren, während er den Löwen neben sich an seinem Schreibtisch, in eine andere Welt versunken, Worte suchte. »Elegant und melancholisch«, fand Silvester ihn, und ich blickte an ihm vorbei auf den heiligen Georg, die Leichenteile und das Ungeheuer, das er im Triumphzug in die Stadt bringt, die Venedig ist. Alles passiert in Venedig. Die Mönche rennen, fliehen vor den Löwen. Hieronymus bändigt sie. Seitdem war er mir immer der liebste Heilige, dieser alte Mann mit der Feder, den nichts aus der Fassung bringen konnte.

Ich war völlig betrunken, wir hatten nach dem Essen Grappa getrunken, Grappae, die besten Tropfen in die Rachen getröpfelt, ich stand unter Grappa, das Hochwasser stand in mir, hatte Angst, nicht mehr aufstehen zu können, keinen Fuß vor den anderen setzen zu können. Und hier könnte man ja kaum ein Taxi rufen. Silvester verlangte die Rechnung, und ich zahlte, nahm alle Restkonzentration zusammen, um die Lire abzuzählen und sie in abgerungener Souveränität aus dem Geldbeutel zu ziehen und auf dem Tablett zu platzieren und dem Kellner mit einer lässigen Geste zu bedeuten, das habe so seine Ordnung.

An alles, was danach kam, erinnerte ich mich am nächsten Morgen nicht mehr, nicht, wie ich in mein Bett gekommen war, wie ich mich ausgezogen hatte. Silvester schlief im alten Teil des Hotels, ich im neuen. Das Telefon weckte mich, er war am Apparat, fragte, ob ich verschlafen hätte, er warte auf der Terrasse.

Wir verloren kein Wort über den Abend, redeten über die Schönheit des Blicks auf die Stadt und ihre Kanäle. Ein großes Passagierschiff passierte die Giudecca. »Wollen wir einen Abstecher zum Lido machen, ans Meer?«, schlug Silvester vor, und ich hielt mir die Stoffserviette vor den Mund, weil ich aufstoßen musste. Eine brütende Hitze kündigte sich an, der Scirocco, der der drückenden Windstille ein Ende bereiten würde. Es war eine gute Idee, zum Meer zu fahren, dachte ich. Er zeigte keine Spuren der gestrigen Nacht, der Alkohol hatte ihm nichts angetan, ihn nicht wie mich niedergestreckt, er war bester Laune und strich mit dem Messer die Marmelade auf das knusprige Hörnchen, biss mit höchster Wonne in den weichen Teig und tupfte sich die Krümel aus den Mundwinkeln, trank seinen Espresso mit einem Schuss aufgeschäumter Milch und dankte Gott, dass er die Welt für uns erschaffen hat. Ich hatte einen ekeligen Geschmack auf der Zunge, ein unerklärliches Grauen im Herzen, mein Kopf brannte, mein Körper war von klebrigem Schweiß bedeckt, ich zitterte, mein Nacken schmerzte, ich hatte großen Durst und trank eine Karaffe kalten Wassers, schöpfte Eiswürfel in das Glas. Es half. Das Meer. Ich hatte bei Venedig nie an das Meer gedacht, als sei Venedig ein eigenes Meer, ein Meer wie das tote Meer. Noch nie war ich am Lido gewesen. Silvester ließ sich einen Aschenbecher bringen. Ich atmete den Rauch ein. Wir gingen kurz auf unsere Zimmer, dann brachen wir auf, nahmen ein Boot des Hotels. Ich hielt mein Gesicht in den Wind, konnte es kaum erwarten, anzukommen. Ich hatte Lust, barfuß zu laufen und, wie damals als Junge in den Sommerferien, mit der Fußspitzen Figuren in den Sand zu zeichnen, eine Muschel zu finden, die mich erinnern würde, die ich ans Ohr halten könnte, bis das Rauschen zu mir spräche und seine Geheimnisse verriet.

»Alles nimmt uns die Zeit«, fiel mir ein, hatte ich beim Übersetzen des Vergils mit Silvester gelernt, »alles nimmt uns die Zeit, sogar das Gedächtnis.«

Als ich am Meer stand, hatte ich Venedig zurückgelassen wie eine Wunde.

»Nicht nur im Flöten erreichst du den Lehrer, auch im Gesange, glücklicher Jüngling, du folgst ihm nun als Nächster im Range.«

13

Ein tödlicher Wind trägt verbrannte Leichenluft von Kroatien nach Venedig, der Tod ist über dem Meer, die Tschetniks wüten, der Raps blüht, die Landschaft ist gelb, die Stacheldrähte wachsen, umzäunen das Herz, drehen sich in die Organe zu blutigen Blüten.

Der Krieg drückte mich nieder, er war nah, kam näher, musste in uns liegen und darauf gewartet haben, ausbrechen zu können, auf keine Widerstände zu treffen. Hans Castorp zieht aus seinem Lungensanatorium in den Krieg, in die Schlacht, nachdem er die Schlacht gegen die Krankheit verloren hat, will er das Schlachtfeld wechseln, die kunstvoll gewickelten Decken auseinanderschlagen, das Bajonett aus der Lunge ziehen und aufs Gewehr pflanzen, schreiend läuft er aus der Stille in den Lärm, hustet sein Blut, und wir verlieren ihn aus den Augen. Als ich den »Zauberberg« las, wurde ich krank, mein Asthma kehrte zurück, ich bekam Fieber, Atemnot. Ich lauschte jedem Wort Settembrinis, diesem wunderbaren Taschenspielerhumanisten.

Würde ich in Atlanta in einem Sanatorium liegen? Erging es mir wie Castorp, fragte ich mich, bin ich nicht gesund, ging ich nicht gesund zu einer Ärztin, und sie machte mich krank, sterbenskrank? War mein erstes Treffen, das erste Blutabnehmen, nicht eine Art Besuch? Ich schau mal vorbei, Silvester zu Willen, weil ich seine Wunden heilende Wunderärztin mit eigenen Augen sehen wollte und was es auf sich hatte mit ihr und ihrer Magie. Hatte sie mich zu einer Romanfigur gemacht? Mich, der selbst einen Roman schreiben wollte. Konnte ich die von ihr diagnostizierte Krankheit wieder aus mir herausschreiben? Ich schrieb auf ein Blatt Papier: Ich bin gesund. Es fühlte sich gut an. Oder war es nur eine weitere Selbsttäuschung, der nächste Selbstbetrug. Hatte ich zu viel Mann gelesen? Müsste ich nicht jetzt den »Felix Krull« lesen? Wäre es nicht die Rettung, wenn alles darauf zuliefe? Es war Thomas Manns letzter Roman, das störte mich. Warum setzte ich alles in Beziehung zu Literatur, warum las ich, was ich las, wie ein Orakel, warum führte ich jeden Satz weiter in mein Leben, überschrieb die eigene Erfahrung, radierte meine Instinkte aus und lernte die Angst auswendig?

Welche Gründe könnte Scher haben, mir diesen Virus zuzuschreiben? Könnte sie sich geirrt haben? Benötigte sie für ihre Arbeit eine Testreihe? War ich Teil eines Experiments? Brauchte sie noch einen weiteren Fall, einen jungen Mann mit wunderbaren psychischen Nebenwirkungen? Wäre sie fähig, mich deshalb mit dem Virus zu infizieren? Oder nur, damit sie am Ende recht hat, weil sie sich beim ersten Ergebnis getäuscht hatte, ihre neue Methode noch fehlerhaft war? Warum, dachte ich, trachte sie mir nach dem Leben? Sah sie mich als Konkurrenten bei Silvester, wollte sie mich deshalb aus der Welt oder zumindest ins Koma schaffen, ins Dahinsiechen, ein Häufchen reisendes Elend, flehend, betend, zitternd, nur noch Haut und Knochen? Aber sie hatte doch keinen Grund zur Eifersucht, sie hatte ihn ganz in der Hand, schien mir, sie war sein Erfolgsgarant, sie machte ihn zum Samariter, sie half ihm, dass er die Totgeglaubten zum Leben erwecken konnte, denn er hatte diese phänomenale Ärztin entdeckt.

Ich trat gegen mein Sofa, riss die Vorhänge runter. Ich mochte nicht mehr in dieser möblierten Lüge leben, in dieser Gründerzeitgruft. Warum schob ich alles auf sie? Verdrängte ich nicht nur die Möglichkeit, dass sie recht hatte, dass sie nichts anderes wollte als mich retten, weil es ihr medizinisches Ethos verlangte, weil sie mich mochte, weil sie Silvester liebte, weil ich ein junger Mann war, dem man das Leben retten musste, der nicht sterben durfte. Wie sollte sie verstehen, redete ich mir ein, dass ich nicht zu ihr gehe, dass ich mich nicht sofort ins Auto gesetzt hatte, nicht sofort den Flug gebucht hatte.

Nein, ich hatte das Recht auf eine zweite Meinung. Es war richtig, darauf zu bestehen, dass sie mir die Ergebnisse gibt. »Auch wenn sie sagen, sie könnten nichts finden, selbst wenn alle Tests negativ ausfallen, Sie werden sterben, kein halbes Jahr bleibt Ihnen. Die anderen sind nicht so weit wie ich. Die Symptome werden erst dann erkennbar, wenn es zu spät ist. Dann werden die Kollegen bedauern und beschwichtigen. Ich kenne das. Schon allein deshalb, weil ich eine Frau bin, darf es nicht sein, dass ich ihnen um Lichtjahre voraus bin. Und Sie sind das Opfer, sind das Opfer dieses unverantwortlichen, menschenverachtenden Chauvinismus. Ich bitte Sie, springen Sie über Ihren Schatten. Ich verstehe ja, dass Sie eine zweite Meinung suchen und hoffen, ich hätte mich getäuscht. Aber ich habe mich nicht getäuscht. Sie werden getäuscht. Warum dauert es denn so lange, bis Sie ein Ergebnis haben? Es liegt doch auf der Hand, dass sie hier nicht auf der Höhe der Wissenschaft sind. Es geht um Hierarchien, Macht, Forschungsgelder, Reputation. Und vergessen Sie nicht, die wären alle gerne selbst wie ich beim Max-Planck-Institut. Aber sie können eben nicht, was ich kann, verstehen Sie. Selbstverständlich gebe ich Ihnen die Diagnose. Die Herrschaften werden sie nur nicht interpretieren können. Fakt bleibt: Sie sind krank, und es ist höchste Zeit, allerhöchste Zeit. Wenn es nicht schon zu spät ist. Hören Sie auf Silvester, wenn Sie schon nicht auf mich hören wollen.« Sie hatte mich nicht zu Wort kommen lassen und das Gespräch beendet, als ich noch nicht einmal begriffen hatte, dass ich sie wirklich angerufen und ermahnt hatte, mir endlich die Diagnose zukommen zu lassen. Aber heute war der Briefkasten wieder leer. Ich hatte ihn mit Herzrasen geöffnet, aber er war leer, ein schwarzes, leeres Grab. Dabei wusste ich, was in ihrem Brief stehen würde. Bislang war alles nur Gerede, war nur als Gehörtes Realität. Wie ginge es mir, wenn ich es schwarz auf weiß in der Hand hätte, wenn es geschrieben stünde?

Vielleicht hatte sie den Brief mit den Ergebnissen an die Adresse meiner Eltern geschickt, meine Adresse hatte sie ja gar nicht, fiel mir ein. Ich musste bei ihnen anrufen, fragen, ob Post für mich da sei. Ein kurzer Brief zum langen Abschied. Aber hätte meine Mutter ihn nicht geöffnet und mich sofort angerufen? Ich rief sie an.

Keine Post, kein Telefonat. Meine Mutter kämpfte mit den Tränen. Sie kam nicht damit zurecht, dass sie mich nicht schützen konnte, dass ich mich ihrer Umarmung entzog. Sie hätte mich an ihre Brust drücken wollen und vor der Welt schützen. Aber der Angriff kam nicht nur von außen, er kam von innen, wenn die Diagnose stimmte. Ich erzählte ihr von meinem Essen mit Silvester. Sie wusste nicht, was sie sagen sollte, wusste nicht, wie sie es beurteilen, was sie mir raten sollte, sie war so ohnmächtig wie ich.

Eine Woche verging. Frühmorgens rief meine Mutter an, wie immer. »Bist du wach?«, fragte sie. Ich war wach, natürlich. Ich hätte ihr nie gesagt, dass ich noch nicht wach sei, und ich war ja durch ihren Anruf so weit wach, dass ich ans Telefon ging. Ich hatte gewusst, es würde meine Mutter sein. Meistens weckte mich meine innere Uhr, und Sekunden später klingelte das Telefon, bist du schon wach, ich bin wach.

Meine Mutter war ganz atemlos. »Wir kommen zu dir«, sagte sie und erklärte gleich, warum. Silvester hatte ihnen die Diagnose gebracht. Ich war erleichtert, und zugleich zog sich mein Magen zusammen. Dann blickte ich zum Fenster, hörte ein Auto vorbeifahren, und mir wurde bewusst, dass etwas Entscheidendes fehlte. Die Vorhänge, ich hatte sie heruntergerissen. Nein. Ich würde nichts verändern. Sie sollte sehen, dass ich so lebte, wie es mir gefiel.

Nein, dieses Mal würde ich nicht in Panik den Muttermeintesambestenfürdichzustand herstellen. Ich setzte Kaffee auf. Zumindest würde ich ihnen nicht die französischen Schalen anbieten, aus denen ich trank. Nein, ich würde das Porzellan meiner Großmutter decken, mit Untertassen. Er hat ihnen also die Diagnose gebracht, dachte ich, als ich auf die röhrende, keuchende Kaffeemaschine, den Dampf, das tropfende Schwarz starrte.

Warum hat er sie gebracht? Warum meinen Eltern? Warum nicht mir? Warum überhaupt gab sie sie Silvester? Das ist doch meine Diagnose. Das ist mein Leben, meine Krankheit, meine Angst, meine Wohnung. Ich hasse Vorhänge, ich hasse Teppiche, ich hasse Jugendstillampen, ich hasse Tassenuntersetzer, ich hasse weichgespülte Handtücher, ich hasse mich für alles, was ich mit mir machen lasse aus Liebe, aus Bequemlichkeit, aus Furcht, aus Kompensation, kochte ich mich hoch, redete ich mich heiß, schlug gegen den Kühlschrank mit seinen Zierleisten und räumte die Flaschen auf von letzter Nacht, spülte die Gläser und faltete die Geschirrspültücher.

Sie waren schneller da, als ich erwartet hatte. Meine Mutter war aufgebracht, sie ging sofort zur Couch, setzte sich. Jetzt müsste ihr auffallen, dass die Vorhänge fehlen. Sie schaute zum Fenster. In der Hand hielt sie einen offenen Briefumschlag. »Hier ist der Brief«, sagte sie. Sie sagte nichts zu den Vorhängen, wunderte ich mich, erst dann begriff ich, und mir kam wieder zu Bewusstsein, weshalb sie hier waren. Sie gab mir den Briefumschlag. »Du hast ihn geöffnet?«, blieb mir die Spucke weg, ich musste mich beherrschen, nichts hasste ich mehr als das Öffnen meiner Post, die Kontrollanrufe meiner Kindheit und Schulzeit.

»Er hat uns den Brief so gegeben, offen. Die mit gelb markierten Zahlen sollen es sein. Das musst du dem Professor zeigen.« Meine Mutter sprach, als stünde sie unter Schock. Ich holte das Blatt aus dem Kuvert. Mein Todesurteil, zitterte ich. Ich las, las weiter und weiter, wendete das Blatt. Es war nirgends eine Diagnose formuliert, es waren, so viel verstand ich, Blutwerte, meine Blutwerte. So sah der Tod aus, ein paar Zahlen, mit Leuchtgelb hervorgehoben? Nirgends stand ihr Name. Nicht einmal einige persönliche Zeilen, eine Erklärung, eine Lesehilfe. »Silvester ist tief besorgt, er sagt, du müsstest zu ihr in Quarantäne. Er hat immer wieder von Atlanta gesprochen. Ich habe es nicht verstanden, ich war zu aufgeregt.« Ich hatte Angst, meine Mutter treffe gleich der Schlag. Mein Vater sagte nichts, saß schweigend neben ihr. »Wollt ihr Kaffee?«, fragte ich. »Nein, wir gehen gleich wieder«, erhob sich meine Mutter, und mein Vater folgte ihr. Als sie in der Diele standen und ich noch immer nicht verstand, was hier passierte, sagte sie: »Gib mir die Vorhänge mit. Du brauchst sie ja nicht mehr. Mich auch nicht, wie es scheint.« Sie war gefasst und ruhig. Ich holte die Vorhänge aus meinem begehbaren Schrank, mein Vater nahm sie unter den Arm. Dann gingen sie ohne ein weiteres Wort. Wieder kam ich mir schuldig vor. Wie hatte ich zusätzlich zu allem noch so unnötig verletzen können. Ich stand in meiner Wohnung und dachte, ich hätte geträumt, sie wären noch nicht da, kämen jeden Moment, tränenüberströmt wie das letzte Mal, ich war mir fast sicher, ich hätte nur wieder einen dieser Stromausfälle im Kopf wie in letzter Zeit häufiger oder träumte, wartete im Halbschlaf auf den Anruf, gleich musste es so weit sein. Nein, ich hatte das Blatt in der Hand, das Urteil über mein Leben, schwarz auf weiß, in Kopie. Sollte ich daraus einen Flieger falten? Ich öffnete das Fenster.

14

Die Hitze hatte mit schweren, feuchten Händen gegen die Fensterscheibe gedrückt, die Klimaanlage hyperventilierte, röchelte, die Ampeln waren zu erschöpft, um die Farben zu wechseln, der Fahrer der schwarzen Limousine hatte vergeblich versucht, die stickige, heiße, durch die Ritzen hereinströmende Luft schockzufrosten, es schließlich entnervt aufgegeben und mit dem Handballen auf das Armaturenbrett geschlagen, fuck. Bis dahin hatte er sich die Aura des VIP-Chauffeurs gegeben, großspurig seinen routinierten Small Talk abgespult, als gehöre er zur Wagenausstattung, ein überflüssiges Extra. Silvester saß auf dem Vordersitz und hatte das Fenster geöffnet, die Scheibe nach unten gleiten lassen, bis ihm der Fahrtwind ins Gesicht geblasen hatte und sich mit seinem Pfeifenrauch mischte, bevor ich ihn einatmete. Scher schlief. Sie waren beide im Flugzeug sofort eingeschlafen. Wie konnten sie schlafen, hatte ich mich gefragt. Ich hatte während des Fluges keine Sekunde ein Auge zudrücken können, ich wollte meine Augen nicht schließen, nicht wie ein Toter die Augen schließen.

Wir waren am Zoo vorbeigefahren, wo die berühmten Pandas und Gorillas hinter Gittern entmutigt die Gaffer angafften, waren jetzt im Schluchtschatten der Bank of America und hätten 317 Meter in die Höhe geblickt, wenn wir den Kopf über die Scheibenkanten gesteckt und nach oben gedreht hätten, amazing. Dabei waren wir zuvor nur an einstöckigen Holzhäuserketten vorbeigekommen, Südstaatenhäuser, zusammengezimmert nach der Schlacht von Atlanta, als die Unionstruppen alles niedergebrannt hatten. Es war eine neue Strategie, totaler Krieg, keine Angst vor Kollateralschäden, brennt alles nieder, bringt sie alle um, bis vom Winde verweht ist, was von ihnen blieb. Vor der Landung hatten sie durchgegeben, dass Jelzin in Moskau weggeputscht wurde, ein Notstandskomitee die Regierungsgeschäfte führe und er in seiner Datsche arretiert wurde. Hunderte von Panzern hatten das Zentrum von Moskau besetzt, Ausnahmezustand. Die Nachricht hatte mich nicht berührt und hätte mich, wäre ich zu Hause gewesen, entsetzt. Jetzt hatte ich wie sediert reagiert, ich war in meinem eigenen Ausnahmezustand. Das Notstands-Komitee hatte mich festgesetzt, nach Atlanta ausgeflogen meines angegriffenen Gesundheitszustands wegen.

Vielleicht war es deshalb so heiß, weil es in dieser Stadt dauernd gebrannt hatte, weil sie niedergebrannt worden war, wieder und wieder, weil die Holzhäuser so leicht Feuer fingen, weil die Sonne sie wie Ikarus versengte, Schutt und Asche, verkohlte Menschen, verbrannte Münder, Aschewolken, ein schwarzer, glühender Himmel, Rauchvergiftungen, Assado Grill, Hotdogs, Hotter than July. Auf dem Wappen der Stadt brannte ein Adler, sein Nest brannte, er saß auf den Flammen, oder war es Phoenix, der aus der Asche aufstand, sie stand immer wieder aus der Asche auf, aus den Bränden, »Resurgens« stand da, nothing brings us down. Würde ich wiederauferstehen? Müsste ich von den Toten auferstehen?

Wir hatten, bevor wir zur Klinik fahren wollten, im Hotel eingecheckt. Silvester und Scher mussten ja irgendwo eine Bleibe haben. Ich nur für eine Nacht. Eine Nacht nahe dem Himmel, im Westin Peachtree Plaza Hotel, Downtown, aber die Wolken kratzend, den Himmel aufschlitzend. Hätte ich das Fenster öffnen können, hätte ich keinen weiten Weg gehabt. Standing Peachtree hatten die Indianer, bevor sie ausgerottet wurden, den Ort genannt, und jetzt war der einzig übrig gebliebene Pflaumenbaum dieser Hoteltotem. Ich blätterte in den Broschüren. Sollte mich kurz frisch machen, bevor wir zur ersten Voruntersuchung aufbrachen. Es schien wirklich der Ort meiner Bestimmung zu sein. Bevor Atlanta Atlanta hieß, hieß es Terminus, Endstation, das Ende aller Wege. Deshalb war ich hier, sagte ich mir, damit alles zu Ende ging, zu Ende gebracht wurde. Terminus. Hier wären die Ärzte mit ihrem Latein am Ende. Kunstfehler, ich bekam Angst. Es stand zur Diskussion, hatte mir ja Scher angedeutet, mir eine neue Leber zu implantieren. Ich hatte sie gedrängt, mir zu sagen, welche Nebenwirkungen diese neu entwickelten Medikamente hätten? Wäre ich ein Versuchskaninchen, ein kleiner weißer Hase mit roten Augen, dem man das Fell streichelt, bevor er zerplatzt und Blut auf sein schönes weißes, unschuldiges Fell spuckt?

Was würden die Tabletten mit mir anstellen, wie würden sie mich verändern, würden sie mich überhaupt verändern? Waren es die Folgen wie die einer Chemotherapie? Scher war ausgewichen, delegierte die Antworten an die Ärzte, die wir treffen würden, sie würden mich informieren, beruhigte sie mich lustlos, sie seien top.

Es ist nicht zu spät, sich aus dem Fenster zu stürzen, dachte ich, eine Abkürzung durch die Luft zu nehmen, aus heiterem Himmel fiel der junge Dichter an einem schwülen Nachmittag in Atlanta –, aber das Fenster ließ sich nicht öffnen, und ich konnte mich schlecht durch die Klimaanlage stürzen, durch die Schächte in die Innereien des Hotels, in den Traummaschinenraum, zu den Heizern, ihren verschmierten Gesichtern und Glühbirnenaugen, während sie die leeren Coca-Cola-Flaschen mit Asche auffüllten und mir den Weg zum Kessel zeigten, der mit den Wahlkampfplakaten des korrupten Bürgermeisters befeuert wurde, wie die Gerüchte sagten. Dieses Höllenhotel, das in den Himmel ragte, warum musste ich es verlassen, warum musste ich in die Klinik, während Silvester und Scher sich auf goldenen Tellern die fetten Steaks servieren ließen mit weißen Handschuhen in der Geburtsstadt Martin Luther Kings.

Ich war glücklich gewesen, dass er mitkam, mich nicht mit Scher allein ließ. Diese Frau machte mir Angst, ich konnte mir nicht erklären warum, als hätte sie verborgene Kräfte, als wäre ich ein Voodoo-Männchen in ihrer Handtasche. Ich fühlte mich ausgeliefert und wehrlos wie Mastroianni in Fellinis »Stadt der Frauen«. Es war lächerlich. Als hätte sie Scherenhände und könnte jederzeit mein Herz herausschneiden. Ich wurde dünner und dünner, und sie war die Hexe. Und wer war Silvester, Gretel? Ich musste aufhören, sie zu dämonisieren. Das Telefon. Sie warteten in der Lobby auf mich.

Es war dunkel geworden, das triste Atlanta flammte auf wie Las Vegas, hier sollte ich mein Glück suchen, ein zweites Leben, den amerikanischen Traum träumen, dass immer im letzten Moment ein Retter auftritt, and here he comes, John Wayne. Silvester wirkte erschöpft, er war in Zivil, trug sein Kreuz nicht. Er wollte morgen schon weiterreisen zu einer Abtei in der Nähe Chicagos, wo es zu Missbräuchen gekommen sein sollte durch einen Pater, der alles bestritt. Ein Junge klagte an, ein Schüler hatte sich an den Abt gewendet. Der Abt vermutete, er litte unter pubertären Wahnvorstellungen. Silvester sollte schlichten, mit den hilflosen Eltern reden, alles unter Ausschluss der Öffentlichkeit lösen. Er war der Troubleshooter. Shoot.

Ich hatte eine große Klinik erwartet, ein Klinikhochhaus, ich hatte gefürchtet, wie in einer Erzählung Buzzattis zu enden. Erst im obersten Besucherstockwerk zu landen, bis ich, ohne zu wissen warum und durch eine rasche Abfolge kafkaesker Zu- und Zwischenfälle, im Todgeweihtentrakt auf ebener Erde meine letzten Atemzüge zählte.

Hier gab es kein zweites Stockwerk, ich kam gleich unten an, keine Zeit ginge verloren. Oder ginge es unterirdisch weiter?

Es war eine Privatklinik, ein Klinikbungalow, Dominos von Flachbauten. Es wirkte wie ein Filmset, die Ärzte sahen genauso aus, wie ich sie aus amerikanischen Serien kannte, sie flogen an mir vorbei, blinkende Lichter, rennende Schwestern, Atemgeräte, Rufen, hektische Helfer, Angehörige mit Heulkrämpfen, Trauersäulen, zusammengesunkene Mütter, ahnungslose Kinder, die auf ihren Schößen spielten, brüllende Muskelroller, Männer in Anzügen, Männer, die nicht gesehen werden wollten, herumirrende Besucher, sich öffnende Aufzugtüren, in denen leere Betten standen, und zwischen alldem eine Empfangstheke, in der sich wie im Auge des Sturms alles verlangsamte, ruhig wurde, Freundlichkeit, existenzsicherndes Rezeptionslächeln, die blonde Schönheit funkt den Arzt an, der aus der Maske kommt, direkt aus dem OP, uns per Handschlag begrüßt, in sein Büro geleitet. Er ist freundlich, ernst, hat keine Zeit zu verlieren, wir dürfen keine Zeit verlieren, er ist informiert, er schaut auf seinen Block, bittet mich, mich auf die Liege zu legen. Scher und Silvester bleiben im Behandlungszimmer, warum? Sie sind jenseits des Kamerawinkels, im toten Winkel, der Arzt untersucht mich, die üblichen Untersuchungen. Er schreibt Buchstaben auf meinen Rücken, in meine Hand, zieht meine Tränensäcke nach unten, stellt mir Fragen, welches Jahr haben wir, welchen Monat, welchen Tag, wo sind wir? Wo bin ich?

Dann bittet er mich, mich wieder anzuziehen, blickt

konzentriert auf das Blatt vor sich, blickt zu Scher, blickt auf das Blatt, blickt zu Silvester und schließlich zu mir, als ich meinen Gürtel schließe. »Wir müssen sofort operieren. Wir machen noch eine CT von ihrem Kopf, aber das wird die Diagnose nur bestätigen. Keine Sorge, wir schaffen das schon. Touchdown. Meine Kollegen bereiten Sie vor, ein Zimmer steht bereit, Ihre Freunde holen Ihre Sachen aus dem Hotel. Morgen früh werden Sie aufwachen und ein neues Leben beginnen.« Noch ehe ich etwas fragen konnte, war er verschwunden, hatte Scher signalisiert, ihn zu begleiten.

Ich befand mich in einer Schockstarre, nein, nicht starr, ich bewegte mich, als hätte ich jeglichen eigenen Willen verloren, als sei ich vom Arzt hypnotisiert worden. Ich folgte brav allen Anordnungen, schluckte Kontrastflüssigkeiten, ließ mich in weiße, glühende Mäuler schieben, beschallen, öffnete den Mund, zeigte die Zunge, ballte die Faust zur Blutabnahme, ließ mir Katheder legen, und immer lächelte Scher, während ich teilnahmslos erbleichte, immer schematischer wurde, mich abspaltete und mir zusah, wie ich ausgezogen wurde, wie mir der Schädel rasiert wurde, wie ich kotzen musste, wie ich beruhigt wurde, wie Silvester kurz ein Gebet sprach, das ich kaum verstand hinter seinem Atemschutz, wie ich festgeschnallt wurde, Scher stand am Tisch, an dem der Narkosearzt mit der Schwester flirtete, wie er mir etwas erklärte, wie der Chefarzt kam mit blinkenden blauen Augen, Augen wie Spots, das Blitzen des Bestecks, der Gesang der Geräte, die Beatmungsmaschine, mein Herz schlug aus, mein Puls, calm down, calm down, zählen Sie von zehn abwärts, zehn, neun ... Ich schreckte auf, mein Herzschlag raste, ich hatte geträumt, ein Albtraum, ich lag in meinem Bett in München. Ich holte Luft, versuchte mich zu beruhigen, aber die Angst blieb. Heute würde ich mit Schers Befundblatt zu Professor Lamm gehen.

Was, wenn er ihre Diagnose bestätigen würde. »Es tut mir leid, ich muss Ihnen …«, nein, ich wollte es mir nicht ausmalen, dass mein Albtraum doch noch wahr werden würde und ich am Ende in Atlanta auf einem OP-Tisch abwärts zählen müsste.

15

Der Professor hielt das Blatt in der Hand, studierte die Laborwerte, wendete das Blatt, rieb sich die Augen mit den Handballen, legte es vor sich auf den Schreibtisch, holte Luft. Er rang mit sich, blickte mich an, blickte mir in die Augen, suchte im Kopf nach den Worten, die er mir sagen sollte, wie er es mir sagen sollte. Dann brach es aus ihm heraus, unkontrolliert. Er knallte das Papier auf den Tisch, schnaufte, nahm es wieder in die Hand, suchte etwas mit dem Zeigefinger, fand es, nahm den Telefonhörer ab, prüfte das Gesuchte nochmals, sprach sich die Nummer stumm vor, wählte, bis er merkte, dass ich mit ängstlichen, panikpumpenden Pupillen vor ihm saß. Er legte den Hörer auf.

»Das ist verbrecherisch. Das sind Blutverdünnungswerte, nichts als Blutverdünnungswerte, Normalbereich, nichts.«

»Das heißt, ich habe keinen Virus, ich bin gesund?«, unterbrach ich ihn, und mir wurde schwarz vor den Augen.

Ich hatte ihm das Kuvert mit Schers Diagnose gebracht. »Sie hat gesagt, niemand sei so weit wie sie in der Forschung, und selbst wenn Sie sagen würden, ich sei gesund, müsste ich sterben.«

»Das hat sie gesagt, und das will sie auf der Basis dieser Werte diagnostizieren?« Der Professor kochte. Er wirkte persönlich beleidigt, in seiner Ehre gekränkt, war fassungslos, hielt das Blatt wie ein Beweisstück in die Höhe, aber es war niemand da außer mir, zusammengekrümmt auf einem Stuhl, auf die Vögel vor dem Fenster starrend, die Wolken, die ineinanderflossen. »Ich muss nicht sterben?«

»Wenn man mit solchen Werten sterben müsste, wären wir alle tot. Kennen Sie diesen Arzt, der hier auf dem Blatt steht?«

»Ja, er hat mir das Blut abgenommen, weil Frau Professor Scher ja keine Praxis hat.«

Der Professor wählte die Nummer, ließ sich verbinden, bestand darauf, dass Doktor Andreas aus seiner Sprechstunde kam, hatte ihn schließlich am Apparat. »Sie werden Ihre Approbation verlieren, dafür werde ich persönlich sorgen.« Er signalisierte mir mit den Augenbrauen, dass Doktor Andreas unter Druck geriet. »Sie arbeiten mit dieser Frau Professor Scher zusammen. Ihr ›Patient‹ sitzt vor mir, und ich habe einen Befund, auf den diese Dame ihre Diagnose fußen will, er, der nun mein Patient ist, sei an einem Virus, den niemand kennt, erkrankt. Auf dem Blatt steht Ihr Name. Diese Diagnose ist ein Verbrechen. Das ist nicht mal eine Diagnose, es handelt sich um stinknormale Laborwerte, hören Sie, an denen keinerlei Auffälligkeiten ablesbar sind, schon gar keine tödliche Krankheit. Ich werde Sie bei der Ärztekammer anzeigen. Es ist unsagbar, was Sie hier diagnostiziert haben.«

Ich rutschte auf meinem Stuhl hin und her, was passierte hier? Verhandelten sie mein Leben? War alles nur ein Fehler, eine Fehldiagnose, ein Missverständnis? Oder hatte Silvester das falsche Blatt gebracht oder ein Blatt aus dem Kuvert verloren, das entscheidende, oder meine Eltern, als sie es lasen. Wahrscheinlich war es so, und ich hoffte umsonst. Sicher war dieses Blatt nur eine wertlose Beilage, Normalwert, Blutverdünnungswerte. Sicher bin ich im nächsten Augenblick schon wieder todkrank, wenn der Arzt am Ende der Leitung es aufklärt. Was war jetzt?

»Das ist nicht zu fassen! Sie wollen doch nicht behaupten, dass Sie das nicht gewusst oder geahnt hätten. Das wird Konsequenzen für Sie nach sich ziehen, da können Sie sich sicher sein, das hat ein Nachspiel.«

Der Professor legte auf, schüttelte den Kopf, konnte nicht glauben, was er gerade erfahren hatte. Ich fixierte seinen Briefbeschwerer, die Geometrie der Gegenstände auf dem Schreibtisch, die Schatten, die auf den Briefbeschwerer fielen, die Spiegelungen der Sonnenstrahlen, das Familienfoto, die lachenden Kinder, das Skelett im Luftzug.

»Halten Sie sich fest. Es ist nicht zu glauben. Diese Frau Scher ist keine Professorin, gesteht mir der Kollege gerade, sie ist nicht einmal Ärztin. Sie hat ihr Medizinstudium nach dem sechsten Semester abgebrochen. Er sagt, er sei ihr freundschaftlich verbunden, weil sie ihm Patienten vermittle, er sei dort der Hausarzt. Aber das Kloster liegt doch in der Nähe von Lindau und die Praxis in der Nähe von Landshut, nicht? Das sind dreihundert Kilometer. Ich hatte es geahnt.«

»Und wenn sie doch recht hat?«, fragte ich zaudernd und zögernd, aber ich wollte jeden Zweifel verlieren.

»Ich gebe Ihnen ein Beruhigungsmittel. Unvorstellbar, was Sie durchgemacht haben. Sie müssen diese Frau anzeigen, sie muss aus dem Verkehr gezogen werden. Sie sind gesund, zweifelsfrei, und nächste Woche haben wir die Ergebnisse, die dies bestätigen werden!«

Alles hatte sich verändert, als wäre ich gerade von einem Stromschlag zurück ins Leben geholt worden, als führten alle Straßen woanders hin, hätten sich alle Namen verändert. Wie einen Fremden betrachtete ich mich im Spiegel der Scheibe. Sollte ich nicht jetzt aufschreien vor Freude, jubeln, dem Professor um den Hals fallen?

War ich nicht sogar enttäuscht? Dass ich nicht mehr auserwählt war, als Märtyrer zu sterben? Dass ich nicht früh sterben müsste und man keine letzten Zeilen bei mir fand, dem Tod abgerungen. War ich traurig, wieder ganz normal zu sein, nein, noch schlimmer, einer Betrügerin auf den Leim gegangen zu sein, getäuscht worden zu sein wie ein Idiot. Ich hätte mich fast umgebracht wegen einer Hochstaplerin, aufgehängt, vor den Zug geschmissen, aus dem Fenster gesprungen, wäre geflüchtet, hätte die Erde verbrannt, die ich hinter mir hätte lassen wollen. Oder ich hätte mich brechen lassen, wäre nach Amerika geflogen, wäre operiert worden, aufgeschnitten, zugenäht, die Leber wäre die alte gewesen, die Tabletten Placebos, meine Angst aber wäre ganz real gewesen, meine Träume und Traumata, meine Verzweiflung, die Paranoia, die Todesnähe und -sehnsucht. Wäre ich religiös geworden, hätte nur noch gebetet und mich mit ausgestreckten Armen auf den Boden geworfen, weil ER mich vor dem Tod errettet hätte. Denn es wäre ja ganz einfach gewesen, mich zu heilen, sie hätten nur die Lüge durch die Wahrheit ersetzen müssen. Ich hätte ihr mein Leben zu verdanken, auch Silvester mein Leben zu verdanken, meine Eltern hätten ihnen das Leben ihres Sohnes zu verdanken. Sie hätten ihr jedes gewünschte Geld gegeben, dem Kloster gespendet, eine Kirche gebaut. Alles jagte durch meinen Kopf. Wenn man stirbt, sieht man sein Leben in einem Strom vorbeifließen, ich sah jetzt in die Zukunft, die keine Zukunft wurde. Oder war ich tot? Lag ich auf dem OP-Tisch und träumte das hier, wünschte es mir, wie in Brazil die Tür aus der Folter, die Tür, die sich zu den Wiesen öffnet, den Hügeln und Bergen, dem kehligen Flüstern des Baches, in dessen kaltem Wasser die Sonne sich badet zwischen Kieselsteinen und Forellen.

Der Professor schreckte mich auf, er hatte einen OP-Termin, er war erleichtert, er hatte mir das Leben gerettet. Ich wollte ihm danken, aber eh ich das alles begriffen hatte, stand ich vor der Tür, noch immer in Trance. Warum jubelte ich nicht? Die Angst war da, ich spürte sie, sie lauerte hinter der Freude, sie strich um meinen Nacken, sie war wie ein schwarzes Echo, das jeden Satz zurückschlug, freu dich nicht zu früh. Aber es konnte nicht sein, bläute ich mir ein, es konnte nicht sein, sie war gar keine Ärztin, keine Forscherin, nur eine Betrügerin, eine Krankheitskassandra. Ich würde erst Ruhe haben, wenn auch die Ergebnisse der zweiten Untersuchung vorlägen. Ich schlug mir gegen die Stirn, du bist verrückt, du bist gesund, gesund, gesund, freu dich, springe, schreie, sag es jedem hier auf dem Flur, den Schwestern, den Kranken, den Wartenden, den Besuchern, dem Techniker, sprich es in die Aufzugsprechanlage, vor allem, los, ruf Klara an, rufe deine Eltern an, ruf Silvester an.

Ich musste Silvester anrufen, schoss es mir durch den Kopf, er war auch betrogen worden, seine Operation eine Täuschung. Ich rannte, jetzt rannte ich, wo war ein Telefon, es musste doch in dieser Klinik ein Telefon sein, dort, aber da telefonierte einer. Ich konnte nicht warten, unmöglich, lief hinaus, aus der Klinik hinaus, ich war ja gesund, raus, raus und rennen, die Straße runter, irgendwo musste eine Zelle sein. Da, ja, dort. Münzen, Münzen, zum Glück, ich hatte genügend. Ich wählte die Nummer, Silvesters Nummer. Sollte ich nicht zuerst Klara anrufen? Meine Eltern? Nein, es ging um Minuten, vielleicht stand ein Pater kurz vor einer Operation, vielleicht würde ein anderer gerade in ein Flugzeug einsteigen, Atlanta, Stockholm, wohin auch immer, oder sie gäbe jemand eine Spritze, Tablette, Tabletten aus Angst und Versprechen, oder sie setzte sie unter Psychopharmaka, machte sie willenlos. Ich warf die Münzen ein, wählte Silvesters Nummer. Der Klingelton, einmal, zweimal, dreimal. Geh ran, flehte ich, und wünschte zugleich, ich wusste nicht warum, geh nicht dran, viermal, fünfmal. Ich fragte mich, ob ich auflegen sollte, einhängen oder warten, weiter warten, wieder warten, sechsmal, sieben, ich lege beim nächsten auf, beschloss ich, acht.

»Ja, bitte«, er war am Telefon.

»Silvester!«, meine Stimme überschlug sich, stockte, die Worte waren zu schnell für meine Zunge, die an der Mundhöhle festklebte, ich schluckte. »Silvester, sie ist eine Lügnerin. Scher, sie ist keine Ärztin, sie ist eine Lügnerin. Sie hat ihr Medizinstudium nach dem sechsten Semester abgebrochen, sie ist keine Professorin. Du musst es allen sagen, die bei ihr in Behandlung sind, sofort. Silvester, hörst du, sie ist eine Betrügerin, und ich bin gesund. Ich muss nicht sterben!« Er reagierte nicht, ich hörte nur seinen Atem, er schrie nicht auf, keine Freude, kein Entsetzen, keine Wut.

»Ja«, sagte er, nur ein »Ja«. Er wirkte gelähmt. Sicher stand er so unter Schock wie ich vorhin, als ich es erfahren hatte. Er fragte nicht nach. Warum nicht? Warum war er so einsilbig? Erinnerte er sich daran, wie sie ihn belogen hatte, ihn todkrank gemacht hatte, mich todkrank gemacht hatte. Fragte er sich, womit er behandelt worden war, warum er operiert worden war, wer seinen Vater operiert hatte? Schoss ihm das jetzt alles durch den Kopf? Hörte er mich, hörte er mir überhaupt zu?

»Silvester, du musst es ihnen sofort sagen«, wiederholte ich. Ich hatte fast kein Geld mehr. »Das Gespräch kann gleich unterbrochen sein, meine Zeit ist gleich abgelaufen. Ich komm zu dir. Wir müssen alle vor dieser Frau warnen!«

»Ja«, hörte ich ihn noch, dann war die Verbindung unterbrochen.

Ich wechselte Geld, suchte die nächste Telefonzelle, rief Klara an, die kaum verwundert, meine Eltern, die erleichtert und wie ich wütend waren, wir wären fast in einen tödlichen Irrtum verstrickt gewesen, waren einer Betrügerin wie Eintagsfliegen auf den Leim gegangen. Wie hatte das passieren können? Warum waren wir so gutgläubig gewesen? Jetzt war mir klar, warum sie mich nicht angefasst hatte, warum sie mir nicht selbst das Blut abgenommen hatte. Aber wie hatte sie durchkommen können, bei all den Professoren, Ärzten, Angehörigen, mit denen sie zu tun gehabt hatte. Hatte niemand Zweifel gehabt? Waren alle so naiv gewesen wie wir? Wenn sie den Segen des Abts hatte, waren dann nicht alle Fragen überflüssig, wenn der Schein sie zur Heiligen machte, die den angeblich Todgeweihten die Scheine aus der Tasche zog mit ihren Tricks. Warum Erkundigungen über sie einholen, wenn Gott keine einholt, und sie kam doch mit Gottes Stellvertreter. Warum hatten wir unseren Verstand stillgelegt? Wie hatte sich Silvester täuschen lassen? Sie durfte in seine Zelle, durfte jedes Gebot überschreiten. Und sie hat sich nicht einmal als Wunderheilerin, als Handauflegerin eingeführt, nein, als Wissenschaftlerin. Den Weihrauch, der die Sinne benebelte und den klaren Blick auf sich verschleierte, lieferte die Kirche. Woher kam diese Wahrnehmungsschwäche? Warum fiel mir erst jetzt auf, dass ich nie etwas in der Hand gehalten hatte, auf dem ihr Name stand, nie ihren Titel gelesen hatte. Auch auf dem Befund nicht. Am Telefon nur der Nachname, auf dem Klingelschild. Und ich glaubte ihrer Diagnose, dass ich bald sterben werde. Glaube einer Diagnose am Telefon, bring mich fast um.

Ich stieg ins Auto und fuhr zu Silvester, ich musste ihn sehen, mit ihm sprechen, wir mussten gegen diese Frau vorgehen. Wir durften keine Zeit verlieren.

16

Ich war wie ein Irrer gerast, als gelte es, ein Leben zu retten, überholte im Stil eines Lebensmüden. Ich kannte die Strecke blind, war sie jeden Morgen zur Schule gefahren, durch die Wälder zum Kloster, vorbei am Fußballplatz, über die Brücke, die Schule links liegen gelassen, durch die Werkstätten hindurchgeschlängelt, abgekürzt, den Steilhang hinunter zur Pforte, Motor abgewürgt, Tür aufgerissen, atemlos, als wäre ich die ganze Fahrt gerannt, zum Eingang gestürzt.

»Könnten Sie mich bitte bei Vater Abt anmelden«, hechelte ich den Bruder an der Pforte an, der mich erstmals in aller Langsamkeit begrüßte. »Es tut mir leid. Vater Abt ist gerade weggefahren.« Ich starrte ihn an, wollte seine Worte zurückspulen, ihnen eine andere Richtung, ein anderes Ende geben. »Wann kommt er wieder, ich muss ihn sprechen, es ist sehr dringend?«

»Ich werde ihm eine Nachricht hinterlassen«, er bewahrte die Ruhe hinter der geöffneten Scheibe. Ich verabschiedete mich einsilbig, überlegte, ob ich mich einschleichen sollte, ob er vielleicht doch da war und mir nur nicht begegnen wollte, weil er Angst hat, ich könnte ihm Vorwürfe machen, ihm seine mangelnde Menschenkenntnis vorwerfen, seine Leichtfertigkeit, mit der er unser Leben, meines und das der anderen, riskiert hatte, sie waren doch seine Brüder, und er war der große Bruder, der ein Auge auf sie haben sollte, der Hirte. Und dann hatte er zugelassen, dass ein Wolf im Schafspelz sie zerfetzte. Hatte er Angst, zurücktreten zu müssen, dass sich seine Feinde hinter seinem Rücken versammeln, die Neider, die Konservativen, die ihm seine Reisen vorwarfen, die Abwesenheit, die Eloquenz. Ich würde ihn schützen, er musste wissen, dass ich ihn schützte, nicht anklagte, er war selbst ein Opfer, wir alle waren Opfer, sie die Täterin, die sich ins Heiligste eingeschlichen hatte, die Schlange, das Gift. Ich stand auf dem Parkplatz, es rannte immer noch in mir. Aber ich lebe, impfte ich mir ein, ich bin nicht tot, ich werde nicht sterben, ich muss mich freuen, ich freue mich doch, ja, ich bin froh, ich frohlocke, ich muss frohlocken, danke, lieber Gott, Ave Maria, danke.

Ich ging in die Kirche, bekreuzigte mich, ich hatte geschwitzt, draußen war es heiß, dieser heiße Sommer, der die Felder verbrannte, die Haut schälte, und jetzt das kühle Weihwasser auf der Stirn, die Schatten, die dicken, schützenden Mauern, die Stille, auslaufen, nicht mehr rennen, langsam werden, immer langsamer. Ich saß in der letzten Bankreihe, kniete nieder, sah hoch zu dem Indianer, dachte an Amerika, Atlanta, wurde wütend, dann wieder ruhiger, als ich die Sonnenstrahlen beobachtete, die auf den Altar fielen und den goldenen Baldachin aufleuchten ließen. Hatte mich Gott auf die Probe gestellt? »Wer im Schutz des Höchsten wohnt, der darf im Schatten des himmlischen Gottes ruhen.« Will er mich jetzt mit langem Leben sättigen? Wo war Silvester? Warum war er verschwunden? Musste er nicht fürchten, ich könnte meinen, er fliehe, mache sich aus dem Staub, nachdem sein Fehler mich fast zu Staub gemacht hatte? Oder war er auf dem Weg zu Scher, um sie zur Rede zu stellen, ihr ihre Verbrechen vorzuwerfen. Vielleicht schrie er sie gerade an. Aber nein, sie war in Landshut, er saß gewiss im Auto, fuhr die gleiche Strecke zu ihr, die ich im Nebel gefahren war. Was dachte, fühlte er gerade? Hörte er seine Kassetten und lernte fremde Sprachen, übte seine Feuerzungen, mit denen er alle entflammte für sich und seinen Glauben. Hatte er Anweisungen erteilt, entwarnt, angeordnet, dass alle Kontakte zu Scher abgebrochen werden müssen, alle Zahlungen eingestellt? Würde er, das Kloster, sie anzeigen? Konnte man sie anzeigen? Oder hatten sie Angst vor der Öffentlichkeit, vor der Bloßstellung. Aber sie waren ja Opfer. Der Hohn allerdings ... Die Lächerlichkeit. Der Vertrauensverlust. Warum zerbrach ich mir Silvesters Kopf? Sollte ich nicht längst bei Klara sein, bei meinen Eltern, meine zweite Geburt feiern, sollten wir nicht die Nabelschnur ein zweites Mal durchschneiden? »Du milder Durchforscher der Herzen, Du kennst die Schwächen unserer Kraft«, hörte ich Engelsstimmen. Eine Chorprobe hatte begonnen. Wie sehr besänftigten mich die Worte, das Echo der Erinnerungen, wie ich auf der Empore gesessen und hinuntergeblickt hatte auf Silvesters Hände, die die Hostie in die Höhe hielten, das ist der Leib Christi. »Zwar haben wir viel gesündigt, doch schone, die sich zu Dir kehren, zum Lob Deines Namens bring Heilung den Ermatteten«.

Ja, ich war ermattet, und Gott hatte mir Heilung gebracht, er hatte mich von der Lüge geheilt, es gebe keine Heilung für mich außerhalb der falschen Heilerin. Der Schaden der Schuld, wer trug ihn? Gott hatte mich befreit aus der »Schlinge der Jäger und vor dem zornigen Wort«, ich müsse sterben. Der Herr hat meine Füße aus der Schlinge gerissen. Aber hatte nicht auch er mich in diese Falle getrieben? War nicht auch Gott ein Fallensteller? Hatte er mir nicht die Augen mit einem Teig aus Speichel bestrichen, bevor er mich an den Brunnen schickte, mich zu waschen, damit ich sehen konnte? Musste ich mich nicht jetzt freuen und fröhlich sein, ich, der ich traurig war, sollte ich nicht jauchzen und mich satt trinken an den Brüsten der Tröstung. Aber wer tröstet mich, fragte ich. Die Worte trösteten mich, die Stimme, die sie wie kalte Tücher auf die fiebernde Stirn legten. »Untreu sind alle Freunde, sie sind zu Feinden geworden.« Warum hatte Gott es zugelassen, dass sich meine Seele zu Tode betrübt? Und jetzt saß ich und lauschte den Psalmen, blätterte in dem Gebetbuch. »Nun. Deine Propheten weissagten dir Lug und Trug. Deine Schuld haben sie nicht aufgedeckt, um dein Schicksal zu wenden. Sie schauten dir als Prophetenwort nur Trug und Verführung. Über dich klatschen in die Hände alle, die des Weges ziehen. Sie zischeln und schütteln den Kopf.«

Mich fröstelte plötzlich in der Hitze. Ich schämte mich. Ich hörte Stimmen, das Zischeln, applaudierende Hände, Lachen, höhnisches Lachen, Lachen hinter vorgehaltenen Händen, sie ziehen vorbei, lachen, klatschen, Lug und Trug, betrogen, belogen, ausgelacht, allein gelassen. »Dein Zusammenbruch ist größer als das Meer, wer kann dich heilen?«, ich schlug das Buch zu. Ich war nicht mehr gesund, ich konnte nicht geheilt werden, enttäuschte ich mich. Ich hatte meine Unschuld verloren. Ich hatte Hand angelegt an mein Leben, aber nicht zugedrückt. Meine Hände waren an meinem Hals und drückten, und auf meinen Händen waren andere Hände, die drückten, und auf diesen Händen weitere Hände, und alle drückten sie zu, und ich hatte keine Luft mehr bekommen, und dann, als ich schon fast erstickt war, lösten sich die Hände, ließen mich wieder die Luft atmen. Aber die Luft war nicht die gleiche Luft, die ich zuvor geatmet hatte, sie schnürte mich ein, ich atmete nicht mehr frei. Niemand konnte mich heilen von der Todesangst, die ich hatte, von der Todessehnsucht, die ich hegte und pflegte für die Eitelkeit der vom Leben verbürgten Zeilen. »Dies Wasser mündet ins Tote Meer. Und wenn es ins Meer fließt, soll dessen Wasser gesund werden, und alles, wohin der Strom kommt, soll leben.«

Jetzt sollte ich wieder leben. »Dichte von dem Ruhme, Zunge, des Gefechts in dem Kampf, da das Kreuz ward zur Trophäe, des Triumphzugs Ehre künd, wie des Erdkreises Erlöser hingeopfert Sieg errang.« Ich war nicht Jesus, ich war nicht gestorben, ich war beinahe gestorben, und ich wäre nicht für die Menschheit, nicht für Gott gestorben, ich wäre nicht für, ich wäre wegen gestorben, wegen einer Betrügerin, wäre begraben jenseits der Friedhofsmauern, ein Selbstmörder. Sicher hätte ich es in eine Anthologie der Selbstmörder, der Entleiber gebracht, ich, der durch die List dem Tod verfiel. Es war nichts Besonderes an mir, wenn nicht die Angst den Krebs aus seinen Löchern getrieben hätte. Konnte ich darüber schreiben, dass ich betrogen wurde. Oder machte ich mich dadurch lächerlich? Ich sah Scher vor mir. Wie konnte ich ihr nur das alles zutrauen? Wie blind war ich, heilige Lucia? Essig, Galle, Schilfrohr, Speichel, Nägel, Lanze. Süßes Holz mit süßem Nagel. Schiffer schiffbrüchiger Welt.

Warum ist Silvester jetzt nicht da, fragte ich mich, nachdem ich nicht mehr wusste, wie ein noch aus, wo ich hinsollte mit all dem, was mir durch das Hirn schoss. Zumindest einige hatte ich vielleicht gerettet, hatte etwas gut auf der Habenseite des Schicksals. Wen hätte sie noch in Krankheit und Verzweiflung gestürzt und sich dafür bezahlen lassen? Oder betrog ich sie um dieses göttliche Gefühl, dem Tod von der Schippe, vom OP-Tisch gesprungen zu sein? Diese Erlösung, erlöst worden zu sein. Ich war nicht geheilt, denn ich war nicht krank gewesen, aber nun fühlte ich mich krank, gekränkt, tödlich gekränkt, benutzt, missbraucht, ausgezogen, bespuckt, verhöhnt und verlacht. Für wie dumm musste sie mich gehalten haben? »Unsere Haut glüht wie ein Ofen.« Ich würde in die Klatschspalten, nicht ins Feuilleton kommen, auf die Panoramaseiten, in die Boulevardmagazine. Die falsche Ärztin, der Abt und der junge Dichter. Sollte ich nicht lieber schweigen? Nein, ich musste es hinausschreien, musste mich befreien. Sie durfte nicht davonkommen, ich wollte nicht vergeben, nie. Konnte es eine stille Lösung geben? Würde ich durch die Medien gehetzt, am Opferpranger. Und dennoch wäre an mir der Geruch des Todesgerüchts, der Virus wäre wie Stigma, obwohl ich ihn nicht hätte, aber er würde sich mit mir verbinden, unlösbar, unerlösbar, er hatte sich längst mit mir verbunden, war wie ein Parasit in meinen Gedanken, meinen Ängsten. Er wurde benannt. Und sprich nur ein Wort. Sie hatte dieses Wort gesprochen, und nun war er als Wort da, war in mir, verbreitete sich in mir. Und sie klatschten in die Hände, und sie werden tuscheln, und sie werden lachen. Und die Tränen schossen aus mir. Es hätten Freudentränen sein sollen. Aber ich wusste nicht weiter, alles war ziellos, die Wut, die Lebensgier, die Angst vor dem Tod wich der Angst vor der Lächerlichkeit, vor der Leere, vor der Selbstbestimmung. Nun gab es wieder keine Entschuldigung.

Ich musste mein Leben in die Hand nehmen, sagen, dass ich die Firma nicht übernehmen, mein Studium abbrechen, wechseln, meine Wohnung ausräumen wollte. Aber nein, es war noch nicht zu Ende, solange sie frei herumlief, war noch nicht zu Ende, solange die Ergebnisse der zweiten Untersuchung nicht vorlagen, war noch nicht zu Ende, solange Silvester nicht da war. »Ihr alle, die ihr des Weges zieht, schaut doch und seht, ob ein Schmerz ist, der meinem Schmerze gleicht.«

Die Sonne glühte von Sekunde zu Sekunde stärker durch die Kirchenfenster.

Jesus hat die Schulden Adams bezahlt, den alten Schuldbrief eingelöst mist dem Blut des Erbarmens, sangen sie, betörend schön, und die Hände flogen wie Nachtigallen durch die glitzernde Luft. Konnte ich sie auch erwarten, die »unerwartbare Zuwendung der Liebe«?

Ich stand auf, kniete nieder, bekreuzigte mich, spürte das Kreuz in meinem Rücken, als ich die Kirche in den strahlend heiteren Tag verließ und vorbei an den lachenden Schülern und den turtelnden Pärchen zum Auto ging und durch das ganze Klostergelände fuhr. Ich suchte Silvesters Wagen. Misstraute ich ihm? Ich wusste es nicht. Irgendetwas stimmte nicht. Ich war aus einem Albtraum erwacht, ich hatte geglaubt, gerettet zu sein, kurz bevor das Monster mich fraß, bevor die schwarze Gestalt zustach, kurz bevor ich nach dem Flug auf dem Boden zerschellte, aber der Schein trog, ich war nicht aufgewacht, alles machte mir erneut Angst, verfolgte mich wieder, ich spürte einen eiskalten Windzug inmitten der Hitze, mich fror, während alle um mich schwitzten, Wolken sammelten sich im Blau, ballten sich zusammen, gossen den Himmel aus mit Betonströmen, ich war weiter gefangen, es gab keinen Ausweg. Der Albtraum war noch nicht zu Ende.

Ein schwarzer Wagen bog um die Ecke. Ich fand Silvester nicht. Ich fand seinen Wagen nicht, ich fand ihn nicht in meinen Erklärungsversuchen, in meinen Selbstbeschwichtigungen. Wie krank war ich, wie krank musste ich sein, jetzt Trübsal zu blasen. »Er ist zu meinem Retter geworden. Lobsingen wir dem Herren.« Ich legte eine AC/DC-Kassette ein, Highway to hell, »den Streitwagen des Pharao und sein ganzes Heer hat er ins Meer geworfen«.

Meine Eltern warteten. Ich fuhr ans Grab meiner Großmutter neben der Kirche, hoch über dem Ufer lag sie und blickte auf den See und bis zu den Bergen im Fön, die mir heimleuchteten. Fast hätten wir uns wiedergesehen, flüsterte ich ihr zu, die Tränen rannen nur so über meine Wangen. Ich war ganz allein. Wie der Hirsch lechzt nach frischem Wasser, so lechzte meine Seele, ausgetrocknet in der Dürre war sie, rissig wie ein mit Bleistift vollgekritzeltes Papier. Ich erinnerte mich, wie ich meiner Großmutter über das Haar gestrichen hatte, als sie tot auf dem Bett lag und ich nicht hatte weinen können, weil meine Tränen zu groß für die Tränenkanäle waren, zu schwer. Ich war von Trauer gelähmt, hatte mich zurückgeträumt, wie ich neben ihr in diesem Bett gelegen hatte, als ich krank gewesen war, die Bettdecke geflutet von »Superman«-Heften, die Finger im Schokoladenpapier, die Brust einbalsamiert mit Eukalyptus. Oder den Kopf unter dem Handtuch, inhalierend über der dampfenden Schüssel, die beißende Hitze in die entzündeten Stirnhöhlen ziehend. Oder sie machte das Licht aus und rezitierte im Dunkeln Balladen, »Des Sängers Fluch«, und draußen beugten sich die Bäume im Wind, und die Nacht presste ihre Nase gegen die Scheibe, der Mond wickelte sich in die Wolken wie ich mich in den Vorhang, wenn keiner mich finden sollte. Immer hatte ich mir Höhlen gebaut bei ihr, Welten für mich allein, nur bei ihr durfte ich unsichtbar sein. Und dann war sie tot. Wenn ich an ihr Grab kam, wusste ich, dass ich auch dort liegen möchte, wenn ich unter die Erde muss. Ich will auch über den See sehen. Ich ging zurück zum Wagen, nahm die Abkürzung, die ich schon als Kind genommen hatte, quer die Böschung hinunter.

Meine Mutter hatte Tränen in den Augen, sie umarmte mich fest. Mein Vater war äußerlich gefasst, diese Gefasstheit, die nichts mit ihm zu tun hatte, mit seiner tiefen Empfindsamkeit, seinem durch Zweifel erschütterbaren Selbstbild, das er zusammenhielt wie ein Rahmen ein gesprungenes Glas. Dieses Zweifeln hatte ich von ihm geerbt. Er hatte immer unter dem Glauben gelitten, einem Bild entsprechen zu müssen, das nicht sein Bild war, das kein Abbild seiner Seele war, seiner Herzensverträumtheit, seiner so oft ausgebeuteten Bestmütigkeit. Er war ein Künstler, ohne sich als solcher zu verstehen, ohne den Wunsch, es sich zuzugestehen, er war ein Eigenweltenerfinder, ein fast schon notorischer Selbstbefrager, er trug über seiner Seele eine Hülle, die zu eng und zugleich zu groß war. Er duldete keinen Widerspruch, weil er im Widerspruch zur Wirklichkeit lebte, wie andere sie lebten und sahen, musste recht behalten, denn jedes Gegenargument war für ihn wie ein Angriff auf sein Recht, zu sein, wie er ist, er lebte wie in einem Roman, den er im Augenblick erschuf, dachte sich in fremde Köpfe hinein und aus ihnen hinaus, verspann sich in die Logik seiner Erklärungen. Ein Unternehmergenie, er war ein Bühnenbildner und sein Theater die Firma. Er verstand mich, mein Aufbegehren, meine Wut, meinen wütenden Entschluss, mich gegen eine Zwangsjackenvernüftigkeit zu verwirklichen. Ich liebte meinen Vater, obwohl wir oft stritten, weil er mich mitunter so zu erziehen versuchte, wie er erzogen wurde. Doch gönnte er mir alles, ermöglichte mir alles nur Erdenkbare, während er sich nichs gönnen zu dürfen glaubte. Er musste ununterbrochen arbeiten, die Firma voranbringen, und dieses »du musst« ist der schreckliche Ohrwurm, von dem er morgens aufwacht und der ihn selbst im Schlaf nicht verlässt, sodass er sich hin- und herwälzt. Er war ein Mensch mit so vielen Möglichkeiten. Ich liebte diese weiche, unerfüllte Seite an ihm.

Vater sagte mir, er habe über einen Bekannten bei der Ärztekammer Nachforschungen angestellt, und auch sie hätten bestätigt, es gebe keine Ärztin Scher und es sei ihnen keine Professorin dieses Namens bekannt. Jetzt also kam die Gewissheit von allen Seiten. Warum so spät?

Ich erzählte ihnen, dass ich Silvester nicht angetroffen hatte, er trotz unseres Telefonats nicht da gewesen sei. Was sollten wir jetzt tun? Wir müssten einen Anwalt einschalten, schlug ich vor, Scher anzeigen, sie müsse gestoppt werden. Wir sollten nichts ohne den Abt machen, darauf bestanden meine Eltern, wir sollten es mit ihm absprechen, er verfüge schließlich über alle Informationen und es gebe im Kloster ja Menschen, die noch stärker geschädigt worden seien. Wir hätten ohne ihn nichts in der Hand. Ein Telefongespräch, ein Stück Papier. Nichts sonst.

Diese Verhaltenheit irritierte mich. Oder war diese Haltung nur vernünftig? Natürlich könnte man Scher allein mithilfe von Silvester zur Strecke bringen. Aber nein, eigentlich mithilfe aller im Kloster, die mit ihr zu tun hatten.

Meine Mutter sagte, sie werde sofort Fini anrufen, um ihn über Frau Scher aufzuklären. Aber sicher hätte Silvester schon alles in die Wege geleitet, um weiteren Schaden bei anderen zu verhindern.

Fini war der Spitzname von Pater Simon. Er war der beste Freund meines Vaters. Meine Tante sagte immer, mit ihnen seien nur Einbahnstraßen-Freundschaften möglich. Sie beklagte sich, sie von sich aus würden sich nie melden, nachfragen, sie seien genau dann nicht präsent, wenn man sie brauche, ihre Hilfe, ihren Zuspruch. Sie hielt sie für bequem. Wenn ein Gönner ausfällt, sagte sie, steht schon der nächste vor der Tür und lädt sie ein, nimmt sie mit auf Reisen, schmückt sich mit der Nähe zum Kloster und also zu Gott. Fini war anders.

Einmal sind meine Eltern und ich nach Sizilien gefahren mit Silvester, Pater Simon und Pater Hubertus, der als Einziger so aussah, wie man sich einen Mönch vorstellte: kugelrunder Bauch, stets in Sandalen, Brille, graue, gelockte Haare, in seinem Reden von einer enthusiasmierten Bedächtigkeit, leuchtende Augen vor jedem Schmaus, ein Hang zum Erklären, wo es nötig war, wenn sein weiches Weltwonnenlächeln, wenn seine katholische Gutmütigmündigkeit und Gaumengemütlichkeit sich hinter seinem ernsten, mahnenden Blick verschanzten, wenn er fast wütend wurde und auf etwas bestand, darauf, dass man es richtig verstand. Im nächsten Augenblick konnte er wieder gütig blicken und den Kopf zur Seite auf die Schulter legen, als würde er sich dadurch selbst beschwichtigen. Er war immer aufrecht, gerade, und selbst bei größter Geschäftigkeit von einer ihm innewohnenden Müdigkeit, wenn er auf einmal zu müde zum Reden war und nur dasaß und meine Eltern reden ließ, die doch immer so viel wissen wollten von ihm, mein Vater über die Projekte und Objekte des Klosters, die Pläne. Und obwohl meine Eltern ihn ins Herz geschlossen hatten, fast so wie Pater Simon, Fini, hätten sie sich von ihm manchmal mehr Initiative gewünscht. Obwohl er immer wieder von einer zärtlichen Aufmerksamkeit war, mit strahlenden Augen Geschenke machte und jede Freude teilen konnte. Er entstammte für mich einer Geschichte aus der guten Zeit. Ich mochte ihn sehr und lauschte hingerissen seinen Erzählungen. Aber trotz allem, niemand erreichte die Frequenz Silvesters, der permanent schrieb, anrief, präsent war. Und obwohl er irgendwo in der weiten Welt unterwegs war, war er nicht mal einen Steinwurf weit entfernt. Die anderen, die um die Ecke waren, kamen nicht um die Ecke. Die Patres waren gefragt, man schmückte sich mit ihnen, mit der Nähe zum Kloster und also der Nähe zu Gott und zur wahren Macht auf dem Land.

Hubertus war ein leidenschaftlicher Jäger, in grünen Bundhosen. Er schoss Rehe, die den Patres von unserer Haushälterin als Rehrücken serviert wurden mit Preiselbeeren und Frankenwein mit Prädikat.

Jetzt reisten wir mit einem Kleinbus durch Sizilien, von einer Kirche zur anderen, von einem Gourmettempel zum nächsten, ich lehnte in Kreuzgängen an Säulen und träumte mich ins Mittelalter der Mönche, Bibliothekslabyrinthe, sah mich als dichtenden Abt, während Silvester, wie an allen Orten, sang, jetzt sangen sie sogar zusammen, unsere Bibleboygroup, und einmal verschwand Silvester kurz, und wir warteten auf einem Platz, hoch über Palermo, eineinhalb Stunden auf ihn, während seltsame Gestalten verstohlenen Blicks an uns vorbeihuschten.

Noch mehr als die Kirchen und Klöster liebte ich die griechischen und römischen Tempel, die Amphitheater über dem Meer, unter der glühenden Sonne, die Ruinen, deren fehlende Steine meine Fantasie einsetzte, die Tragöden und Sartyrn, die barbäuchigen Bacchanten und Bukoliker.

In Taormina wohnten wir in dem schönsten Hotel, das ich bis dahin gesehen hatte. Es war ein ehemaliges Kloster, die Mönchszellen waren in Hotelzimmer verwandelt worden, man frühstückte im Kreuzgang, dicke Mauern schlossen die Außenwelt aus, obwohl man mitten in der Stadt war, aus den Fenstern blickte man die Felsen hinab auf das Meer, die Brandung, die Wellen, die immer wieder gegen den Stein schlugen. Aber am aufregendsten war für mich jener Schreibtisch, der an seiner Stirnseite einen Spiegel hatte, sodass ich mir jedes Mal, wenn ich von dem Papierbogen aufschaute, in die Augen schaute, mir wie einem Fremden begegnete, der mich scharf, fast sezierend beäugte, mit ernstem Blick meine

Blicke verfolgte. Es war ein Duell mit mir selbst, wer konnte länger die Lider offen halten? Selbst als ich im Bett lag, dachte ich an den Anderen, der dort im Spiegel wartete und meine voll geschriebenen Blätter jetzt las, die ich über den Tisch verstreut hatte und am nächsten Morgen unlesbar fand und blind wie den Spiegel.

Fini war mein erster Lateinlehrer gewesen und der Leiter des Tagesheims, in dem ich war. Er war charmant, ein cholerischer Schwärmer, ein Begeisterer und Begeisterter, ein Humanist mit Händen, die er wie zum Gebet über die Lippen legte, wenn er sich freute und es kaum fassen konnte, was er wieder erleben durfte, was meine Mutter ihm Gutes hatte zukommen lassen. Er war unermüdlich, kümmerte sich um alles, verschwendete sich, hatte eine Aura, ohne auratisch zu wirken. Seine wenigen Haare strich er zur Seite, sein rundes, weiches Gesicht verbarg ein kurz geschnittener Vollbart. Hinter seinem Zuhören-Können und In-den-Anderen-beim-Zuhören-hineinkriechen-Können, hinter seinem überraschten Entzücktsein, als würde er gleich in die Luft springen und dabei die Hacken zusammenschlagen, hinter seiner wehrhaften Herzlichkeit verbarg sich ein Lodern, eine Bereitschaft zum kurzzeitigen Explodieren, zur Zimmerlautstärkecholerik. Er war ein Herzensversteher, ein Schmeichler, ein Quartalsängstlicher, der an seiner Angst verzweifelte und an den Unvereinbarkeiten zweifelte.

Er hatte mir das Leben gerettet, als mich meine Eltern wegen meiner schlechten Noten von der Schule nehmen wollten, und sie überzeugt, es sei nur eine Frage der Zeit, bis meine Leistungen anzogen. Er hatte meine Mutter beschworen, mich in Ruhe zu lassen, meine Hausaufgaben nicht zu kontrollieren, nicht permanent hinter mir her zu sein. Es hatte gewirkt.

Als ich später im Wohnzimmer meines Patenonkels eigene Gedichte vorlas, meine hermetischen, linkslastigen Blockgedichte, da ereiferte er sich, ich stünde außerhalb des Humanismus, echauffierte sich, redete sich in Rage, und ich hatte das erste Mal erfahren, dass meine Texte etwas bewirkten, dass sie die Kraft hatten, zu provozieren, dass sie ernst genommen wurden und nicht nur belächelt als Spinnerei, die vorbeiginge wie die Pickel eines Pubertierenden. Ich war überrascht gewesen, entsetzt, aber auch sehr dankbar. Später, als er neue Gedichte von mir las, hörte, verglich er mich mit Horaz. Da war ich zurückgekehrt in den Humanismus.

Ich mochte Fini, war froh, dass er meinem Vater ein Freund war, wenn auch manchmal ein zu schwacher. Fini war der Cicerone, der Reiseführer, der Reisen nach Italien und nach innen. Er war ein kritischer Geist unter vier Augen und ein unkritischer unter tausend. Auch er war Scher gegenüber skeptisch eingestellt, der Machtfülle, die sie innerhalb kürzester Zeit besaß, die Abhängigkeit Silvesters von ihr, die ihn irritierte.

Es war eine gute Idee, ihn auf den Stand der Dinge zu bringen. Er erfuhr alles und er wüsste schnell, ob Sofortmaßnahmen in Sachen Scher getroffen worden waren, er konnte herausfinden, wo Silvester sich aufhielt. Fini wurde, je älter ich wurde, umso häufiger und intensiver ein Gesprächspartner, wenn ich Rat suchte. Meine Eltern versprachen, mich anzurufen, sobald sie von Fini Neues erfuhren.

Als ich zurück nach München fuhr, wusste ich nicht mehr, was ich fühlen sollte, wie ich mich fühlte. Ich hatte keine Ahnung, was zu tun war, was ich tun sollte. Nichts passte zusammen, und ich wusste nicht, wie es zusammenpassen könnte, wusste nicht einmal, welches die Teile des Puzzles waren, dessen Leerstellen größer und größer wurden, während die Teile zusammenschrumpften und sich vor mir aufhäuften. Ich hatte Silvester informiert, ich hatte es meinen Eltern gesagt. Was konnte ich noch unternehmen, um die anderen aus den Fängen von Scher zu retten und sie selbst dingfest zu machen? Was stand mir bevor? Folgte der Fast-Odyssee der Heilung die Odyssee durch die Instanzen? Die Beweissuche im Nebel, würde ich gegen Mauern des Schweigens ankämpfen müssen?

Nur Silvester konnte den Minotaurus aus meinen Gedankengängen führen. War er Daedalus, war ich Ikarus? Hatte er mich vor der Nähe der Sonne gewarnt, oder hatte er mich geheißen höher und höher zu steigen? Flog ich noch oder stürzte ich längst? Brannten meine Flügel? Ich fühlte mich schwer wie Blei. Mit Klara wollte ich feiern. Dass alles gut ausging, auch wenn ich selbst schuld war, dass ich an diesen Irrsinn so lange geglaubt hatte und ihn mitgemacht hatte, Scher nicht sofort zum Teufel geschickt und verlacht hatte. Ich wollte mir nicht ausmalen, was passiert wäre, hätte es Klara nicht gegeben oder sie wäre nicht in München gewesen.

Wieder einmal nahm ich mir vor, jetzt mein Leben, meine Zukunft selbst zu bestimmen. Schreiben und Autor werden. Nichts anderes. Alles riskieren. Keine Zeitverschwendung, keine Täuschungen mehr, keine Händel, kein Selbstbetrug mehr. Bei jedem Vorsatz hämmerte ich mit der Handinnenfläche gegen das Lenkrad. Vielleicht war alles ein Zeichen, eine Prüfung, die ich bestehen musste, um würdig zu werden, Schriftsteller zu sein. Früher hatte ich Heiligenbildchen gesammelt, jetzt hatte ich Verletzungen gesammelt und klebte sie ein auf der Habenseite.

Ich überredete Klara zum Filmitaliener. Ich hatte erwartet, dass sie dagegen ist, da es ja nichts zu feiern gab, höchstens zu bedauern blieb, dass ich diese Ängste überhaupt sich entwickeln ließ. Ich hatte erwartet, sie, die recht behalten hatte, würde mich vor ihr Tribunal stellen. Aber sie tat das Richtige.

Der Italiener war das Lieblingslokal von Helmut Dietl. Hier saß er oft abends in seinem weißen Anzug und verwischte mit den genialischen Gesten eines Dirigenten Wirklichkeit und Fiktion, inszenierte in seiner charmant frechen Überheblichkeit das Lokal, choreographierte die Gäste als Statisten seines Kameraauges zwischen Daumen und Zeigefinger. Er war so unverschämt wie sympathisch, ein Sekundenbruchteilmelancholiker, einer, der über der Welt verrückt wurde, wenn er sie in die Arme schloss, um sie von sich zu stoßen.

Ich liebte dieses Restaurant, es war zu teuer für uns, aber es war Theater, es war ein irrealer Raum, ein Erzählraum, eine Bühne mit weißen Decken und Tellern, ein Tableau vivant, eine Nature morte und ein Stillleben der Schockstarre, wenn ein Witz zu laut, ein Streit zu heftig, eine Berührung zu offensichtlich war. Und dann die große Fensterfront zur vielbefahrenen Straße, man saß auf dem Pastapräsentierteller, fühlte sich beobachtet, beneidet, irgendwie in der großen, weiten Welt, es war kein klaustrophobischer Klatsch, es war Wilder, es war so Hollywood wie Willy Michl Bruce Springsteen, haarscharf vorbei, aber gerade deshalb nah dran.

»Kir Royal«, das Schickimickibussibussi-Epos hatte er hier gedreht, sodass er seine Fantasie nie verlassen musste in eine muffigmiefige Wirklichkeit, in die krachledernkonservative Kakophonie der Stimmimitatoren, der Düsseldorfer an der Isar, der Wahlmünchner. Die Münchenmutation war unaufhaltsam, die Weltstadt mit Herzkatheter, deren Arterien sich mit Kapital verkalkten, der Blödsinnsgerinnsel ins Hirn schossen. Aber in diesem Lokal war die Stadt so falsch, dass alles sich richtig anfühlte. Und die Tintenfische lagen ausgeblutet auf dem Teller, hatten ihre Schwärze in die Spaghetti zur Ader gelassen, und alles war gut. Fehlte nur Kroetz, der Baby Schimmerlos, der danteske Dandy, der Dead-or-Alive-Dramatiker, den ich bewunderte, weil er den einen aufs Maul schaute und den anderen den Mund stopfte, weil er für die Mundtoten eine Sprache hatte und für die Maulaffen einen Satz Fäuste. Er war so übellaunig, dass es für jeden echten Bayern eine Freude war, so ermutigend missmutig, so gargantuesk grantig. Aber ich traf ihn nie hier, nur im Film. Ich hätte ihn so gern angesprochen, von ihm gelernt, von ihm und Achternbusch, meinem Anarchogoethe; ja, sie waren für mich wie Goethe und Schiller. Aber ich hatte die wunderbare Eigenschaft, die richtigen Leute an den falschen Orten anzusprechen.

Klara fragte, was meine Eltern gesagt hätten, ob und wie wir weiter vorgehen wollten gegen Scher, was mit Silvester sei, welche Rolle er in dem ganzen Spiel spiele, wie er reagiert habe.

»Was meinst du mit ›Rolle‹?«, fragte ich, als ob ich den Unterton nicht gespürt hätte, diesen nicht ausgesprochenen Vorwurf, alles sei auch oder vor allem seine Schuld. Sicher, ja, er hatte die Verbindung hergestellt, mich gedrängt, zu ihr zu fahren. Er hatte ihre Lügenlegende durch seine Autorität beglaubigt. Dass er so leichtgläubig war, war sein Teil der Schuld. Aber »Rolle«, spielte er denn eine Rolle? Hatte er sie eigens einstudiert? Mir vorgespielt? War er jetzt aus der Rolle gefallen?

»Findest du das nicht seltsam?«, fragte sie mich, ohne eine Antwort abzuwarten. »Wie er reagiert hat? Wie hättest denn du an seiner Stelle reagiert, und wie hast du reagiert? Du hast ihn sofort angerufen, noch vor mir und deinen Eltern. Und dann ist er verschwunden, wenn du ihn wie verabredet aufsuchst. Er weiß am besten, welchen seelischen Schaden sie dir, deiner Familie, uns angetan hat. Müsste er sich nicht bei dir entschuldigen? Fragst du dich nicht, wie er behaupten kann, sie hätte seinen Vater operiert und ihn von der Leberzirrhose geheilt, wenn sie gar keine Ärztin ist? Denkst du, die anderen Ärzte hätten das nicht gemerkt und sie einfach operieren lassen?«

Ich sah Scher vor mir im OP, wie sie sich die Instrumente reichen ließ und einer Puppe die Stoffwolle aus dem Bauch schnitt.

»Du glaubst also, Silvester wusste, dass sie keine Ärztin ist?« Ich wollte aufstehen und gehen, aber ich konnte keine Szenen machen, fuhr nicht aus der Haut, schrumpfte vielmehr in mich zusammen, bis ich wie ein Embryo in mir selbst lag und das Loch sich schloss, schützte mich mit Dunkelheit gegen die Welt. Klara traf einen tiefen Zweifel.

»Vielleicht hat sie ihn mit den anderen Ärzten getäuscht.«

»Wie naiv bist du? Wie finanziert er denn seinen Lebensstil?«

»Das Kloster zahlt es«, antwortete ich und glaubte meiner Antwort selbst nicht.

»Das Kloster?« Ich erwartete, dass sie weiter ausholte, dass wie ein Bumerang alles zurückkam, dass sie nicht lockerließ, ihre Wahrheit so lange wiederholte, bis sie wie ein Schmerz in meinem Kopf saß und weiter hämmerte.

»Er ist doch mein Freund«, stammelte ich, »er würde mich und unsere Freundschaft doch nie für Geld opfern.«

»Wach endlich auf aus deinem Klosterkoma. Bist du

nicht wütend? Bist du nicht auch auf ihn wütend? Was ist das für ein Freund, der dich jetzt allein lässt? Du brüstest dich doch immer, du würdest dich für deine Freunde in eine Kugel werfen. Aber jetzt ist er die Kugel und hinter dir nur die Leere.«

Ich wollte ihr antworten, sie sei eifersüchtig, habe ihn immer gehasst, hätte fast wie immer das Falsche gesagt, aus einem Zwang heraus alles verschlimmert. Mir lag die Antwort auf den Lippen, aber ich schwieg, schaute auf die Straße und war glücklich, dass in diesem Moment Dietl das Lokal betrat und alle sich nach ihm umdrehten und zu tuscheln begannen. Aber Klara ließ nicht locker.

»Du wirst ja sehen, ob er sie anzeigt oder nicht. Dann wirst du wissen, wo er steht.«

»Bist du nicht glücklich, dass ich nicht sterben muss?«, erwiderte ich vorwurfsvoll.

»Ich bin todunglücklich, dass dir so etwas passieren konnte.«

»Du hast recht«, versuchte ich zu entschärfen. »Ich werde mit ihm reden, und wenn er nicht alles aufklärt …«

»Dann?«

»Dann tue ich es. Dann zeige ich sie beide an oder spreche mit Journalisten.« Ich war selbst überrascht über meine Worte.

»Und deine Eltern?«

»Was soll mit meinen Eltern sein?«

»Wie stehen sie dazu. Was sagen sie? Unterstützen sie dich?«

»Meine Eltern lassen mich nicht hängen. Sie sind genauso wütend wie ich. Sie sind aber erst mal erleichtert, dass ich gesund bin. Aber das Ergebnis der zweiten Untersuchung ist noch nicht da.«

»Das Ergebnis? Bist du krank? Du weißt, dass diese

Frau eine Betrügerin ist, und hast Angst vor dem Ergebnis der zweiten Untersuchung? Wie sehr hat dir die Kirche das Gehirn gewaschen, dass du trotz allem noch glaubst, du könntest infiziert sein, nur weil dein Abt die Scher für eine geniale Ärztin hält. Ich fasse es nicht.« Klara kämpfte mit den Tränen.

»Ich liebe dich«, kam es aus mir. »Verzeih, das Ganze macht mich immer noch fertig. Ich dachte bis gestern, ich müsste sterben, ich wollte mich umbringen …«

»Du wolltest dich umbringen?«, jetzt konnte sie die Tränen nicht mehr zurückhalten.

»Ich meine, nein. Wegen dir. Wegen dir habe ich es nicht. Aber ich habe daran gedacht. Stell dir doch vor, was mir gedroht hätte, der Verfall, die Medikamente. Und weg von dir, von meinen Eltern, allein mit dieser Scher in Amerika, in Quarantäne, die Spritzen.«

»Dann weißt du ja, was zu tun ist«, unterbrach sie mich. »Bitte zahle.«

»Ich dachte, wir feiern.«

»Feiern, was sollen wir feiern? Dass du mich so sehr liebst, dass du dich umgebracht hättest? Dass du deinem schönen Abt mehr als mir geglaubt hast? Sollen wir das feiern? Das ist hier auch ein Lokal, in das du eher mit ihm gehen solltest. Das ist ganz nach seinem Geschmack. Vielleicht etwas zu günstig. Hast du es endlich, ich will gehen.«

»Warum verstehst du mich falsch, denk doch, was ich alles durchgemacht habe. Auch wenn es meine Schuld ist, dass ich ihm vertraut habe. Er hat mir doch geholfen. Ich, ich bin einfach durcheinander. Und ich hab dir geglaubt. Sonst wäre ich zu ihr in Quarantäne, sonst wäre ich jetzt in Atlanta und nicht hier mit dir. Ich lieb dich doch mehr als mein eigenes Leben.«

»Und deshalb hättest du dich fast umgebracht.«

»Bitte höre auf.«

»Ich soll aufhören?«

»Komm, lass uns ein Glas Champagner trinken. Und dann begraben wir diese Geschichte.«

»Begraben? Du willst die Geschichte begraben?«

»Nein, ich meine, ich werde alles tun, damit dieser Frau das Handwerk gelegt wird. Und wenn Silvester da mit drinhängt«, ich stockte kurz, »dann werde ich auch gegen ihn vorgehen. Aber zuerst muss ich mit ihm reden. Bitte, lass diesen Abend nicht so enden.« Meine Harmoniesucht kannte keine Grenzen, vor allem, wenn ich wusste, dass ich schuld war, wieder schuld war, wieder alles in meiner Harmoniesucht falsch gesagt hatte.

»Lass uns zu Hause etwas trinken«, antwortete sie und stand auf.

Wir gingen schweigsam die zwei Straßen bis zu meiner Wohnung. Ich wollte dauernd etwas sagen, aber wusste nicht die richtigen Worte und hatte zugleich Angst, sie würde auf Worte von mir warten und mein Schweigen würde alles noch schlimmer machen. Aber dann umarmten wir uns vor der Tür und heulten, bis es gut war. Wir tranken nichts mehr, wir fielen nur ins Bett und schliefen nebeneinander mit offenen Augen.

17

Ich hielt den Telefonhörer in der Hand und konnte es nicht glauben, wollte es nicht glauben, musste es glauben. Es war unglaublich. Alles, was ich mir zusammengehofft hatte, alle labyrinthischen, suggestiven Erklärungsmuster, alles löste sich auf. Das war das Ende. Ich verabschiedete mich einsilbig von meiner Mutter, schmiss den Hörer nicht auf die Gabel, drückte sie wie in Zeitlupe herunter, als hätte mein Gehirn keine Kraft und Kapazität, der Hand jetzt Befehle zur Koordination zu geben. Durch meine Gehirn- und Gedankengänge raste ein Dum-Dum-Geschoss und suchte sich seinen Weg die Spiralen hinab ins Herz, um dort die letzte, größtmögliche Verwüstung anzurichten und es zu zerfetzen. Aber es kam nur ein kleiner Plopp, wie der letzte Regentropfen, der auf eine Pfütze knallt. Wie könnte man das alles erklären? Selbst mir fiel nichts mehr ein, der ich ein Houdini der Selbstbetrugszauberkünste war und mich aus jeder logischen Fesselung befreien konnte, sosehr sie mich mit einem Betonblock hinunter zum Grund zog.

Ich trank einen Schluck Wasser, suchte meine Zigaretten. Das Feuerzeug zündete nicht. Ich rieb mir den Daumen wund, fluchte, warf es in den Müll, durchsuchte alle Jacken und Sakkos nach einem zweiten, gewann Zeit. Zeit, zu begreifen.

Fini hatte meine Mutter angerufen. Er hatte Scher gesehen, sie war im Kloster. Nicht, dass sie auf den Knien gekrochen sei oder um Erbarmen gefleht hätte, nein, es sei wie immer gewesen und wieder seien Patienten mit ihr gegangen. Sie machte einfach weiter mit ihrem Betrug, und keiner hinderte sie.

Ich fragte, was Silvester gesagt habe, ob er das wisse,

ob Fini was getan habe? Silvester musste überraschend nach China, er sei abgereist. Fini hätte nichts von irgendeiner Anweisung zu Scher gehört, er habe vorsichtig nachgefragt, aber nichts in Erfahrung bringen können. Ich drängte meine Mutter, ob er nicht von sich aus eingeschritten sei?

»Das glaubst du doch selbst nicht«, war ihre Antwort, »Fini, der sagt nichts«, und mein Vater rief im Hintergrund, die hielten zusammen, da habe man keine Chance, gegen die Kirche sei man machtlos.

Ich wollte sofort zum Kloster fahren, einen Aufstand machen, schreien, brüllen, anklagen, die Wände beschmieren, mich an die Kirche ketten. Ich wollte den »Spiegel« anrufen. Ich wollte zu Scher fahren, die Patres befreien, sie verhaften lassen, ihr ins Gesicht spucken. All das tat ich in Gedanken, gleichzeitig, aber in Wirklichkeit saß ich da und war fassungslos, leer, blutleer, sediert von Trauertropfen und Enttäuschung.

Er war also nicht zu ihr gefahren, als ich versucht hatte, ihn zu treffen. Und wenn er zu ihr gefahren war, dann nicht, um sie zu stellen. Hatte er überhaupt mit ihr darüber geredet? Hatte er sie angerufen? Und wenn, wie konnte sie einfach weitermachen? Setzte sie sich über seine Anordnungen hinweg? Wenn ja, wie konnte sie das? Weil sie ihn in der Hand hatte? Wie konnte sie ihn in der Hand haben, so sicher in der Hand haben, dass er ihren Betrug nicht nur nicht aufdeckte, sondern sie weiter ihr Geschäft betrieb. Warum konnte sie sich so sicher sein in ihrer menschenverachtenden Unverschämtheit? Weil er Angst vor einem Skandal hatte? Aber er brauchte ihr doch nur zu sagen, er werde sie nicht anzeigen, dafür müsse sie verschwinden und jegliche Aktivitäten sofort einstellen. Oder glaubte er mir nicht? Oder war es egal, völlig gleichgültig, was ich entdeckt hatte, was ich und meine Eltern wussten, dachten, was wir herausgefunden hatten? Vor uns musste er keine Angst haben, denn die Wahrheit lag bekanntlich in der Luft, also im Himmel, also bei ihm. Er war der Priester, er beanspruchte die höhere Wahrheit, die uns Niederen unerreichbar sei in ihrer Offenbarung. Wenn er sagte, sie wäre eine Professorin, wäre sie das, denn das Wort wird Fleisch und Titel, er ist der Herr über die Wandlung. Und warum sollte er sie auffliegen lassen? Sie heilte ja, hatte Erfolg, mit Gottes Hilfe Erfolg. Und wenn der Erfolg darin bestand, dass die Todgeweihten für ein Zeichen Gottes dankbar waren, das Heilung versprach. Vielleicht waren es neben den wirklich Kranken auch Hypochonder, Raucher, Leichtsinnige, die Raubbau an ihrem Körper trieben. Und die Todesdrohung mit anschließender Genesung hatte sie wieder auf den Weg gebracht. Alle kamen zu ihrem Nutzen. Und das bisschen Todesangst der Menschen? Mein Gott, wer in die Mission geht, weiß, dass es lebensgefährlich ist, er Prüfungen Gottes zu bestehen hat, aus denen er und sein Glaube gestärkt und gefestigt hervorgehen. Das waren Menschen, die ich bewunderte für ihren Mut, ihre Aufopferungsbereitschaft, ihren bedingungslosen Einsatz. Alle waren, falls sie zu Märtyrern wurden, Glaubenskämpfer. Es war für die beiden alles systemimmanent. Nur ich war der Systemfehler, der erste Fehler. Die Ausnahme, die der Regel nichts anhaben kann. Ich war zu vernachlässigen. Was konnte ich schon tun? Er kannte mich, meine Eltern. Würde ich sie anzeigen, würden meine Eltern es tun? Scher ohne sein Einverständnis vors Gericht bringen? Wenn man damit rechnen musste, dass sie lächelnd auf die Bibel schwor? Er konnte jedenfalls beruhigt sein, weil er wusste, wir würden ihm nichts antun, wir würden stillhalten, verdrängen, vergessen.

Hatte er keine Angst, ich könnte durchdrehen, Amok laufen, gegen die Kirche aufstehen, gegen das Schweige-und-teile-die-Schuld-Gelübde? Er war sich sicher, sagte ich mir, dass ich nichts gegen den Willen meiner Eltern unternehmen würde, dass meine Eltern nicht gegen das Kloster vorgehen würden. Wieder hörte ich die Stimme meines Vaters im Hintergrund am Telefon.

Was bedeutet das, fragte ich mich? Was bedeutete unsere Freundschaft? Wir waren doch Freunde? Die Karten, Briefe? Was war der Grund, warum er mich zu Scher geschickt hatte? War es ihre Idee, nachdem sie mich kennengelernt hatte? Hatte er sich gewehrt, war er dagegen gewesen, weil ich sein Freund war? Zwang sie ihn, erpresste sie ihn? Ich quälte mich, aber es fiel mir immer schwerer, mit Entschuldigungsfluchtwellen vor der tief gefühlten Wahrheit wegzurennen. Hatte sie mich wegen dem Geld ausgesucht? Oder weil ich doch ins System passte? Ich war nicht im Kloster, meine Eltern dem Kloster jedoch verbunden, eine Glaubensgemeinschaft, ein Freundesverratsteufelskreis. Sie konnten sich unser so sicher sein wie all der anderen. Nur Klara war unberechenbar. Wie man betet, so liege und lügt man, hatte sie mir einmal vorgelesen. Ich wurde immer wütender und verzweifelter. Ein Teil in mir fuhr aus der Haut, und der andere versteinerte, schrumpfte zu einem Kiesel auf einem Grabstein.

War Silvester so machtsicher und -besessen, so berechnend? Oder war es die eingeimpfte Gewissheit, dass sich nichts aufklären werde, solange sie verklärt werden wie Götter. Alle Nähe, Menschlichkeit, Teilnahme, jedes Geständnis von Schwäche, des Gefährdetseins, war das alles nur Tabernakeltaktik, Verschleierung?

Konnte er nicht Opfer sein? Immer wieder kehrte ich zu dieser Frage zurück, wie ein Täter zum Tatort. Ja, auch ich war schuldig. Da durch mich die Illusion desillusioniert wurde, weil ich ihm, der die Messe las, die Leviten lesen wollte. Ich war schuld, wenn alles zusammenbrach, wenn das Kloster kein Geld mehr bekäme, die Missionare ohne Unterstützung, die Kinder ohne Brot, die Krankenhäuser ohne Strom blieben. Könnte ich nicht demütig alles schlucken und verzeihen? Das Maul halten und eine Kerze anzünden, weil ich noch lebte. Musste ich nicht dankbar sein für diese Tür, die sich mir öffnete, für diese Erfahrung, die doch jeder Schriftsteller für seine Schriftstellerwerdung brauchte? Es handelte sich um eine Mutprobe unter Blutsbrüdern. Wegen mir würden sich keine neuen Schüler mehr anmelden, Schüler würden von der Schule gehen, sie würde ihren Ruf verlieren, alle meine Freunde würden die Erinnerung an ihre glückliche Schulzeit, sosehr sie auch gelitten hatten, verlieren, sie würde durch meinen Dreck gezogen, ich wäre der Satan, der ihren heiligen Silvester verführt hatte. Ich für alle und alle gegen mich. Der hat doch Geld, warum macht er uns jetzt auch noch alles kaputt? Hätte er sich doch das Leben genommen, bring dich doch um, du Sau, Bonze. Du bist selbst schuld, du wolltest ihm in den Arsch kriechen, du hast es provoziert, alles eine Verschwörung von diesem Wichtigtuer, der sich immer für etwas Besseres und auserwählt hielt, der Reichensack, dieser Wohlstandslinke.

Ich wäre schuld, sicher. Und wer hatte gesagt, sie sei Professorin, wo steht das? Hast du eine Visitenkarte? Irgendetwas, worauf steht »Professor Scher«? Wer hat sie so tituliert? Alle, die mit ihr zu tun hatten. Hat jemand etwas gehört? Kommt »gehört« nicht von Gehorsam? Frau Scher ist nur eine Freundin des Klosters, sagte ich mir die Antwort vor, keine Professorin, sie betreut die Krankentransporte, sie hilft bei den Formalitäten, eine

Art Krankenschwester, mehr nicht, eine Pflegerin, eine Kontaktpflegerin, sie hat beste Kontakte zu den besten Ärzten, eine Samariterin ist diese Frau, keine Betrügerin, das steht eindeutig fest. Die Patres sind oft desorientiert, wenn sie aus Afrika in dieses sich rasant verwandelnde Land kommen, da brauchen sie eine helfende Hand. Ich würde ohne Beweise dastehen. Ich und meine blühende Fantasie. Bei so einer kranken Person wie mir musste man mit den schlimmsten Anschuldigungen rechnen. Absolut unglaubhaft. Ich sprach mir alles vor, alles stand mir vor Augen, wie sie mich denunzieren würden, wie keiner mir glauben würde, wie sie mich verlachen, verhöhnen würden, wie sie so lange mir die Schuld geben würden, bis ich sie mir selbst gab. Und die, die auf meiner Seite standen? Die würden mich genauso auslachen, wie ich auf diesen Weihrauch reinfallen konnte, wie dummgläubig, wie blauäugig, ein einfältiger, bayrischer Klosterschüler. Und so einer wollte Schriftsteller sein oder werden? Einer, der dem offensichtlichsten Betrug aufsitzt? Konnte man das überhaupt drucken, hatte er sich das nicht ausgedacht? Konnte man das bei der dürftigen Beweislage journalistisch verantworten? Wäre das nicht Rufmord, wenn es nicht stimmte?

Ich war wie gelähmt. Nein, ich hatte meine Eltern, hatte Klara. Wir würden das durchfechten gegen alle Seiten. Aber nein, ich konnte nichts machen, ich würde nichts machen, bevor ich nicht mit Silvester gesprochen hätte. Vielleicht wäre alles ganz anders, hoffte ich. Es muss ganz anders sein. Wann kommt er zurück aus China? Jeder Tag würde eine Qual. Vielleicht rief er mich an, dachte ich, er kann mich doch nicht mit alldem so allein lassen!

Er rief nicht an. Nicht an diesem Tag, nicht am nächsten, nicht am übernächsten. Ich hörte nichts von ihm. Auch Scher war verschwunden, zumindest erfuhr ich nichts davon, dass sie im Kloster gesehen worden wäre. Ich überlegte, ob ich zu ihr fahren, ob ich sie anrufen sollte. Sicher hatte ihr Arztfreund sie gewarnt. Aber warum hatte sie dann nicht das Weite gesucht, alle Spuren verwischt? Sie verhielt sich so, als wäre nichts geschehen.

War denn etwas geschehen? Ich fragte mich, ob ich halluziniere, ob ich nicht wirklich einen schlechten Traum träumte. Aber ich war längst erwacht, und die Wirklichkeit war noch schlechter als der Traum, noch schäbiger, ein Schundroman, wie ihn sich niemand hätte ausdenken können, wenn er nicht riskieren wollte, für verrückt und durchgedreht gehalten zu werden. Abt, Kloster, Schüler, ja, gut, aber auch noch eine falsche Ärztin, auch noch Todeskrankheiten, Geld, nein, das war zu viel. Manuskript abgelehnt. Viel zu dick aufgetragen, das hat mit keiner vorstellbaren Realität irgendetwas zu tun.

18

Albert-Schweitzer-Straße. Immer wenn ich den Namen hörte, hatte ich den weißen, flauschigen Schnurrbart vor Augen, dieses Gesicht in Schwarz-Weiß, das für Menschlichkeit steht, diesen nachhaltigen Blick, der mich, ich weiß nicht warum, an Marx erinnerte, diese monumentale Größe der beiden in den Vorstellungen derer, die an sie glaubten, die hofften, wenn sie die Bilder der Männer sahen, die eine bessere Zukunft verkörperten.

Albert-Schweitzer-Straße, Ausländerwohnheim Hoyerswerda, Sachsen, Thomas-Müntzer-Straße, Asylheim. Thomas Müntzer, radikaler Theologe, Bauernbefreier, Revolutionär. Und jetzt waren Glatzköpfe, Runenrotzlöffel, Hasshetzer, Mörder auf Treibjagd, trieben die Ausländer durch die Straßen, warfen Molotowcocktails, brandschatzten, die Vergangenheit war zurückexplodiert in diese Betonwüste, die Untoten waren wieder auferstanden, mit ihren Totschlägern wollten sie die Fremden und das Fremde totschlagen, die eigene Seelenschwärze in den Gesichtern der anderen finden und auslöschen, ihre Schwäche verwandeln in Stärke über andere, die einsame Hoffnungslosigkeit in den gemeinsamen Schwur, den Asylanten jede Hoffnung und ihr Heim, ihr Leben zu nehmen. Und die Einheimischen stehen daneben, schauen zu, applaudieren, pissen in ihre Jogginghosen, heben die Hand, grüßen die Rechtsradikalen, feuern sie an, und so legen sie Feuer, räuchern aus. Ein Ascheregen fällt auf die Gesichter. Die Stimmen der Reporter überschlagen sich, die Republik ist entrüstet und nicht gerüstet gegen den Hass, über den sie wie über eine Naturgewalt sprechen, als gäbe es keine Gründe. Aber mich interessieren die Motive nicht, nicht ihre schwere Kindheit, nicht ihre Arbeitslosigkeit. Wenn wir entschuldigen, werden wir mitschuldig, sagte ich David am Telefon, sie sind verdammt noch mal verantwortlich für das, was sie da tun, sie sind keine Opfer, auch wenn sie ohnmächtig sind. Wenn ihre Ohnmacht Gewalt wird, dann ist sie Gewalt und nichts anderes. Das sind keine Opfer, wenn sie mit dem Stock auf Wehrlose einprügeln, wenn sie mit Hass aus der Haut fahren, weil die anderen nicht die gleiche Hautfarbe haben wie sie. Wie können die sich Deutsche nennen, wenn sie nicht einmal wissen, wie man das schreibt. Das ist die Fresse des Sozialismus. Ich wurde immer wütender. Die und Deutsche, aber ja, das waren die Deutschen, die Deutschen waren empört, prosteten sich aber zu an den Stammtischen, die Deutschen sind Schläger, Hirnschläge, Schlaganfälle, Toleranzausfälle. Ich stellte mir Goethe als Glatzkopf vor, Büchner mit Bomberjacken, Schiller mit SS-Tattoo in Schwarz. Warum überlassen wir es denen, zu sagen, dass sie Deutsche seien und die Deutschen für sie seien, im biedermeierischen heimlichen Hinterkopf. Da wächst nichts zusammen, da wächst was aus.

Fühlte ich mich denn als Deutscher? Als Fußballweltmeister fühlte ich mich. Man hielt mich oft für einen Araber, Orientalen, wenn ich braun gebrannt war. Permanent wurde ich kontrolliert, angehalten, Füße auseinander, zeigen Sie Ihre Papiere, haben Sie Drogen, was ist das, machen Sie das mal auf, wohin fahren Sie, selbst im Zug, selbst in der 1. Klasse, Intercitylook, und dann das Erstaunen, wenn sie meinen Namen lesen, die Enttäuschung, wenn sie nichts finden. Immer passe ich ins Täter- und ins Krankheitsprofil, der Hass, der mir entgegenschlägt, bis ich den Mund aufmache oder den Pass zeige. Für Deutschland muss man brennen, wenn man Deutscher werden will. Deutscher wird man nur als

Asche. Am Karfreitag, am rußigen Donnerstag, schmierten wir Kinder sie einander ins Gesicht, da wurden wir alle zu Schwarzen. Da starb er für uns am Kreuz, der Bespuckte, Verlachte, Ausgesetzte, Dornengekrönte, Fremde, der im Asyl des Strohs zur Welt kam, damit den Menschen ein Licht aufgeht. Aber nicht nur die Herzen entflammten, sondern auch die Herzlosen ihre Feuerbrünste.

Seit ich mir über Silvesters Rolle nicht mehr sicher war, obwohl ich seine Unschuld unterstellen wollte, befiel mich täglich der Horror. Er hatte alles unterlassen, was mir diesen Horror hätte ersparen können. Aber dennoch hoffte ich, und das machte mich noch wütender, er werde von ihr erpresst, sie habe ihn gezwungen, ihm sei keine Wahl geblieben, gefangen in einer Falle, oder sie habe ihm das Gehirn gewaschen, unter Zwang gesetzt, manipuliert. Ich wünschte, er hätte, was mit mir geschah, die Gefahr, der er mich ausgesetzt hatte, mein Leben, das er aufs Spiel und im Spiel gesetzt hatte, dass er all das nur unter Schmerzen getan hätte, verzweifelt gewesen wäre, versucht hätte, aus dem Teufelskreis auszubrechen, dass er bereit gewesen wäre, alles aufzugeben, nur damit ich verschont bliebe, aber zu schwach war, einfach zu schwach war, doch es zumindest versucht hätte, gedacht, geträumt. Ich wünschte, ihn quälte jetzt sein Gewissen, die Schuld, die Freundschaft, die er missbraucht hatte, das Vertrauen, das er mit Füßen getreten hatte.

Zumindest musste er mir alles selbst sagen, beschwichtigte ich mich, er musste mir das erklären, damit ich es verstehen konnte, ich musste es verstehen, ich wollte es verstehen. Nur wenn ich es verstehen konnte, konnte ich weiterleben, konnte die Wunde sich schließen, selbst wenn eine Narbe blieb und weiter schmerzte. Ich hörte weiter in mich hinein und erschrak, es klang, als wollte ich ihm verzeihen, als lechzte ich danach, ihm zu vergeben, die Fiktion unserer Freundschaft aufrechtzuerhalten, weiter glauben zu können, es habe sich nur um eine Schwäche gehandelt. Und Scher? Sie musste büßen, das schwor ich mir, ihr wünschte ich alles Unglück an den Hals, sie musste bezahlen.

Aber wie konnte sie das, ohne dass Silvester Schaden litt, mit am Pranger stand? Aber er verdient es doch, sagte eine andere Stimme in mir, und ich überlegte, wie Klara reagieren würde, wenn ich ihn nicht zur Rede stellte. Es war alles Theorie, ich würde ihn sehen, heute noch, und es waren nicht einmal mehr zwei Stunden bis zu unserem vereinbarten Treffen im Kloster, in seinem Empfangszimmer, wo wir Ovids »Metamorphosen« gelesen hatten und Cäsars Selbsterhöhung und Rechtfertigung der Diktatur.

Gestern hatte ich einen Allergietest gemacht, sie hatten mir auf beide ausgestreckten Unterarme mit Kugelschreiber ein nummeriertes Muster gemalt, jedes Kästchen mit einem Tropfen gefüllt und dann mit einer Rasierklinge kleine Schnitte gesetzt. Dann musste ich fast zwanzig Minuten so sitzen und starrte auf meine Unterarme, auf die Felder, die sich rot färbten und zu jucken begannen, immer stärker. Die Blutstriche in den transparenten Tropfen, die gereizte Haut, die sich wehrte, ausschlug, rebellierte. Zu gerne hätte ich auch über meine Stirn so ein Raster geschmiert und mir die Felder aufgeritzt, nachdem die Schweißperlen, je nachdem an wem oder an was ich dachte, auf sie gefallen waren. Gegen wen war ich allergisch, gegen was? Ich musste herausfinden, was mich zerstörte, reizte, juckte, mir den Atem nahm, die Augen zum Brennen brachte, was mich husten ließ, schlaflos liegen, fiebern. Könnte ich nur in und auf mich hören. Ich konnte es nicht. Noch nicht. Ich musste es lernen. Sonst müsste ich anderen gehorchen. Das wollte ich nicht mehr.

Ich hatte Lust, etwas zu trinken, aber ich beherrschte mich, ich rauchte nur, rauchte eine nach der anderen, als zöge ich Lose in der Glückslotterie, eine Niete nach der anderen zündete ich an und inhalierte den Rauch, der nach Myrte schmeckte, bildete ich mir ein. Nein, ich hielt es nicht mehr aus, ich fuhr los, ich konnte ja vorher um das Kloster herumlaufen oder in den Wald, um abzukühlen.

Die Sonne hatte ihren höchsten Stand erreicht und brannte in meinen Augen, als ich aus dem Auto stieg und zur Pforte ging. Lass alle Hoffnung fahren, erinnerte ich mich und zwang mich, gelassen zu wirken, wenn ich es schon nicht war. Ich setzte die Sonnenbrille ab und sagte dem Bruder am Eingang, ich wolle zu Silvester. Er ließ mich passieren, ich war im Kloster und ging den Weg, den ich schon so oft gegangen war.

Als ich klopfte, öffnete er sofort. Er nahm mich nicht in den Arm, bot mir den cremefarbenen Corbusierwürfel an, wirkte nervös, bemüht um eine Gesprächseröffnung, rang um Leichtigkeit, Natürlichkeit, Lässigkeit, als wäre es ein Tag wie jeder andere Tag, ein Treffen wie andere Treffen, etwas Small Talk, ein paar getragene Worte, ein fast körperliches Zuhören und Himmelsleuchtblicke. Er war fahrig, erzählte von seiner China-Reise, von der Möglichkeit, nach Nordkorea einzureisen, in das abgeriegelte Land, dort zu arbeiten, wo schon früher Mönche tätig gewesen waren, Märtyrer, die hingerichtet, massakriert wurden. Ausflüchte, um sich auf sicherem Terrain zu bewegen, auf heiligem Märtyrerblutboden? Seine heroische Mission, sein Mut, seine Risikoleidenschaft. All das, was er bei mir unterließ, vermissen ließ. War er wirklich so nervös, oder bildete ich es mir nur ein, weil ich beim Treppenhinaufspringen das Urteil über ihn gesprochen hatte, schuldig, mitschuldig? Und weil ich enttäuscht war, da ich insgeheim gehofft hatte, er öffnet die Türe, umarmt mich, kann die Tränen nicht halten, alle Dämme brechen, er gesteht, gesteht ein, stammelt, versucht zu erklären, es mir zu erklären, ist verzweifelt, ringt, will, dass ich das Unverständliche verstehen, das Unbegreifliche begreifen kann, mich in seine Lage versetze, seine Qualen nachspüre, die Zwänge, die Zwangslage. Dass er mir sagt, wir lösen das gemeinsam. Ich hätte mir gewünscht, so erlöst zu werden von meinen Mutmaßungen, die mir allen Mut nahmen und das Maß, mit dem man Freundschaft misst.

Er fragte mich, ob ich etwas trinken möchte. Warum nicht?

»Warum hast du das getan? Warum habt ihr mir das angetan? Ich dachte, wir wären Freunde«, erklärte ich ihm, ruhiger, als ich für möglich gehalten hätte. Silvester zögerte, er stand direkt vor mir, hielt die Flasche in der Hand, er zitterte, zitterte fürchterlich, schaffte es gerade noch, den grünen klebrigen Karthäuserlikör nicht auf meinen Handrücken, sondern ins Glas zu schütten.

»Ich habe nichts gemacht«, sagte er. Das erste Mal, seit ich ihn kenne, hatte sich das Machtverhältnis zwischen uns umgedreht. Ich musste nur zustechen, irgendwo verbarg sich seine Achillesferse, die Stelle, an der er nicht ganz durch Weihwasser unverletzbar gemacht wurde, als ihn die Mutter Kirche stark machte. Musste ich auf die Freundschaft zielen? Oder auf Scher, auf Geld oder Geist, auf Verrat oder Betrug? Sollte ich vorsichtig sein? Ihm die Chance geben, alles auf sie zu schieben, um so alles über sie zu erfahren? Oder sollte ich ihn angehen, nur ihn, denn nur er interessierte mich. Sie war ein Fall für die Staatsanwaltschaft. Und er?

Ich war des Taktierens leid, spürte, wie eine Taubheit in meinem Körper wuchs, ein Pelz sich immer weiter unter der Haut über die Hände bis hinauf zum Hals und ins Gesicht zog.

»Sag mir nur, was du gemacht hast und warum. Mehr will ich nicht. Damit ich einen Schlussstrich ziehen kann. Dann werde ich nichts unternehmen, dann bleibt es unter uns, in diesem Raum.« Ich blickte mich um. Alles war so vertraut gewesen, alle Erinnerungen atmeten in den Dingen, all die Geschichte, die ich in sie hineinfantasiert hatte, wenn er mir Nachhilfe gegeben hatte und ich vor den lateinischen Worten wie vor Hieroglyphen saß und mich einfach wegträumte, bis er mich sanft ermahnte, nachfragte, fragend half, erklärte, mich anspornte, die Hand auf meiner Schulter. Und dann später, wenn er mich als Erster wie einen Künstler behandelte, als seinen Eleven, mit mir über Kunst debattierte, Literatur, von seinen Reisen erzählte, als säßen wir am Lagerfeuer und in der Dunkelheit um uns leuchteten Raubtieraugen auf. Aber das Raubtier saß schon immer neben mir, spielte mit mir. Und wo war er jetzt, der Löwenmut? Und immer konnte er durch die zweite Tür in die Welt verschwinden, die mir und allen anderen verschlossen blieb, seinen Schutzraum, der mich schutzlos vor der Tür zurückließ.

Mir fiel meine erste Begegnung mit dem Abt wieder ein. Für den Abend war ein Überraschungsgast angekündigt gewesen. Pater Simon, Fini, lächelte salbungsvoll und ohne den spitzen Schalk, den er sonst oft hatte.

Wir kamen von der letzten Abfahrt, und ich hatte einen Ski verloren, als ich mit meinen Klassenkameraden unter dem Lift auf der verbotenen Abfahrt bei einem Abstecher in den Wald gegen einen Baum geknallt war.

Trotz allem angestrengten Suchen hatten wir den verlorenen Ski nicht mehr finden können im Tiefschnee zwischen den Stümpfen, Schluchten und dem Gestrüpp. Ich bin auf einem Ski nach unten gerutscht, hab mich geschämt, hatte Angst, es den Eltern zu beichten. Nicht nur der Ski war weg, nein, wir hatten wieder die Absperrung durchbrochen und waren halsbrecherisch in die Tiefe gerast, mehr gesprungen als gefahren, immer in Rückenlage, immer im letzten Moment den Ski gedreht, immer zu schnell für das eigene Können, und ich immer den Großen hinterher, Schuss, immer Schuss, die Angst weggedrückt, die Stecken an die Rippen gedrückt, Kopf nach unten, Schuss, schneller sein, hinterherkommen, schneller werden, überholen, die Großen überholen, der Erste sein, wenn auch nur kurz, der Erste sein, und dann über die Kante zurück auf die Piste springen, die Beine auseinander, wie die Großen. Aber dieses Mal war alles schiefgelaufen. Der Helm hatte eine Beule, ich kroch wie ein geprügelter Hund ins Hotel, wo Pater Simon, in seiner Vorfreude auf die Überraschung, den Bericht über mein Unglück gar nicht wahrnahm. Auch meine Mutter schlug nicht die Hände über den Kopf, alle waren sie in freudiger Erwartung, und ich schlich ins Zimmer, blaugefroren bis ins Herz. Die erste Skifreizeit, und gleich baue ich einen solchen Bock, blamier mich vor allen. Mein Vater sagte, dann müsste ich eben auf dem Babyhang mit einem Ski fahren. Meine Zehen brannten, als der heiße Duschstrahl sie traf, alles brannte, als stünde ich auf dem Scheiterhaufen, ich weinte, heulte, ich Versager, und noch dazu vor meinen großen Cousins.

Fini hatte meine Mutter gefragt, ob sie nicht an Fasching zum Skifahren mitkommen möchten. Meine Eltern waren begeistert. Meine Mutter fuhr nicht Ski, mein Vater schon, aber er liebte Langlaufen. Mit Fini und seiner Reisegruppe zu verreisen war ein Privileg, wer da mitdurfte, zählte zu den Auserwählten, der war dabei, näher am Kloster, näher an denen, die zählen, war näher an denen, die Gott nahe waren oder denen Gott nahe war.

Mein Vater hatte nie einen Begriff von dem, was er alles geschaffen hatte. Er war viel zu bescheiden und beschied sich selbst. Er sparte an sich, an den kleinen Dingen, den kleinsten Dingen, aber nie an seiner Großzügigkeit für andere. Er hatte für alle ein Herz und unterschied nicht, denn er glaubte an sein Gegenüber, gab jedem eine Chance. Sein höchstes Lob bestand darin, jemandem »Respekt« zuzusprechen, und solchen Respekt brachte er denen entgegen, die auf ihn zukamen. Es traten immer wieder Personen auf, die seine Gutmütigkeit und Großzügigkeit ausnutzten. Das konnte passieren. Schlimmer aber als der Geldverlust war der Zeitverlust. Solche Zeitdiebe stahlen uns die Zeit füreinander. Ich hasste diese Typen in goldenen Porsches mit Krokotaschen, die meiner Meinung nach mein Vater keines Blickes hätte würdigen dürfen. Diese schleimigen Hochstapler mit ihren tiefergelegten Autos, ihren Föhnfrisuren und aufgeblähten Backen, diese Windbeutelschneider. Statt am Wochenende etwas zu unternehmen, sich zu erholen, war mein Vater auch am Wochenende Unternehmer. Er konnte nicht anders, es war ihm in Fleisch und Blut übergegangen. Wenn er Vorurteile gehabt hätte, wäre er nicht weit gekommen. Meine Eltern konnten nie anders, als Firma zu sein. Firma, Leistung, Erfolg, Familie, das war eine Einheit, nicht auseinanderzudividieren.

Mit der Klosterschule und dem Tagesheim hatte sich etwas geändert. Alles um das Kloster war für meine Eltern anziehend, von einer magischen Anziehungskraft, von einer heilenden Wirkung. Als wäre es ein Ankommen, als würden sie hier die Aufmerksamkeit, die Wertschätzung, den Platz finden, der ihnen gebührte oder den sie im Stillen für sich erhofft hatten. Hier war kein Großbürgertum, und sie hatten sich auch nie als Großbürger empfunden, auch nicht als Kleinbürger. Sie waren Unternehmer, Familienunternehmer. Und das Kloster war für meinen Vater wie ein großes Gottesunternehmen. Die Gemeinschaft war kein Bettelorden, sondern im Sinne ihrer erstrebten Unabhängigkeit ein Unternehmerorden, sie wollten autonom sein, sie bauten an, sie handelten, das Kloster war ein Klosterdorf. Und der Abt musste der Chef sein, der sein Personal führte, die Firma führte. Das Spirituelle interessierte meine Eltern nicht, die Gemeinschaft interessierte sie, die Klostergemeinschaft, die Gemeinschaft der Klosterfreunde, sie trafen sich wie sich Theaterfreunde treffen, sie fördern und schauen, sie schimpfen und strahlen, sie werden erhöht und sie erhöhen sich.

Und so hatten meine Eltern beschlossen, dass wir zur Skifreizeit fahren. In ein Hotel, das eigentlich nicht der Standard war, in dem wir sonst waren. Aber das spielte keine Rolle. Nicht Luxus war gefragt, denn alles war durch die Gegenwart der Klösterlichen illuminiert. Das Hotel, besser gesagt die Pension, war austauschbar, ohne jeden Charme oder Flair. Sie war günstig, alle konnten sich den Aufenthalt leisten. Nichts war alt, es war kein romantisches Südtirol, keine alten Bauernstuben, kein Schnitzwerk, keine bolligen Wände und Trutzarchitekturen, es war aus den Sechzigern, gesichtslos, mit einem großen Speisesaal im Hochparterre oder Keller, ein Raum, der nur von Schülereltern oder Eltern von ehemaligen Schülern gefüllt war, alle zusammengehalten von Pater Simon, dem Zeremonienmeister, der seine Fangemeinde lächelnd um sich versammelte und immer wieder die Hände vor der Brust zusammenschlug, aber so, dass sie danach wie zum Gebet bei einem Engel gefaltet waren.

Wir waren beim Essen, als endlich der angekündigte Überraschungsgast erschien und uns alle durch sein Erscheinen, seine Gegenwart überraschte. Es war Silvester. Der Abt kam zu uns. Stieg hinab in den Keller, um mit uns einen Abend zu verbringen. Manche glühten, als erschiene ihnen der Heilige Geist, eine Abterscheinung, es war, als wolle der ganze Raum in die Knie gehen, ihm den Ring küssen, dabei war er ganz natürlich und das genaue Gegenteil des Bigotterie einfordernden Würdenträgers, der an seiner Würde so zu tragen hat, dass die anderen die Rücken beugen müssen. Nein, Silvester war lässig, charmant, gewinnend, mit einem stechend zärtlichen Blick, einem Zuhörgesicht. Wie ein Popstar gab er jedem das Gefühl, nur für ihn da zu sein, er sperrt sein Herz auf nur für mich, er hört nur mir zu, er hört nicht zu, wie andere zuhören, er hört tief hinein, er legt sein Ohr auf die Sorge, er senkt seinen Blick in die Seele, er lässt teilhaben an seinem Auserwähltsein, er wählt dich aus, seine Nähe zu spüren, die Zunge, durch die Gott spricht. Er war wie alle, aber er schwebte einen Hauch über dem Boden, und in seiner Stimme war ein Flügelschlag hinter den Worten, seine sprechenden Hände umfingen einen Himmel. Er war die fleischgewordene Würde, jede Bewegung den Bruchteil einer Sekunde verzögert. Seine Natürlichkeit war das Bewusstsein seiner Natürlichkeit, das Wissen um seine Macht, das ihm in Haut und Haar übergegangen war. Er teilte den Raum wie das Meer, brach Worte wie Brot, und seine Gemeinde empfing mit offenen Mündern die Hostie, die bei ihm nicht nach Kruzifix, sondern nach Lakritze schmeckte.

Er lachte, lachte laut, er ist einer von uns, aber er ist mehr als wir, und er weiß es. Er will es uns nicht spüren lassen und lässt es uns dadurch spüren. Alle suchen seine Aufmerksamkeit wie die Mücken den Heiligenschein. Er hat diese ernste Freundlichkeit, ihm ist es wichtig, freundlich zu sein, weltgewandt, ungezwungen von den Zwängen des Irdischen, aber allem Irdischen zwanglos verbunden. Er ist nicht salbungsvoll, aber salbt alle ein. Er schenkt den Frieden und macht seinen Frieden mit den Genüssen der Welt.

Und dann setzte er sich an den Tisch meiner Eltern, an unseren Tisch, setzte sich neben mich und fragte mich nach der Schule. Doch ehe ich antworten konnte, bat Fini meine Mutter zu einem Spiel auf einen Stuhl in der Mitte des Raums. Während er sie mit Klopapier von der Rolle wie eine Mumie umwickelte, versprach er ihr, wenn sie ihm alle Fragen beantworte, den Namen ihrer Schwiegertochter vorherzusagen. Alle fielen vor Lachen fast von den Stühlen, Silvester assistierte Pater Simon tatkräftig mit Fragen, meine Mutter gab ohne Gegenwehr Antwort, ließ sich einwickeln und ausfragen in diesem absurden Verhör, das einer Familienaufstellung glich. Jeder wusste nun, wie es um uns stand, was meine Mutter sich erträumte von mir, welche Schwiegertochter sie ersehnte, und je mehr sie über mich und meine zukünftige Frau sprach, desto mehr sprach sie über sich, desto mehr gab sie preis, offenbarte ihr Innerstes, während sie immer unverhüllter gefragt wurde. Meine Mutter war sonst verständlicherweise sehr empfindlich bei Späßen, die sie betrafen, fühlte sich schnell verletzt, fraß die mutmaßlichen Verletzungen und Beleidigungen in sich hinein, konnte sie auch Tage später nicht vergessen. Sie hatte eine dünne Haut, denn sie musste als Unternehmerin immer Stärke zeigen, ihren Mann stehen. Sie sorgte sich für alle, aber zu wenig für sich, als wäre das verboten. Sie hatte für andere die Kraft der tausend Herzen, aber hörte, wenn es um sie selbst ging, zu wenig auf ihren eigenen Herzschlag, versuchte allen die Wünsche von den Lippen zu lesen und vergaß beim ruhelosen Erfüllen ihre. Was wünschte sie sich denn? Alle, auch ich, verließen sich immer ganz selbstverständlich auf sie. Wie verlassen muss sie sich oft gefühlt haben?

Und jetzt saß sie da, und Fini und Silvester machten sich lustig auf ihre Kosten. Ich wusste nicht, ob ich mit den anderen lachen oder heulen sollte. Aber meine Mutter gab eine Antwort und Auskunft nach der andern, ließ sich alles fragen, zog die Vorhänge auf, und jeder konnte unsere hell erleuchteten Zimmer sehen. Zeigte sie sie gerne? Wollte sie zeigen, wie alles strahlt? Die Zeigefinger auf uns. Plötzlich die Festtagsbeleuchtung, wo wir doch sonst alles versteckten und was wir waren und hatten den Gerüchten überließen, den Gerüchteküchen, wo alles hochkochte und schäumte. Aber heute gab es kein Halten, meine Mutter war fröhlich und merkte nicht, wie und was mit ihr geschah, oder aber sie ließ es mit sich geschehen. Vielleicht weil sie allen etwas zeigen konnte, was man sonst nicht zeigen durfte, zumindest nicht ohne dass es als Angeberei oder Protzen gegolten hätte.

So erfuhr Silvester alles von uns, was er noch nicht gewusst hatte. Meine Mutter hatte die Beichte abgelegt vor ihm, und von nun an beteten wir das Silvester Unser. Meine Mutter hatte sich und uns offenbart, und von nun an erschien Silvester regelmäßig bei uns, die Freundschaft begann mit der Prophezeiung der Schwiegertochter.

Als meine Mutter ausgewickelt wurde, gab Fini endlich den Namen preis, sie hing an seinen Lippen, als würde sie wirklich die Wahrheit und Weissagung erwarten, die er versprochen hatte. Sie würde meinen Namen haben, sagte er, unter dem brüllenden Gelächter des ganzen Raums. Silvester schaute mich an. Vor meiner Mutter lag das Klopapier, die weißen Rollen und Schlaufen. Ich dachte an meinen Ski, den ich finden wollte morgen, ich konnte doch nicht die ganzen Ferien nur auf einem Ski fahren.

»Sag es mir, bitte, keine Rhetorik, keine Bibel. Nur die Wahrheit, Silvester. Ich will, ich muss verstehen, was du gemacht hast. Wie es passieren konnte.« Ich schluckte den klebrigen Likör hinunter und hoffte, er sei jetzt ehrlich, flehte, bitte, sei ehrlich.

»Ich habe nichts getan. Ich wusste nicht, dass sie keine Ärztin ist. Ich bin selbst getäuscht worden.« Konnte ich ihm glauben? Ich glaubte, Angst zu spüren, seine Worte hallten nach in meinen Ohren, aber wie ich sie auch wendete, es war nur traurig, die ganze Show, die Luftblase, die für mich gerade platzte. Ich erstickte.

»Und warum war sie dann wieder hier und hat weiter ihr Unwesen getrieben? Warum hast du sie nicht sofort angezeigt, aus dem Verkehr gezogen, wenn du selbst ein Opfer bist? Sie hat dich doch belogen. Sie hat mich fast in den Selbstmord getrieben! Und dann lässt du sie weiter diese Pforte passieren, erteilst ihr nicht einmal Hausverbot, wenn du schon zu allem anderen«, ich stockte, nein, ich musste es sagen, »wenn du schon zu allem anderen zu feige bist. Warum verhältst du dich so? Was soll ich denken?« Ich kämpfte mit den Tränen. Kamen sie aus Wut oder Verzweiflung? Die Taubheit war auf meine Lippen gekrochen, lief über auf die Zungenspitze. Würde er jetzt herauskommen mit der Wahrheit aus seiner Klausur?

»Du weißt«, suchte er nach Worten, »wie schwer ich mich tue, unangenehme Sachen anzupacken. Es ist meine Schwäche. Ja, sie hat mich getäuscht. Und es ist nicht zu verzeihen, was sie dir angetan hat. Aber, sie ist selbst todkrank. Sie hat Krebs. Die Chancen stehen schlecht. Sie hat Kinder. Wenn ich jetzt … ich habe es einfach nicht übers Herz gebracht. Ich verspreche dir, ich spreche mit ihr …«

»Sie bringt Menschen in Lebensgefahr, und du lässt sie gewähren. Du machst dich mitschuldig«, schrie ich. Ich glaubte, ich schrie, ich spürte nichts, ich hörte nichts. »Was ist mit meinem Leben«, wollte ich sagen, aber ich sagte es nicht.

»Ich verspreche dir, ich rede mit ihr«, wiederholte er.

Ich stand auf, wusste nicht, wie ich aufgestanden war. »Merkst du denn nicht, wie sie dich wieder anlügt? Wenn ich diese Frau noch ein einziges Mal hier sehe oder höre, dass sie hier war oder jemanden behandelt, dann geh ich zum ›Spiegel‹.«

»Ich verstehe deinen Zorn, deine Wut, du musst meine …«, ich ließ ihn nicht ausreden. Ich ging, hatte nicht die Kraft, ihm den Verrat an mir, unserer Freundschaft nochmals ins Gesicht zu schleudern, um dann an seiner Reaktion abzulesen, was es ihm bedeutete, was es auslöste, ob er um mich zu kämpfen bereit wäre. Wie dumm war ich. Ich war ihm völlig egal, gleichgültig, da war ich mir jetzt sicher. Aber warum hatte ich ihm nicht gesagt, gedroht, sie beide anzuzeigen? Und wusste ich jetzt mehr? Ich war schon fast an der Pforte. Vielleicht ließ er mich aufhalten, vielleicht hatte er jetzt etwas begriffen. Ich verzögerte meine Schritte, als ich zur Tür kam, drückte die Klinke, langsam, sah zu dem Bruder hinter der Scheibe, halte mich doch auf, sag doch was, warum klingelt jetzt nicht das Telefon dort, warum ist Silvester nicht hinter mir, warum ist er mir nicht hinterhergelaufen. Nichts, der Bruder lächelte, verabschiedete mich, wünschte mir einen guten Tag, dass Gott mich segne. Bis zur Wagentür wartete ich, dann drehte ich mich um. Nichts. Leer. Niemand folgte mir. Niemand war mir gefolgt.

Warum hatte ich gezögert? Warum hatte er mich um Verzeihung gebeten? Warum sollte ich verzeihen? Ihr? Ihm? Das Opfer muss verzeihen, und Frau Scher verzeiht mir, dass ich sie zum Täter gemacht habe. Es war niemand zu Schaden gekommen. Alle waren wieder gesund. Etwas Todesangst, das stärkt fürs Leben und ist am Ende immer zu etwas gut. Man lebt bewusster. Und das bisschen Geld.

Ich fuhr wie ein Henker auf dem Weg zu meinen Eltern, meine Wut wurde von Kurve zu Kurve rasender. Der schwarze Wagen, von dem ich mich verfolgt gefühlt hatte, war im Rückspiegel nur mehr ein Punkt in der Ferne. Sie mussten mir helfen, sie hatten alles gehört, gesehen. Wir mussten gemeinsam gegen Scher und Silvester vorgehen. Gemeinsam würden wir es schaffen, redete ich mir ein.

Jetzt würde ich ihn verraten, durchzuckte es mich. Hätte er mir die Wahrheit gesagt, hätte ich das Kapitel abgeschlossen, ihm nach einiger Zeit vielleicht sogar verzeihen, wenn auch nicht wieder begegnen können. Ich wäre aber erlöst gewesen von der Qual, herauszufinden, wie es war, was er fühlte, warum das alles geschah. Wie konnte er es wagen, mich zu belügen? Rechnete er nicht damit, dass ich nun alles in Bewegung setzte, ich sein Leben zerstörte und seine Klostergemeinschaft beschädigte? Hatte er keine Angst, alles zu verlieren, am Pranger zu stehen, ganz anders in der Presse und im Scheinwerferlicht, als er es bislang liebte und genoss.

Warum hatte er mich nicht aufgehalten, zurückzuhalten versucht? Ich war eine Zeitbombe, war ihm das nicht bewusst? Meine Eltern würden keine Kosten sparen, da war ich mir sicher. Wahrscheinlich dachte er, was immer geschehe, er könnte einfach die Türe hinter sich schließen und in seiner Zelle unbehelligt inmitten seiner Klostergemeinschaft leben. Oder er würde nach China, nach Nordkorea, irgendwohin weit weg gehen, wo sich keiner dafür interessierte, was hier geschehen war, wo keiner etwas erfahren hätte. Er konnte ja immer noch ein bescheidener Mönch werden und sich ausschließlich dem Gebet und Glauben widmen, meditieren, die Schuld annehmen und transformieren. Und ich bliebe von allem ausgeschlossen, hatte nichts, nicht die Wahrheit, nicht die Rache, nicht die Gerechtigkeit, zum Glück auch nicht die Krankheit, die er mir jetzt wohl wirklich an den Hals wünschte.

Ich stürmte zu meinen Eltern ins Wohnzimmer. Sie hatten miteinander zuvor länger geredet, das merkte ich. Sie standen unter Schock. Ich spürte jeden ihrer Atemzüge, wie schwer jeder Atemzug ihnen fiel, wie etwas in ihnen gebrochen war. Sie waren in ihren Grundfesten erschüttert, wirkten wie verschüttet unter den Trümmern eines Gebäudes, dessen Fundament sie für unterschütterbar, unverrückbar gehalten hatten. Meine Eltern waren nie bigott gewesen, nie gläubig, wie man sich gemeinhin Gläubige vorstellt, gefaltete Hände und gebeugte Knie. Sie brauchten für ihren Glauben keine Fassaden, keine Arabesken, keine Liftlmalerei. Sie hatten ein großes Gottvertrauen, sie vertrauten Gott, sie vertrauten seiner Liebe, seinem Schutz. Es war der liebe Gott der Kindheit, den sie sich bewahrt hatten. Er strafte nicht, er hielt die Hand über einen, man schüttete ihm sein Herz aus. Dieses Vertrauen hatten sie mir mitgegeben, es war wie ein Schutzanzug. Du darfst Fehler machen, aber Gott verzeiht dir, wir verzeihen dir. Das Gefühlzähltmehralsder Verstand kam auch aus diesem Vertrauen.

Meine Eltern mussten nichts sagen, wir konnten immer auch ohne ein Wort miteinander sprechen, einander die Worte und Sätze aus den Augen, Gesten, Blicken erfühlen. Es gab ein Gespräch, das man hören konnte, und eines, das zwischen den Köpfen und Herzen lief. Mir war klar, was in meinen Eltern vorging, vorgegangen war, wie sie unter dem litten, was passiert war und dass es überhaupt passieren konnte. Wie hätte es nicht passieren können, hatte ich mich gefragt. Ich gab meinen Eltern keine Schuld, wie auch. Wie hätten sie das Unvorstellbare sich vorstellen können? Sie hatten wie ich an einen Menschen geglaubt, und wie ich mit Skepsis und Kritik aufwuchs, so wuschsen sie auf mit dem Glauben an die Unumstößlichkeiten des Lebens, zu denen auch die Kirche gehörte. Ich hätte viel früher als sie zweifeln müssen, den ich hatte gelernt zu zweifeln, zu vergleichen, nachzufragen. Warum hatte ich blind vertraut? Ich stand vor ihnen im Wohnzimmer und hatte schon tausend Sätze vor dem ersten gesagt. Und jetzt, weil ich platzte, weil all die Angst sich in Wut gewandelt hatte, wollte ich sie mit in meine Wut nehmen und von ihnen das Undenkbare verlangen.

Selbst wenn wir gestritten hatten, stritten wir entzweiend, zerstritten uns jedoch nie unwiderruflich. Am Ende drängte alles und jeder auf eine Harmonie, selbst wenn sie verschattet war, jeder wusste, wir gehören zusammen, wir lassen den anderen nicht allein, wir tun alles für den anderen. Selbst wenn Welten zwischen unseren Lesarten lagen, wenn unsere Argumente Abgründe zwischen uns aufrissen, schlugen unsere Gefühle Brücken darüber und ließen das Ungesagte ungesagt zurück, überwanden die Differenzen, indem sie stillschweigend niedergefühlt wurden oder auch einfach nur unausgesprochen akzeptiert, wenn danach wieder die Harmonie herrschte. Deshalb fühlte ich mich so sicher in der Welt, weil ich wusste, meine Eltern würden mich nie im Stich lassen, wären, was auch passierte, da mit Haut und Haar. Das waren sie noch immer, das wusste ich, aber nicht, wie ich es mir jetzt erhoffte.

Nachdem ich von meinem Gespräch mit Silvester erzählt hatte, nachdem ich gefordert hatte, wir müssten ihn und Frau Scher anzeigen, die Presse einschalten, als ich ihnen sagte, sie müssten bestraft werden für das, was sie uns angetan hätten, wir müssten weitere Taten verhindern, da sagte mein Vater: »Die Firma …« Er sprach nicht weiter, rang um Worte. Ich wollte nicht, dass er weitersprach. Ich verstand. Verstand, was ich ihnen antun würde für mein Gerechtigkeitsempfinden. Ich bekam Schüttelfrost. Ich konnte meinen Eltern, nach der Angst um mein Leben, nicht jetzt noch die Angst um die Firma aufbürden, um meine Zukunft nach einem Prozess. Mein Vater kämpfte noch immer um den richtigen Satz, den ihm sein Herz dauernd sagte, den seine Geschichte ihn aber nicht über die Lippen bringen ließ. »Du hast Angst um die Firma«, versuchte ich ihn zu erlösen, und mir wurde selbst schwarz vor Augen, »dass man nichts gegen die Kirche tun kann, ohne zu verlieren?« Als ich es ausgesprochen hatte, kam auch meine Angst zurück, als stünde ich im Schatten einer Kathedrale, die sich über mich beugt. »Aber es geht doch nicht gegen die Kirche«, versuchte ich es weiter, »die Kirche hat uns nichts getan, er hat uns das angetan. Er ist nicht die Kirche. Die Kirche muss selbst gegen ihn vorgehen.« »Sebastian, wir leben hier.« Und ich lebte in der Stadt. Wer gegen einen Geistlichen aufstand, gegen den stand die Gemeinde auf. Das war das Muster, die implantierte Angst, die Schutzschrift gegen jede Anzeige. Das Opfer wird zum Täter, der Täter zum Opfer. Ich wollte Vater mit aller Kraft überzeugen, aber ich sah sein trauriges Gesicht. Die Firma war sein Leben, war das Leben meiner Eltern, würde man sie ihnen nehmen, war das, als nehme man ihnen das Leben. Würde ich sie zu einem Prozess überreden oder durch ihre Liebe zu mir dazu zwingen, würde ich die Geschichte wiederholen, die mir passiert war, dass ein angekündigter Tod das Liebste bedrohte. Die Firma war für meine Eltern nie nur Firma, sondern eine Existenzform, eine Familie. Sie liebten alle aus dieser Familie. Und ich würde alle in Gefahr bringen, traf es mich wie ein Schlag. Und ich hasste mich im nächsten Augenblick dafür, dass ich nicht dennoch meine Eltern bat, diesen Weg mit mir zu gehen. Ich blickte zu meiner Mutter, wie ich immer zu meiner Mutter geblickt hatte, wenn mein Vater etwas gesagt hatte, das ich nicht wahrhaben wollte. Aber sie war von Trauer gelähmt. So hatte ich sie noch nie gesehen. Sie wollte mich umarmen, aber konnte nicht aufstehen. So wie man in einem Traum, wenn das Leben bedroht wird, schreien möchte, aber kein Schrei aus der Kehle kommt, kein Laut. Es war jetzt still. Als würden wir für alle Ewigkeit so bleiben, als wäre die Starre das Beste. Als könnte man uns, als wollten wir uns einfrieren lassen für eine Zeit, in der möglich wäre, was jetzt undenkbar war.

Ich fühlte mich wie ein geschlagener Hund. Ich konnte nicht einmal heulen. Deshalb also war Silvester sich so sicher gewesen. Er hatte gewusst, was hier passieren würde, er hatte gewusst, was tatsächlich passierte, wir würden nichts gegen ihn unternehmen. Und ich würde nichts gegen den Willen meiner Eltern unternehmen. Da war immer ein Netz gespannt, das ihn auffing und mich strangulierte wie ein Strick, dessen Schlinge sich um den Hals zuzog, wenn der Boden unter den Füßen verloren ging. Ich hatte den Boden verloren. Das erste Mal in meinem Leben hatten wir uns als Familie nicht helfen können, wie wir es gewünscht hatten. Ich sagte nichts mehr, ich ging, musste gehen. Wir umarmten uns stumm. Wir hatten verloren.

Als ich in die Dämmerung fuhr, heulte ich, und ich sah meinen Vater, gealtert, wie er aufrecht vor Silvester stand und ihn nicht aus den Augen ließ. Ich fuhr weiter durch eine der schönsten Landschaften, die ich kannte, und ließ die glühende Sonne in meinem Rückspiegel untergehen.

19

Ich beobachtete sie, ich stand vor ihrem Bungalow, nichts, niemand. Sie war wie vom Erdboden verschluckt, untergetaucht. War sie abgehauen, fragte ich mich, während ich mir eine Zigarette an der anderen ansteckte, den Rauch inhalierte, bis es schmerzte? Ich wollte mich spüren, lebendig spüren, jetzt, da ich um den Tod betrogen war und mich nicht länger selbst betrügen konnte. An einigen Fenstern waren die Rollläden geschlossen, ein schwarzes Auto parkte in der Nähe, der Rasen war wie mit der Sense geschnitten, Blumentöpfe verfaulten in der Hitze, eine Katze sprang durch den Zaun über meine Füße hinweg. Ein Schmetterling flatterte unbekümmert der Sonne zu. Es war so friedlich hier, ein Idyll. Dabei war alles verseucht, verstrahlt, eine Kulisse, hinter der die Hexenküche lauerte, die Gitterstäbe, durch die kleine Jungs die Finger steckten, wo den Patres der Kehlkopf zugeschnürt wurde mit Rosenkränzen, dick wie Stricke, Verlängerungskabel zum Himmel für die Schnappatmung vor der Erweckung von den Toten.

Ich dachte, wie es sei, wenn ich schon tot, aber nicht erlöst wäre, stellte mir vor, ich müsste ihr folgen, überallhin, müsste ihr Schatten sein, zusehen, wie sie die Karotten schnitt, aber es waren meine Arme, wie sie den fetten Braten tranchierte und meine Brust sauber in zwei Hälften teilte, in mein Herz, den Apfel biss und mir die vergiftete Seite gab. Ich war nicht da, ich existierte nicht. Meine Eltern hatten nicht zu mir gestanden, also gab es mich nicht, ich war immer da, weil meine Eltern immer für mich da waren. Nun hielt ich die Nabelschnur wieder in der Hand und zündete sie mit der nächsten Zigarette an, sah zu, wie sie bis zu meinem Bauch niederbrannte, bis die Flammen sich in meine Eingeweide fraßen und ein Feuer entfachten, ein Flammenmeer, es brannte und brannte, bis nur noch die Asche hinter meinen Augen in die Adern fiel und auf den Blutflüssen mit den toten Vögeln und ölverschmierten Träumen trieb.

Wo Frau Scher sich aufhielt oder sich versteckte, wusste ich nicht, ich fuhr sogar zum Kloster, aber auch Silvester war verreist. Was hätte ich ihm noch sagen sollen? Ich hoffte den beiden zusammen zu begegnen, ihn bei ihr oder sie bei ihm. Ich wollte ein Bild, das bewies, heute am soundsovielten, sind er und sie gemeinsam usw. dort oder dort gewesen. Ich wollte etwas in der Hand haben, etwas für mich und gegen sie in der Hand haben, etwas, das mir unumstößlich klarmachte, immer wieder gegen den Kopf stieß, sie gehören zusammen, sie haben es sich zusammen ausgedacht, gemeinsam durchgezogen, sie sind nicht voneinander zu trennen, sie sind Feuer derselben Flamme. Und wenn ich ihn mit ihr sehen würde, nach all dem, was geschehen war, bestünde kein Zweifel mehr, kein Restzweifel, keine 21 Gramm Zweifel gäbe es mehr. Denn wenn er unschuldig wäre, müsste er grenzenlos wütend auf sie sein, auf ihren Betrug, der nicht nur das Leben eines Freundes aufs Spiel gesetzt hat, wenn ich denn ein Freund war, sondern mit der Angst um seinen Vater gespielt, die eigenen Eltern gefährdet hat. Warum sollte er da verzeihen, vergeben und die Nächstenliebe walten lassen, die er zuvor mehr als vermissen hat lassen?

Wo waren sie jetzt? In Afrika? Vielleicht, ich hatte gehört, sie sei mit ihm in Afrika gewesen, wo die tödlichen Viren in den Elefantenleichen gedeihen, wo sie sich in Affenkadavern ausbrüten, wo die Pflanzen Gift schwitzen und die Menschen vom Teufel besessen sind. Vielleicht hatte sie dort ihren Paradiesgarten, in den sie all die schönen Todesviren einpflanzte, damit sie aufs blühendste gediehen. Wer weiß, was sie mir gespritzt hätte? Wer weiß, was sie in Afrika getrieben hat mit ihrem Schutzengel Silvester, dessen Heiligenschein dort bare Münze war?

Ich musste nach Afrika, wenn sie wirklich in Afrika war, ich musste sie bei ihrem Tun stellen, Beweismaterial dafür sammeln, dass sie weiter ihr Unwesen trieb. Ich wusste nicht, warum, aber ich spürte, dass es nicht vorbei war, sie nur den Ort gewechselt hätten, die Strategie, die Legenden. Ich war ganz besessen davon, der Spur dieses Verbrechens zu folgen, als könnte ich es damit meinen Eltern zeigen, die Schuld so hoch anhäufen, dass sie unübersehbar war, dass niemand mehr wegschauen konnte, niemand sich hinausreden, Weihwasser drüber und Ende. Doch wer würde als Zeuge auftreten gegen sie, also gegen Silvester, also gegen die Kirche, also gegen die Stellvertreter Gottes auf Erden, also gegen Gott selbst? Bei wem wäre die Wut größer als die Angst? War ich nicht auch ängstlicher als wütend? Warum ging ich nicht zur Zeitung? Weil ohne meine Eltern mir so gut wie jeder Zeuge fehlte? Weil keiner Zeugnis ablegte für mich, sondern nur wider mich. Weil keiner seine Hand ins Feuer legte für mich, sondern mich statt dieser Hexe auf den Scheiterhaufen wünschte, weil ich die göttliche Blase anstach mit meiner Geschichte, weil das Heiligenbildchen, wenn man es drehte, plötzlich etwas ganz anderes, Hässliches zeigte. Ich konnte es so machen, wie ich es in meiner Kindheit gemacht hatte, ich bin schuld, bin an allem schuld, ich nehme die Schuld an, auf mich und ihr verzeiht mir, und alles ist gut, und alle haben sich wieder lieb und haben vor allem mich wieder lieb. Wie unendlich viel Platz war in meinem Unterbewusstsein, ganze Container konnte man dorthin verschiffen zu den

Vogelspinnen in mein wie Bernstein leuchtendes Schuldzimmer.

Nein, dieses Mal würde ich ersticken. Ich musste alles wissen. Und wenn ich alles wusste, ganz sicher war, dann …, ja, was dann? Dann wusste ich nicht weiter, aber so weit war ich noch nicht.

Wie konnte ich es erklären? Wie konnte ich es verstehen? Ich fragte mich, ob es einen Schlüssel gab. Sie hatte gelogen, betrogen, uns allen etwas vorgespielt, sie war für ihre Rolle als junge Ellbogenprofessorin die Bestbesetzung. Hatte ich nicht von Betrügern gelesen, die in ihren Täuschungsmanövern genial waren, die so sehr an ihre eigenen Fiktionen und größenwahnsinnigen Entwürfe ihrer selbst geglaubt hatten, weshalb sie diese so überzeugend verkörperten, dass jeder auf sie hereinfiel? Hatte es nicht Chefärzte gegeben, die gar keine Mediziner waren? Hatte sie nicht jene strotzende Kraft, an das zu glauben, was sie vorgab, wie ich es nur bei einer Bekannten erlebt hatte, wenn sie ihre manischen Schübe bekam und jeden um sich, gleichgültig, wie intelligent er war, von allem überzeugen konnte, selbst wenn das Gegenteil offensichtlich war, in die Augen stach? Scher hatte etwas Besessenes. Ich nahm an, dass sie die geniale Betrügerin sei. Machte das den Schmerz, das eigene Versagen kleiner? Nein, aber ich traute es ihr zu, dass sie nach System agierte, einen Plan hatte, ein Muster, oder etwa nicht? Dass sie ihre Opfer nach festgelegten Kriterien aussuchte. Ich unterstellte ihr, dass sie jene Energie ausstrahlte, die sich auch in eine kriminelle verwandeln konnte. Das konnte, das wollte ich mir bei Silvester nicht vorstellen. Wenn ich in Verbindung mit ihm an Plan oder System dachte, an Kalkül, zog sich bei mir alles zusammen, alles in mir widerstrebte es, ihn damit in Verbindung zu bringen. Er war ein Augenblicksmensch, er war brillant in jeder Situation, aber ich sah ihn nicht etwas skizzieren, um es dann auszuführen. Wenn, sagte ich mir, dann ist er in etwas hineingeraten, aus dem er nicht mehr herauskam, ein System, aus dem er sich nicht mehr befreien konnte, das ihn so bedrängte, dass er es nicht mehr wahrnehmen wollte. Wenn er wusste, gewusst hatte, dass sie keine Ärztin war, selbst wenn sie ihn erpresst hätte, sinnierte ich, würde er es ab einem Punkt einfach geglaubt haben. Hundertprozentig hatte er keine Pläne entworfen und dann den Gewinn geteilt oder abgerechnet, so war er nicht. Aber was half mir alles Spekulieren? Ich wollte wissen, warum es, wie es auch immer gedacht war, bei mir nicht funktioniert und wie und warum es zuvor anscheinend so reibungslos geklappt hatte, dass Scher es bei mir wagte. Oder stand ihr das Wasser bis zum Hals, war sie zum Handeln gezwungen, oder konnte sie den Hals nicht voll genug kriegen und gierte nach immer mehr, nach dem immer größeren Thrill, wollte sie das Risiko von Mal zu Mal steigern, wie ein Spieler seinen Einsatz?

Alles Spekulieren half nicht. Ich zerbrach mir den Kopf und zerbrach mir alle Gewissheiten, verstieg mich immer mehr, in die absurdesten Höhen. Ich fragte mich, wie hätte ich es gemacht, um den größtmöglichen Erfolg zu erlangen? Fragte mich, wie würde ich es für ein Drehbuch erfinden, einen Thriller, in dem man alles zuspitzen müsste. Ich sah es vor mir: Zwei, sie entschieden wie Gott über Leben und Tod, die Göttin in Weiß und der Mann Gottes in seiner schwarzen Kutte. Ja, die rationalen Götter in Weiß und die Stellvertreter Gottes im Schulterschluss, das war die Revolution, eine Bombenidee. Was interessierte das Publikum mehr als diese beiden Gruppen, um die sich alle Sehnsüchte und Ängste versammelten? Eine neue Glaubensgemeinschaft, der Glaube an die Wissenschaft verschmolz mit dem Glauben an Gott zum Glauben ans Geld. »Eine göttliche Idee«, anerkannte der Ermittler, ein melancholischer Raucher, einer wie Friedrich Anis Tabor Süden. Langsam wurde ihm klar, wie es gelaufen sein musste. Er brauchte nur alle Bausteine zusammenzufügen, und schon wurden die Architektur und Statik eines Lügengebäudes sichtbar und warum der naive Künstler die Sollbruchstelle war, mit der sie nicht gerechnet hatten.

Der Ermittler war sich sicher, dass es immer gleich ablief. »Schauen Sie, es lief so, vermute ich.« Der Staatsanwalt hob den Kopf, als wollte er abwehren: nicht schon wieder. »Sie müssen gar nicht so entsetzt schauen«, der Ermittler ließ sich nicht beirren, »ich erkläre es Ihnen. Also. Den blutjungen Prior erreichen Nachrichten von Krankheitsfällen, die an Ort und Stelle nicht behandelt werden können, Krankheitsgeschichten mit Fragezeichen, offenen Wunden und Enden. Oder auch nur solchen, die krank wirkten.« Er verschluckte die Worte, schob sie wie Kautabak von einer Backe zur anderen. »Oder sie hatten eine Krankheit hinter sich, Malaria, Hepatitis, galten als gesund, und er ermutigte sie, sich nochmals genauer untersuchen zu lassen, auf Nummer sicher zu gehen, nichts zu riskieren, Viren sind heimtückisch, sie sind Parasiten, sie nisten sich ein, sie verbergen sich, sie lauern im Schatten, sie können warten, sie haben Zeit, sie kämpfen wie Guerilleros. Hatte man so jemand gefunden, mit einer entsprechenden Vorgeschichte«, erklärte er dem Staatsanwalt, »oder dem Verdacht auf eine Erkrankung, dann flog man ihn ein oder, wenn er nicht aus der Mission war, schickte ihn direkt zu der Ärztin, in ihren Bungalow, auf ihre Privatstation.« Sie sah aus wie Romy Schneider, wie eine diabolische Sissy. »Sissy legte die Opfer dann nicht auf ihren Küchentisch, beweihräucherte und besprach sie, nein, im Gegenteil, hier begann erst die Odyssee«, führte er weiter aus. »Im Zusammenspiel mit dem Prior wurden die waidwunden Opfer zu unzähligen Untersuchungen bei renommierten Ärzten gejagt, sie durchliefen den ganzen medizinischen Apparat und alle Apparaturen, sie wurden getestet, Blut wurde abgenommen, Kontrastmittel injiziert, Elektroden angeheftet, sie wurden verkabelt, durch Röhren geschoben, sie wurden geröntgt, mussten Urin- und Stuhlproben abgeben, Tabletten schlucken, sich frei machen und erzählen. Nichts, was passierte, war anders als sonst, wenn man zu einem Arzt oder in eine Klinik geht.« Er unterdrückte ein Husten. »Ich geh zu keinem Arzt mehr«, bellte er und steckte sich die nächste Zigarette an. »Der einzige Unterschied bestand darin, dass nicht der behandelnde Arzt die Diagnose formulierte und dem Kranken mitteilte, sondern Sissy. Und Sissy machte aus jedem Gesunden und Kranken einen Todkranken oder zumindest einen Menschen in akuter Lebensgefahr. Durch ihre begleitenden Untersuchungen und Forschungen hat sie entdeckt, was außer ihr zuvor niemand entdeckt hatte. Eben weil es nichts zu entdecken gab«, lachte er auf und klopfte mit dem Feuerzeug auf den Tisch, »weil sie es erfunden hatte. Sie machte ihre Opfer krank, infizierte sie, indem sie sie mit ihrer Diagnose identifizierte. Und dann stellt sich mir die Frage«, der Ermittler hielt inne, als wisse er selbst die Antwort nicht, »wieso bemerkten all die Ärzte, Koryphäen, Wissenschaftler nicht, dass sie keine Ärztin ist? Wie konnten sie nicht mitbekommen, welche Diagnosen sie stellte? Sie haben es nicht gemerkt, unterstellte ich ihnen, aus dem einfachen Grund, weil sie gutes Geld machten, weil sie privat abrechneten. Es waren Tauschgeschäfte. Sie taten nichts offensichtlich Anrüchiges. Sicher stand auf keiner ihrer Diagnosen, Abrechnungen irgendetwas, das nicht vertretbar war. Aber das bemerkten die Opfer nicht, darum sollten, mussten sie sich nicht kümmern, das machte das Kloster. Sissy offenbarte ihnen, welche Krankheit sie hätten. Und dann unterzogen sie sich ihrer Therapie, durchliefen erneut alle Untersuchungen, bis festgestellt wurde, sie sind gesund, wieder gesund, endlich gesund. Sissy hatte ihnen das Leben gerettet, das ist doch ein Happy End, eigentlich ist sie eine Wohltäterin.« Er drückte die Zigarette aus, spuckte in sein Taschentuch, ein Tropfen Blut wurde von dem Stoff aufgesogen. Close Up. »Manchen vielleicht sogar wirklich, weil sie Raucher waren und die Todesangst dazu führte, dass sie zu rauchen aufhörten.« Der Staatsanwalt wollte ihn unterbrechen, aber der Ermittler hörte nicht auf, er konnte nur beim Sprechen seine Spur finden, nur, wenn ihm jemand zuhörte, jemand, den er überzeugen musste, der ihm Widerstand entgegensetzte, eine Staustufe darstellte für seinen Gedankenfluss. »So wurde Sissy von Fall zu Fall immer göttlicher, Erfolg folgte auf Erfolg, Heilung und Erlösung, ein Geschenk Gottes. Sie wurde unangreifbar. Sie trug des Kaisers neue Arztkittel und machte allen weis, der liebe Gott harmoniere mit ihr aufs Feinste. Natürlich färbte ihr Ruhm auch auf den Prior ab. Seine Stellung festigte sich immer mehr. Galt er vielen als Verschwender, als permanent Flüchtiger, der auf der Stelle das Weite, die Reise suchte, sobald er ein Problem lösen sollte, so war er jetzt derjenige, der durch seine Weltläufigkeit jemand gefunden hatte, durch den die armen Seelen länger auf dieser Welt blieben, die sie schon verlassen zu müssen geglaubt hatten. Sie wurden mit dem Sterbesakrament getauft, und immer mehr standen von den Totgeglaubten wieder zum Leben auf.« »Das ist gänzlich unglaubwürdig und unhaltbar. Sie haben sich da in etwas verrannt«, warf der Staatsanwalt ein. »Es hätte doch irgendjemand Verdacht geschöpft ob dieser verblüffenden Erfolgsgeschichte. Ob dieser Häufung seltsamer, exotischer Krankheiten und Viren. Unterstellen Sie nicht allen ein wenig zu viel Naivität? Sie sollten zum Film gehen.« Der Staatsanwalt wollte sich verabschieden, aber der Ermittler hielt ihn fest, überschritt eine Grenze. »Man fragte nicht nach, und so war sie immer häufiger gefragt. Es funktionierte alles prächtig, war perfekt eingespielt und aufeinander abgestimmt. Vielleicht glaubten sie wirklich an das, was sie taten. Vielleicht stammte daher diese Kraft, dieses Charisma. Sicher brauchten sie nicht mehr darüber reden, mit wem sie was machen wollten. Bestimmt verdrängte der Prior, dass sie falsch war, dass ihre Diagnosen falsch waren. Er glaubte an die Heils- und Heilungsgeschichte, weil er daran glauben wollte. Sie machten immer weiter, bildeten Automatismen aus, ein Teufelspaar.« Seine Augen wurden ganz groß, seine Pupillen hatten sich bis zum Platzen geweitet. »Nun reicht es aber wirklich«, stauchte ihn der Staatsanwalt zusammen. »Nehmen Sie sich Urlaub, fahren Sie ans Meer. Gehen Sie in die Wüste und bauen dort Ihre Fata Morgana auf. Ich will davon nichts mehr hören. Fall beendet. Deckel drauf.« Meine Bleistiftspitze brach. Ich hatte mich wieder einmal in meine Fantasie geflüchtet und war keinen Millimeter weiter gekommen im Begreifen dessen, was wirklich geschehen war. Wie könnte ich ohne Silvester je die Wahrheit erfahren? Warum war ich selbst da von ihm abhängig? Warum musste ich mir alles selbst erklären, zusammenreimen, worauf ich keinen Reim hatte, noch nicht?

Ich wunderte mich, dass Scher es bei mir versuchte, nachdem es bei meiner Mutter nicht geklappt hatte. Was hatte bei mir den Ausschlag gegeben? Ich knüllte das Papier zusammen und warf es in den Papierkorb. Was machte mich zu einem guten Opfer?

20

Der erste demokratisch gewählte Präsident Haitis, der Priester Jean-Bertrand Aristide, wird vom Militär unter General Raoul Cedras gestürzt und flieht nach Frankreich ins Exil. Macheten, Exekutierungen, blutende Gesichter, auf den Boden gekrümmte Männer, die Hände über den Kopf, getreten von Stiefelspitzen, Blutlachen, Hitze, Schweiß, Tausende von Flüchtlingen in kleinen Booten, selbstgebauten Floßen, treiben auf dem glasklaren, strahlenden Wasser unter einem leuchtenden Himmel, ersaufen vor abdrehenden Jachten, verbrennen in der Sonne, werfen die Leichen über Bord, umwickeln die Gesichter mit Tüchern, füttern die Fische mit Tränen. Unzählige Orden auf den Generalsbrüsten, Repetiersätze, Habtachthaie. Für den Priesterpräsidenten wird eine schwarze Messe gelesen. Krupp kauft Hoesch, politische Flüchtlinge sollen kein Asyl mehr wie bislang genießen. Genießen.

Ich war apathisch während der letzten Wochen. Klara und ich hatten uns gestritten, weil ich nicht alleine gegen Silvester und Scher zu Felde zog, ich nicht den Mut hatte, mich trotz meiner Eltern zu wehren, Gerechtigkeit zu suchen. Ich las »Kohlhaas«, ich las Kafka. Ich schrieb glühende Gerechtigkeitssuchsätze und legte sie meinen Figuren in den Mund, blieb aber selbst stumm, ohne Sprache gegen die eigene selbst verschuldete und autoresignative Ohnmacht und die Macht der Kirche.

Würde ich jetzt, wenn ich mit meinen Eltern sprach, ihre Illusion durchbrechen, wonach ich die Firma übernehmen werde, die Firma, für die ich geschwiegen hatte? Ich verschwieg es meinen Eltern, weil ich nicht im Streit leben konnte, weil ich mich insgeheim schuldig fühlte,

Verursacherprinzip. Weil ich in meinen Augen korrupt war und nicht darben wollte, weil ich wie Silvester das Angenehme liebte und dafür log, mich verbog, mir für jede Haltung die passende Wirklichkeit aussuchte.

Sollte ich nicht glücklich sein, hatte ich nicht alles, was ein junger Künstler brauchte? Den Verrat, die Todesnähe, das Abenteuer, die Dekadenz und eine Bohème bavaroise, Wort- und Geldreichtum, Anarchie und Artigkeit, Freundlichkeit und Freiheit auf den klirrenden Fahnen, ich war Camelot und Chamäleon, Sonnyboy und Mamatoy, Revolutionär und liebte Vermeer. Ich hätte mich umbringen sollen, lamentierte ich, suhlte mich in Selbstmitleid, imaginierte heroische Posen, Nachrufe, Fragmente, die sich in meinem Nachlass gefunden hätten, und eine Erzählung, die alles wiedergab, was mir widerfahren war, und abbrach mit dem Tod, drei Punkten.

Ich schrieb weiter. Machte es mir einfach mit meinem Doppelleben. Und wurde verfolgt von der Angst, Klara verliere jeden Respekt vor mir. Es war ja alles wie aus dem protestantischen Bilderbuch.

Zumindest bekäme ich heute die Ergebnisse der zweiten Untersuchung, sagte ich mir, dann wäre zumindest diese Restangst überwunden, diese unsinnige Panik, allein, weil er ausgesprochen wurde, weil er Wort wurde, hätte ich ihn, den Virus, wäre er in mir erzeugt worden. Vielleicht waren die Spritzen bei der Blutabnahme infiziert. Ich begann zu schwitzen, daran hatte ich nicht gedacht. Möglicherweise hatten sie deshalb nicht reagiert, weil ich wirklich sterben würde, müsste, weil Scher recht behielte. Nein, das ist Unsinn, ich werde noch verrückt, ich bin schon verrückt, wenn ich mich so verrückt mache, man kann auch im Kopf krank werden und sich krank machen. Wollte ich krank sein? Hatte ich das ausgestrahlt, hatten sie mich deshalb auserwählt?

Wieder ein quälender Tag aus nichts als warten. Ich blätterte die Zeitung durch, bei den Todesanzeigen stockte ich, erstarrte. Das konnte nicht sein. Der Institutsleiter, der die Gegenprobe auswertete, an den mein Professor das Blut weitergeleitet hatte, er war tot. Unerwartet. Musste er wegen meiner Diagnose sterben? Ich zwang mich, vernünftig zu sein, ich würde heute zur Klinik gehen, meine Ergebnisse abholen und dieses Kapitel schließen. Ich musste aufhören, alles auf mich zu beziehen, was passierte. Aber warum starb er jetzt, warum unerwartet? Was hieß das? Unterschätzte ich ihre Macht? Waren sie nicht zu allem fähig und bereit, über Leichen zu gehen? Mussten sie nicht dennoch Angst haben, ich könnte meine Eltern irgendwann überzeugen? Stand am Ende eine Sekte hinter ihnen? Waren sie deshalb wie fremdgesteuert. Hatten sie Silvester umgedreht, codiert, war er ein U-Boot? Bei U-Boot lachte ich laut auf. Ich hatte einfach zu wenig geschlafen. Ich konnte seit der Diagnose nicht mehr schlafen, lag jede Nacht schlaflos oder hatte Albträume. Es war ganz klar, wenn ich die Sache nicht aufklärte, wenn ich mich nicht befreite, würde sie mich zerfressen. Was konnte ich tun?

Es läutete an der Tür. Ich schreckte zusammen. Bin ich jetzt an der Reihe? War die Haustür offen? Ich blickte durch den Spion, der den Raum zu einem Kreis für meine Pupille zusammenkrümmte. Ich sah einen Mann, sein Gesicht füllte den ganzen Spion aus, der Oberkörper, die Beine waren verkürzt. Er hatte schwarze, nach hinten gekämmte Haare, das Hemd weit aufgeknöpft, auf der dunklen Haut zwischen den Brusthaaren leuchtete ein goldenes Kreuz, baumelte, als er sich weiter nach vorne beugte. Jetzt standen wir Auge in Auge. In seiner Hand hatte er eine Karte, eventuell eine Kreditkarte. Ich hielt den Atem an, blickte auf den Riegel, den ich vorschieben würde, sollte er versuchen, die Tür mit der Karte zu öffnen. Er läutete wieder, sein Arm schoss vor, sein Gesicht drehte sich, ich sah die Wirbel auf seinem Hinterkopf, eine Narbe, die silberbeschlagenen Stiefelspitzen. Schweiß rann mir über den Nasenrücken, als er gegen die Türklinke drückte und seine Augen aufblitzten, er hatte ausgewaschene Augen, wie ein Himmel, den man zur Ader gelassen hatte, um mit seinem blauen Blut die Flüsse zu fluten. Jetzt erst sah ich den zweiten Mann, der anscheinend durch den Hofeingang gekommen war. Seine Unterarme waren breit wie Hälse, tätowiert, er trug eine ärmellose Jeansjacke mit Flügeln auf den Rücken, hatte darunter ein zugeknöpftes, kragenloses Hemd, das den Hemden von Priestern glich. Sein Gesicht war engelsgleich, friedlich, von überirdischer Sanftheit, als hätte man den Kopf auf einen anderen Körper gesetzt, er war viel zu klein für diese Muskelmetamorphose. Oder hatte ich die beiden Männer verwischt, übereinandergeblendet? Plötzlich öffnete sich die Tür, ich wollte meinen Fuß dagegenstemmen, aber ich hatte keine Kraft, er brach weg, ich wurde in den Flur gedrängt, wollte schreien, aber mein Mund, meine Zunge, meine Stimme gehorchten mir nicht, ich wollte rennen, mich umdrehen, ins Schlafzimmer, über den Balkon in den Hof springen, von dort in den nächsten Hinterhof und dann auf die Straße. Aber ich traute meinen Ohren nicht, ich begrüßte die beiden Männer höflich, als sie mich fragten, ob ich ein wenig Zeit für sie und für ein Gespräch über die Bibel hätte? Oder ob ich Vorurteile gegen ehemalige Sträflinge hätte?

Ich entgegnete, ich sei ein ehemaliger Klosterschüler und hätte keinen Bedarf an einem Gespräch über die Bibel. Aber schon waren sie an mir vorbei in das Wohnzimmer gegangen und nahmen auf meiner Couch Platz.

Ich überlegte kurz, ob ich durch die offene Tür abhauen sollte.

»Sind Sie denn nicht der Ansicht, dass dieser Virus eine Geißel Gottes ist? Dass er uns bestraft für unser sündiges Leben? Dass die Zeit der Rache gekommen ist? Sehen Sie, das Wasser steht schon bis zu Ihrem Fensterbrett. Haben Sie nicht gemerkt, dass es seit Tagen regnet?«

Jetzt bemerkte ich das Wasser auf dem Fußboden, das stieg und stieg, eine Sturzflut, es drückte die Scheiben ein, drang, stürzte durch alle Ritzen, schleuderte mich gegen die Wand. Ich konnte gerade noch sehen, wie einer der beiden Männer die Reißleine einer Rettungsweste zog und nach oben schnellte, während der andere unter Wasser weitersprach. Ich ertrank, das eiskalte Wasser hatte meine Kleidung vollgesogen, mit letzter Kraft kämpfte ich mich nach oben, lag mit dem Kopf auf der Wasseroberfläche, meine Haare berührten die Decke, ich schnappte nach Luft.

»Es ist Zeit für eine Umkehr«, der Mann mit der Weste war neben mir, ich sah nur seine Augen, darunter war er im Wasser, aber ich hörte seine Stimme. Dann zog etwas an mir, zog mich nach unten, ich schluckte Wasser, es stürzte in meine Lungen, es schmeckte wie Weihwasser, ich ertrank in Weihwasser, Myrte. Mein Zimmer stand völlig unter Wasser, nur oben an der Decke brannte es, die Wasseroberfläche brannte unter einem Ölfilm, das Haus brannte jedoch nicht. Der andere Mann hielt mich am Knöchel fest, umklammerte jetzt meine Beine und hängte sich mit seinem ganzen Gewicht an sie. Er lächelte, als ich mich zu befreien suchte und die Luft aus den Mundwinkeln wich. Ich ertrank, ich sah das Kreuz auf seiner Brust leuchten, als es gegen meine Stirn schlug.

Der Mann vor der Tür klopfte gegen den Spion, ich schreckte auf. Er schüttelte den Kopf, drehte sich um und ging, ich hörte, wie die Tür zufiel. Ich sah keinen zweiten Mann. Ich lag auf der Couch, über meinem Gesicht die aufgeschlagene Zeitung, die Todesanzeigen. Ich war barfuß, auf dem Parkett eine Wasserlache. Unter der Couch fand ich die leere Flasche, sie war ausgelaufen. Draußen schien die Sonne, aber meine Wohnung blieb im Schatten. Ein schwarzer Wagen fuhr vorbei.

Ich knüllte das Papier zusammen und warf es in den Papierkorb, nahm den Brieföffner, drückte seine Spitze in das schwere Holz des Schreibtisches, drückte tiefer, als wollte ich hören, dass er es spürte, dass er spürte, dass ich ihn verletzen wollte, weil er sich nicht bewegte, weil er regungslos weiter breitbeinig vor dem Fenster stand und mir Fratzen schnitt.

Ich hatte ihn vollgestellt mit Bildern, Postkarten von Bacon, übermalten Kreuzen von Rainer, überall lagen Sprüche von Beuys, eine gelbe Glühbirne, vorne links die »Göttliche Komödie«, aufgeschlagen der 23. Gesang der Hölle, Tollers »Jugend in Deutschland«, die Erstausgabe von »Hoppla, wir leben«. Aber der Schreibtisch nahm alles leicht auf seine Schultern. Meine Satzleichen lagen auf ihm wie auf einem Obduktionstisch, und ich stocherte mit dem Kugelschreiber in den Augen rum, zeichnete das Herz nach, tackerte die Leben und dann die Lider zu, weil ich den Blick nicht ertragen konnte. Die Lippen waren geöffnet, ich legte mein Ohr auf sie: Du musst sterben, nur wenn du stirbst, ergibt das alles einen Sinn. Was bleibt, stiften die Dichter. Aber die Dichter bleiben nicht, verstehst du. Du bist vergänglich, damit deine Sätze unvergänglich sind. Hatte ich schon einen Satz geschrieben, einen Satz, der zählt, der bleibt, der mir zugeschrieben werden wird? »Menschsein ist ein Luxus, den man bezahlen muss«, hatte ich über Toller geschrieben, hatte ich seinem Gegenüber in den Mund gelegt, der ihm sein Scheitern vorhielt und ihn in den Selbstmord trieb, in die Schlinge. Ich hatte wie im Rausch den ersten Teil des Stückes fertiggestellt, die Tage, Nächte waren unbemerkt vergangen. Ich hatte Klara wenig gesehen, sie musste lernen. Ich spürte, wie sie verachtete, dass ich mich mit der stillen Opferrolle zufriedengegeben hatte, weiter Komödie vor meinen Eltern spielte, und bei ihr die Tragödie.

Es war alles weitergegangen, als nichts mehr ging, die Zeit verging, ging ins Land, ging durch die Wälder, überquerte den Bach und kletterte über die Klostermauer.

Andere Probleme traten auf, die alten kamen zurück, die alten Lügen und Selbstlügen. Wir waren alle angeschossen, aber nicht verblutet. Die Kugel war noch im Körper, kreiste. Aber es war zu gefährlich, sie herauszuschneiden, fürchtete ich.

Als ich im Zimmer des Professors saß und er auf den Befund schaute, die Krankenakte öffnete, war ich wider alle Vernunft nervös, als würde ein Urteil über mich gesprochen, das nicht zurückzunehmen wäre.

»Negativ«, lächelte er. »Wie zu erwarten.« Jedes Mal, wenn ich »negativ« aus dem Mund eines Mediziners hörte, zuckte ich zusammen, als wäre das Schlimmstmögliche eingetreten, dabei war es das Bestmögliche, eben nichts, du hast nichts, du bist gesund, alle Angst war umsonst. »Positiv« hieß: Krankheit, »positiv« war die Pest. Sie sind so ein positiver Mensch, hatte mir neulich jemand gesagt, warum sind Ihre Gedichte so düster? Ein positiver Mensch, der negative Gedichte schrieb.

»Haben Sie etwas gegen diese falsche Ärztin unternommen?«, unterbrach der Professor meine Abwesenheit, als wischte er durch seine Sätze wie mit einer Hand die Unendlichkeit vor meinen Augen weg.

»Ich bin dabei, Beweise zu sammeln, für eine Anzeige reicht es noch nicht«, gab ich ihm zurück und genierte mich, wollte vor Scham in den Boden versinken, mich in desinfizierte Luft auflösen, »sie hat mich ja nicht angefasst. Ich habe nichts gegen sie in der Hand, was vor Gericht verwertbar wäre. Kein Schriftstück, auf dem ihr Name steht, keine Visitenkarte. Ich habe nur Zeugen.«

Er verstand mich nicht. Wie konnte überhaupt jemand verstehen? Es war ja nicht mit Vernunft und mit Verstand zu verstehen. Es war eine Glaubensangelegenheit.

»Sie würden nie gegen Frau Scher und somit gegen ihren Abt aussagen.«

»Das heißt, es passiert nichts?«, hakte er nach und blickte mich fordernd an, als würde er die Sache selbst in die Hand nehmen.

»Ich habe gedroht, dass ich zur Presse gehe, wenn sie weiter ihr Unwesen treiben darf.«

»Aber Sie haben sie nicht angezeigt, sie bleibt straflos?«, rieb er weiter in der Wunde, wissend, wo er den Schmerz fand. »Positiv«, wollte ich sagen, aber ich sagte es nicht.

»Ich lasse nicht locker. Darf ich auf Ihre Hilfe zählen, wenn es so weit kommt?«

»Sie schaffen das schon«, beendete er das Gespräch und schüttelte mir die Hand, als wollte er sagen, die Rechnung folgt per Post.

Warum suchte ich mir die falschen Verbündeten? Warum sagte ich mir nicht, ich habe Klara, gemeinsam stehen wir das durch, gegen alle. Hatte ich Angst, durch diese Geschichte berühmt zu werden, diese absurde Geschichte, und nicht durch eine, die ich geschrieben hatte. Wäre ich nicht immer, bei allem, was ich danach schriebe, damit identifiziert worden? Das war doch der mit … Hätte man nicht in allem, was ich geschrieben haben würde, das herauszulesen versucht? Aber war es nicht in allem? In allem der Tod, die Angst, die Überwindung des Todes, die Überwindung der Angst, der Verrat, das Alleingelassensein mit dem Verrat und dem Verratenwerden, der Glaube und das nicht zu Glaubende.

Als ich vor der Klinik stand, regnete es. Ich trug einen Kapuzenpulli, aber ich zog die Kapuze nicht über den Kopf, denn dann, wenn ich sie über den Kopf zog, verlor ich die Orientierung, bekam Platzangst, fürchtete das, was ich nicht sah, was neben mir war. Die Autos glitten vor mir vorbei, spritzten das Wasser auf den Gehsteig, zündeten die Lichter. Ich blieb stehen. Die Regentropfen rannen über mein Gesicht, über das Schlüsselbein. Sie zerplatzten auf meiner Stirn. Gleich käme ein Gewitter, schwarze Wolken kollabierten im Himmel, es donnerte. Ich zählte. Ich zog die Kapuze über den Kopf. Ich sah nach vorne. Ich ging und stand schon mit dem ersten Schritt knöcheltief in einer Pfütze, ich lief, ein Hupen, der aufgerissene Mund des kleinen Jungen gegenüber an der Hand meiner Mutter.

21

Nachts, Jahre später. Im Schlafzimmer meiner Eltern läutete das Telefon, sie schliefen. Meine Mutter erschrickt, was kann das bedeuten? Vater geht an den Apparat, hebt ab. Eine aufgeregte Frau ist in der Leitung, erzählte mir mein Vater. Er verstand nur die Hälfte, nicht die Zusammenhänge, hörte aus Höflichkeit zu, ihm dämmerte nur langsam, was er erfuhr und welche Folgen es haben könnte. Es war wie ein Anruf aus dem Unterbewusstsein, die Vergangenheit fand eine Lücke, durch die sie einbrechen konnte. Es reichte eine Telefonnummer.

Die Frau fragte, ob er Silvester kenne. Mein Vater bejahte. Und Sybille Scher. Mein Vater zögerte, bejahte auch dies. Die Frau erzählte, sie habe ihr den Mann gestohlen, ausgespannt. Ihr Mann habe sie verlassen wegen ihr. Mein Vater verstand nicht, was das mit ihm zu tun hatte, was es ihn anging. Und jetzt treibe sie zusammen mit dem Abt weiter ihr Unwesen. Der Abt sei an allem beteiligt gewesen. Und wir würden doch den jungen Bruder kennen, von ihm habe sie unsere Nummer und erfahren, was passiert sei.

An mehr erinnerte sich meine Vater nicht, notierte sich keine Nummer, rief mich nicht an, gab ihr nicht meine Nummer, reichte den Hörer nicht an meine Mutter weiter. Die Frau war verstört gewesen. Vielleicht sogar betrunken. Sie war nicht so, dass man sie sofort ernst genommen hätte. Mein Vater erzählte fragmentarisch, was sie ihm am Telefon erzählt hatte, vergaß das meiste, verwischte es, er war ja aus dem Schlaf gerissen worden. Wahrscheinlich blieb er nicht aufgeregt am Bettrand sitzen und überlegte mit meiner Mutter, was zu tun sei, was das Telefonat zu bedeuten habe, sondern legte sich wieder ins Bett, schlug sich in die Daunendecke ein und schlief weiter. Vielleicht hatte er etwas geahnt, gespürt. Aber es war zu spät. Es mag ihm wie eine Traumschleife vorgekommen sein. Man nimmt den Hörer ab, aber es hat nicht geläutet. Man hält sich für gerettet, aber der Albtraum geht weiter, bis man wirklich aus ihm erwacht. Ich weiß nicht, wann ich von diesem Gespräch erfuhr, erinnere die Enttäuschung, die in mir hochkochte, weil er sich keinen Namen, keine Nummer notiert hatte, weil es endlich einen Spur gab, einen Beweis, Zeugen, die verraten worden waren und sich rächen wollten. Weil noch nichts verjährt war. Aber ich brachte die Stücke nicht zusammen, konnte sie nicht zusammenfügen zu einem Bild, folgte der Spur nicht.

Ich hatte, was mir geschehen war, verdrängt, wenn auch nicht vergessen. Seit damals schlief ich keine Nacht durch, ich hatte Albträume, wurde getötet, gevierteilt, auseinandergerissen, in Räume ohne Möbel gesperrt, von unzähligen kalten Händen berührt, ich schrumpfte und saß auf einem Schoß, auf einem Henkersrock, ich lief allein durch Venedig, durch ein ausgestorbenes Venedig und sah in einem angelaufenen Spiegel den Rücken eines Mann in einem weißen Anzug, immer wieder war ich allein, schreckte auf und erwachte in der nächsten Albtraumschleife, von Teufelskreis zu Höllenkreis schleuderte ich. Und immer die Angst auf Flughäfen, ich könnte ihm in die Arme laufen, ich säße in einer Lounge und er beträte den Raum, ich sitze im Flugzeug, das Boarding ist abgeschlossen, da kommt er im letzten Augenblick hinein und nimmt neben mir Platz. Existierten Bewegungsmuster unserer Reisen, konnten wir feststellen, wie oft wir uns schon fast begegnet waren? Aber ich sah ihn ja, er war plötzlich allgegenwärtig, ich hörte allerorten von ihm. Jedes Mal, wenn meine Eltern über ihn etwas lasen oder eine Geschichte hörten, riefen sich mich empört an, mir verschlug es die Sprache, ärgerte mich, denn warum unternahmen wir nichts, es wäre doch nicht zu spät.

Freunde trugen mir zu, dass er über mich sprach, sich mit mir schmückte, sich rühmte, meinen Ruhm verdanke ich ihm, er habe mich entdeckt, gefördert, ich sei sein Kind, er sei der Vater meines Erfolgs. Die Nachhilfestunden mit Horaz. Die Karte, die er mir geschickt hatte, der Bischof und ein Ministrant, beide lasen sie in einem Buch. Und er schrieb, als er das gesehen hatte, habe er an ihn und mich denken müssen, den Horaz lesend.

Ich wollte nicht, dass meine Eltern mich anriefen, wenn sie etwas von ihm hörten, wenn sie auf ihn stießen. Es verursachte mir jedes Mal Schmerzen. Nicht die Erinnerung an die Angst vor dem Tod dominierte, nein, sein Verrat, das Ungelöste, die Wahrheit, die er noch immer nicht ausgesprochen hatte, schmerzte mich, trieb mir die Trauer hinter die Augen. Ich spürte die Lust, entweder zu verzeihen oder den Kampf aufzunehmen. Aber ich war dazu nicht bereit, noch immer nicht, schob es weg, mied alles, was mich an ihn, was mich an die Kirche, an meine Schule erinnerte, es waren verbotene Orte, das Kindheitsparadies hatte sich in eine Sperrzone verwandelt, die kontaminiert war mit Erinnerungen, uneinholbaren Erinnerungen. Ich war kein Teil mehr der gemeinsamen Geschichte dieses Ortes, ich war der Erzählstrang, der sich verfangen hatte. Er nahm meinen Namen wieder in den Mund, mir war der Name weiterhin verboten, durch meine Feigheit, durch die Sorge um meine Eltern, durch meine falsche Harmoniesucht, durch die selbstbetrügerische Gleichgültigkeit.

All die Jahre, was auch geschah, was ich an Glück, an Unglück erlebte, wo ich war, wie weit weg, wie nah, stets kehrte er zurück, im Traum, im Albtraum, in einem Wort, einem Bild, einer Geste, einem Kreuz, einem Wein, wenn ich Champagner trank, wenn ich Trüffel aß, wenn ich Parmesan über den grünen Spargel hobelte, wenn ich einen Priester, einen Pater sah, wenn einer von Gott sprach.

Eines gelang ihm nicht mehr, er war nicht mehr Teil unserer Familie, er konnte uns nicht mehr entzweien. Die Lücke, durch die er sich in unsere Familie eingeschlichen hatte, war geschlossen. Es war kein Platz mehr für ihn, er war kein Ersatzvater, kein Heilsbringer, kein Erleuchter mehr. Er blieb draußen vor der Tür. Das war uns gelungen, weil meine Eltern über all die Schatten gesprungen waren, die sie bedroht hatten. Es war unsere gemeinsame Geschichte gewesen, und wir hatten sie gemeinsam angenommen. Ich bewunderte meine Eltern, wie sie das geschafft hatten, wie sie sich befreit hatten von den fremden Blicken und einfach nur auf ihr Herz geschaut hatten. Sie standen zu mir, in allem, und wollten, dass ich glücklich bin nach meiner Art. Sie kämpften sich ihren Glauben zurück und waren damit fertig geworden, dass es ohne das gesellschaftliche Leben um das Kloster erst einmal sehr einsam für sie war. Wir waren nicht aus der Kirche ausgetreten, wir hatten ihn herausgebeten aus unserer Familie. Er sollte nicht weiter, und sei es ex negativo, unser Leben bestimmen. Wir waren sogar gemeinsam wieder zu einer Messe in der Klosterkirche gewesen. Wer Angst vor Tunnels hat, der muss durch Tunnel fahren, hatte ich mir gesagt. Hätte es aber fast nicht überstanden. Alles kam zurück, alles war wieder da, Gegenwart. Ohne eine Antwort, ohne seine Antwort wäre es für immer da. Ich wollte nichts mehr verdrängen. Und je mehr ich mich dem stellte, desto öfter sah ich ihn, nie persönlich, doch sein Bild verfolgte mich. Jetzt schaute ich nicht mehr weg, schlug das Buch nicht zu, sondern auf.

Ein Freund hatte mir gesagt, Silvester mache das, was er jetzt mache, nur wegen unserer Geschichte, als würde er etwas gutmachen wollen. Das Beste, was er hätte machen können: mir die Wahrheit sagen, entgegnete ich. Aber alle wollten an seinem neuen Ruhm teilhaben, vergaßen, was sie wussten, als sich ihre sonnige Teilhabe durch mein Bestehen auf dem Erinnern verschatten zu lassen.

Und Scher? Ich konnte mich nicht mehr an ihr Gesicht erinnern, nicht mehr an ihren Namen erinnern, nicht an den Vornamen, nicht an den Nachnamen. Ich musste meine Mutter fragen, die sich sofort erinnerte. Ich fand kein Bild von ihr, nicht im Internet, nicht in den Fotoalben. Keine Zeile. Keinen Eintrag im Telefonbuch. Ich fuhr zu dem Haus, in dem sie gelebt hatte. Es lebte eine andere Familie dort. Ich fragte niemanden nach ihr.

Silvester hatte geschrieben, sie sei selbst schwer erkrankt, er habe sie deshalb geschont, verschont mit seiner Kritik, seinen Fragen, Vorwürfen. Sie meinte, schrieb er, sie werde ihre Krankheit nicht überleben. Da war er wieder, der Tod, und sollte plötzlich die Seite gewechselt haben. Was war die Botschaft an mich? Verzeihen? Ohne, dass sich jemand bei mir entschuldigt hatte. Sie lies mich nicht los. Ich konnte sie nicht für tot halten. Gut, es waren Jahre seit dem Brief vergangen.

Ich fand einen Hinweis, wonach sie in Kärnten in einer Klinik arbeitete. Hätte es damals, vor zwanzig Jahren, das Internet gegeben, nichts wäre passiert. Ich las weiter. Nicht als Ärztin war sie verzeichnet, nein, in der Verwaltung. Sie führte einen Doktortitel, aber ohne den Zusatz »med.«. Ich erinnerte mich an den nächtlichen Anruf. Die Klinik hieß »Lebensbrunnen«. Frost überzog meine Haut, als ich das las, »Lebensbrunnen«. Lag nicht Heiligenblut in Kärnten, assoziierte ich? Alternative Heilmethoden für austherapierte Patienten, eine letzte Hoffnung, wenn alle die Hoffnung aufgegeben haben. Die Klinik war in einen Rechtsstreit verwickelt. Alles verschwamm beim Lesen vor meinen Augen, nur einzelne Worte blitzen auf, »Patienten«, »Zulassung«, »Therapien«, »Kasse«, »Naturheilverfahren«. Alles drehte sich in meinem Kopf: Todesangst, tödliche Krankheit, die Hoffnung, der Glaube, die Angst, Wissenschaft und Alternativen, neue Therapien und Brunnen, Wasser, das aus Brunnen schoss, Blut. Ich musste mich fast übergeben, als ich mir vorstellte, dass diese Krebskranken in ihre Hände und doppelte Buchführung fielen. Ich rieb mir die Augen, es bedrängte mich wie eine Halluzination: Ich sah es auf einmal vor mir, eine Klinik, ihre Klinik, Shining, in den Bergen, im Schatten der Berge, Bäume, Dunkelheit, Schatten, Schnee, überall Schnee, die Wege versperrt, Tiefschnee, Weihwasser, Hände, die die Klinik weihten, segneten, ein Banner über dem Speisesaal »Die Heilkraft des Glaubens«, Kreuze mit dem Daumen auf die Stirn gemalt, die Krankensalbungen, Hostie auf ausgestreckten Zungen, und überall diese Augen, hoffnungsgeweiteten Pupillen, die den Tod schon angeblickt hatten und nun ein Licht sahen, das zurück ins Leben führte. Eine Stimme, ein Gesang, der durch alle Wände geht, durch alle Knochen, ins Mark, der Wind, ein eiskalter Wind, und ein Stapel Blätter, ein menschengroßer Stapel Blätter, das erste Blatt fällt zu Boden, und ich kann es auf dem Boden lesen: »Der Glaube kann Berge versetzen, der Glaube kann den Krebs besiegen.« Immer wieder die gleichen zwei Sätze. Ich schüttete mir kaltes Wasser ins Gesicht. Der Glaube konnte wie ein Krebs sein. Der Krebs konnte jeden Glauben auslöschen.

22

Ich ging in die Knie, krümmte mich zu Boden, kroch zur Tür, versuchte zu kriechen, aber die Schmerzen waren zu stark, ich schrie, brüllte, Schwarz schoss in meine Augen, gleich würde ich kollabieren, ich sterbe, schrie ich, ich sterbe, scheiße. Als hätte ein Unsichtbarer mit einem Messer auf mich eingestochen, immer wieder, die Messerspitze in meine Bauchdecke gebohrt, als würde er die Klinge in meinen Eingeweiden drehen, sie wieder hinausziehen, um erneut und noch wuchtiger, noch wütender auf mich einzustechen. Ich ruderte zunächst mit den Armen, streckte dann die Hand in die Luft wie ein Ertrinkender unter Wasser. Keiner hörte mich, ich war allein in meiner Wohnung. Das Telefon, wo war das Telefon, ich würde es nicht zur Tür schaffen, aber das Telefon, es lag auf dem Tisch, bis zum Tisch, ich musste es nur bis zum Tisch schaffen, aber ich müsste mich umdrehen, mit dem Messer im Bauch umdrehen und mich nicht auf den Schaft stützen, schreien, ja, schreien, vielleicht hörte mich doch jemand, sonst übertrug der Beton jeden Laut, jedes Bohrgeräusch, jeden Meißel, jeden Schlagbohrer, warum nicht mein Schreien.

Ich war über den Dächern, die Fallwinde stürzten sich von den Bergrücken in die Tiefebenen, der Himmel leuchtete, die Neonröhren über mir, die Berge waren so nah, die Gletscher, ich schwitzte, der Schweiß tropfte auf meinen Nacken, mein Hemd war durchnässt, der Rücken. Reaktivierung des lebenslang in den Nervenzellganglien persistierenden Erregers. Sie hatte gesagt, durchzuckte es mich, es könne auch Jahre später ausbrechen, eine in wenigen Tagen tödlich verlaufende Rhombenzephalitis. Ich hatte seit Tagen Schmerzen, ich dachte, eine

Grippe, Fieber, alle hatten Grippe, grippale Infekte, Magendarmgrippen, Durchfall, mein Magen rebellierte, sicher war er entzündet, ein Grippevirus, ich trank Schnaps, steckte die Finger in den Rachen, aber ich konnte mich nicht übergeben. Eine Lebensmittelvergiftung, hatte ich vermutet, mir war so schlecht, doch dann ging es besser. Ich hatte mich in meine Arbeitswohnung geschleppt, stand im Fahrstuhl und erschrak, als ich mich im Spiegel sah, wie der Tod siehst du aus, sagte ich mir und zwang mich zu einem Lächeln. Es war schon besser geworden, beruhigte ich mich. Doch dann fand ich plötzlich den Schlüssel nicht, nicht die Wohnungstür, war völlig desorientiert, es roch so seltsam, ich wusste nicht, nach was es roch, die Farben waren grell, zu grell, dieses unnatürliche Licht, es flackerte, sicher eine defekte Röhre. Der Kaffee tat mir nicht gut, ich fühlte mich schwach. Schon nach ein paar Minuten am Computer fing der Nacken zu schmerzen an, ich war zu verkrampft, warum versuchte ich es zu erzwingen, dann bekam ich einen Krampf im rechten Wadenbein, ich fluchte, sprang auf, dehnte, streckte, setzte mich auf den Boden und zog die Zehen zu mir, bis der Schmerz nachließ. Aber er ließ nicht nach, er verschob sich nur, jagte in meinen Bauch, mein Bewusstsein trübte sich ein. Hirngewebseinblutung blitzte es in meinem Hirn auf, woher kam dieses Wort plötzlich. Ich konnte mich nicht erinnern, wie ich hergekommen war.

Hatte ich hier übernachtet, die Nacht durchgearbeitet? War da ein Geräusch? War da ein Mann an der Dachrinne vorbeigehuscht, der Hausmeister? Reinigten sie die Fassade? Gleich würde ich den Kran sehen. Wenn sie mich vom Kran aus sähen, könnten sie Hilfe holen. Ich schrie, schrie, schrie. Eine Rose ist eine Rose ist eine Rose. Ich war so depressiv gewesen in den letzten Tagen und dieser Druck in den Schläfen. Ich hatte davon geträumt, dass man mir wie auf den alten Bildern mit einem Handbohrer ein Loch in den Schädel bohrt, um die Luft, den Druck abzulassen. Die Depressionen waren völlig unvermittelt gekommen, hatten meine Haut mit einer hauchdünnen Schicht aus kochend heißem Blei überzogen. Ich wollte in kaltes Wasser springen. Plötzlich waren in einem Schwarzweißfilm nur noch Grautöne, bei jedem Wort, jedem Gedanken, jeder Bewegung, jedem Gefühl ein »lass es sein«, ein Vergeblichkeitsrefrain in seiner Wiederholungsschleife, lag wie ein Tinnitus in meinem Ohr. Die Lider wurden so schwer, dass ich alle Kraft aufwenden musste, um sie offen zu halten, als wuchtete ich mit den Armen Gewichte über den Kopf, als ließe nicht nur die Kraft nach, sondern würden zugleich die Gewichte von Augenblick zu Augenblick schwerer, als bekäme die Luft Gewicht, als hätten die Engel Bleiflügel und würden sich auf die Gewichte setzen, als bliese mir der Wind eine Schrotladung ins Gesicht, wenn ich vorwärtslaufen wollte. Aber ich sagte nichts, ich fraß alles in mich hinein, schluckte Jahre, Menschen, Berge von Schuld, die ich auf mich nahm, Schamgebirge. Jetzt war ich auch noch depressiv.

Ich war kurz weggetreten, war kaum vorangekommen, der Tisch lag vor mir, als wäre er von mir durch einen reißenden Fluss getrennt, durch eine Schlucht, in die ich hinabfallen würde, kopfüber, wenn ich weiter kroch, mich weiter voranschob, aber ich musste es schaffen, musste es. Noch ein Meter, noch ein halber. Wieder kippte ich weg. Nicht ohnmächtig werden, befahl ich mir. Ich erinnerte mich an Filme, in denen die Helden die tödlich Verwundeten ermahnten, nicht einzuschlafen, nur nicht einzuschlafen, nicht die Augen zuzumachen. Noch zehn Zentimeter, neun, acht, nein, ich schaffe es nicht, sieben, ich schaffe es nicht, du musst dich überwinden, sechs, fünf, nein, ich geb auf, gebe nicht auf, du schaffst es, vier, du schaffst es, drei, nein, nein, fünf, doch, zwei, der Schmerz schoss seine Nägel durch meinen Körper, eins, jetzt. Als ich das Telefon in der Faust hatte, kam die nächste Welle wie ein Lauffeuer, kulminierte in einem einzigen stechenden Schmerz, als hätte er alle Messer zusammengeschweißt. Das war es, kam es mir in den Sinn, und jetzt das Seil, über das ich balancieren werde. Der Schmerz war verschwunden. Weg. War ich tot? War ich jetzt tot? Ich wählte Klaras Nummer. Was sollte ich ihr sagen, du, übrigens, ich bin tot, ich liege tot in meiner Wohnung und telefoniere mit dir, oder hörst du nur ein Rauschen, ein Besetztzeichen? Nichts, gar nichts, ich spürte nichts. Als ich die letzte Zahl getippt hatte, kam der Schmerz zurück. Er hatte nur einen neuen Anlauf genommen. Er rannte auf mich zu. »Bitte komm sofort, ich kann mich nicht halten vor Schmerzen, ich liege am Boden, komm, komm!« Er traf mich mit voller Wucht, brach durch, durchbohrte mich. Der Telefonapparat fiel in Zeitlupe zu Boden, drehte sich um die eigene Achse, kam auf dem Rücken zum Liegen wie ein Käfer auf dem Steinboden und blinkte, bis das Display erlosch.

Epilog

Ich schlug die Augen auf. Ein elektrisches Surren im Ohr, ein fernes Pumpen. Milchglasscheiben in der Ferne, mein Herzschlag, ich wollte die Augen wieder schließen, die Lider einfach über die Pupillen fallen lassen, ich war müde. Ich konnte mich nicht ohne Schmerzen bewegen. Wo saß der Schmerz? Wo war ich? Auf einer Krankenliege, hinter mir Instrumentenaugen, Schläuche, um mich Stille. Der Linoleumboden, rote Kreise, Striche, eine Linie, die aus dem Raum lief. Blaue Raumteiler aus Stoff. Es ging kein Wind, nur mein Atem. Ich atmete, ich lebte. Noch? Sollte ich mich bemerkbar machen? Ich versuchte zu husten, aber schon der Versuch zerriss mich vor Schmerzen, als würden meine Lungenflügel auseinandergerissen wie Papier. Was war geschehen? Es roch nach Desinfektionsmitteln, nach Metall, nach Alkoholtupfern. Sollte ich die Decke über mir aufschlagen? Rechts ein Beutel, der Blut auffing. Gehörte er zu mir? Schritte, woher kamen die Schritte?

Eine schwarze Krankenschwester betrat den Raum, ging zu einem Bett, das ich nicht sehen konnte, ich sah sie nur im Profil. Sie sprach Englisch. Unverständliche Antwort, als müsste jede Silbe aus dem Rachen gezogen werden, jeder Buchstabe mit einer Pinzette von der Zunge gepflückt werden. Warum sprach sie Englisch? War ich in Atlanta? Ich versuchte mich zu erinnern. Was war geschehen? Ich kroch auf dem Boden, das sah ich vor mir, meine Hand, die sich zum Tisch hin nach oben streckte, ins Leere griff. Die Landschaft, die vorbeischoss durch den Spalt über dem getönten Glas, Hochhäuser, Ampeln, nichts mehr.

Ich hatte den Impuls, zu fliehen, fortzulaufen, aufzustehen, die Decke aufgeschlagen hinter mir zu lassen, das weiße Spanntuch. Die Geräte würden den Nullstand zeigen, die Abwesenheit. An der Wand mir gegenüber am Ende des Raums hing ein schlichtes Holzkreuz ohne den gekreuzigten Christus. Er war verschwunden. Oder war er da? Lagen noch mehr Operierte in diesem Raum? Schliefen sie, träumten sie? Was träumten sie? Hatten sie so schlecht geträumt wie ich, weil ich das Falsche dachte, als ich mich in die Narkose zählte, wie das falsche Bild in mir aufblitzte und sich, während ich träumte, mit seinem Brenneisen immer tiefer in meine Brust hineinbrannte, bis zum Herzen. Ich hatte Durst. Durst nach kaltem Wasser, nach Sauerstoff. Ich musste englisch reden, sagte ich mir, und begann, nach den Worten zu suchen. Hatten sie mir die Leber transplantiert? Ich müsste doch nur unter die Decke schauen. Sie war wie mit Beton ausgegossen, ich konnte sie nicht lüften.

Ein Arzt betrat den Raum, wohin ging er? Er kam auf mich zu, direkt auf mich zu, blieb vor meinem Bett stehen. Ich wollte »hello« sagen, aber er kam mir zuvor. »Und, aufgewacht? Schön geträumt?« Er lachte, als meinte er die Frage ernst. »Da sind wir ja dem Tod im letzten Moment von der Schippe gesprungen.«

Ich erschrak, als würden hinter allen Vorhängen Gesichter hervorschauen, mich beobachten. »Ihr Blinddarm 1a perforiert, ein Blinddarmdurchbruch, wie er im Buche steht. Die OP lief problemlos. Haben Sie irgendwelche Beschwerden?«

Ich schüttelte den Kopf. »Die Schwester wird Sie ins Zimmer bringen, alles Gute!« Dann ging er den langen Weg zurück zur Tür und verschwand, während ich die Augen schloss.

Die Schwester stand vor mir. »Dann wollen wir Sie mal auf die Station in Ihr Zimmer bringen«, sagte sie mit dieser Ruhigstellsanftheit in der Stimme, weine nicht, mein Kleiner, du musst nicht weinen, alles wird gut. Alles war gut gegangen, Blinddarmdurchbruch, nur der Blinddarm. Ein Durchbruch. Mein Durchbruch. Sie hatten mir etwas Überflüssiges aus dem Bauch geschnitten, laproskopisch, kleine präzise Schnitte, die Bauchdecke weggepumpt und alles sauber gelöst in meinem Schlaf. Jetzt erinnerte ich mich, erinnerte mich an die Jetztzeit. Ich war Jahre zurückgefallen, zwanzig Jahre, zwanzig Jahre, in denen sich mein dickes Fell entzündet hatte, bis es endlich brach, bis alles dahinter durchbrach. Ich war erwacht, aber noch nicht aus allen Albträumen.

Während mich die Schwester durch die Gänge schob, vorbei an den Betten und Kranken, den Wartenden, den Weinenden, den Sorgenvollen, Wütenden, vorbei an den Kindern, alten, den Männern, die sich an ihren rollenden Infusionen festhielten, den Frauen in ihren gelben Bademänteln und den Zetteln in den zitternden Händen, vorbei an der Selbstverständlichkeit des Todes und des Lebens, wurde mein Entschluss unumstößlich, meine Geschichte zu erzählen, dass ich erst dann erwachen könnte, erst dann frei wäre. Ich hatte fast alles erreicht, wovon ich geträumt hatte, aber ich hatte noch immer auch das, wovon ich nicht träumen wollte, aber weiterträumte, nachts erwachte, schreiend, schwitzend, mit rasendem Herzschlag. Ich musste die Blindstelle finden, sie füllen mit dem, was ich sah, fühlte, fürchtete. Ich musste die Angst überwinden, sonst überwand sie mich. Sie würde sonst nicht mehr von meiner Seite und meinen Seiten weichen.

Zwei Tage bevor die Schmerzen begannen, hatte ich sein Bild auf einem Buch gesehen. Ich habe ihm in die Augen geschaut. Sprich nur ein Wort, so wird meine Seele gesund und vergessen. Aber er blieb stumm. Ich wollte es nicht länger bleiben.

Als wir im Aufzug standen, drängte sich ein Mann in die Tür. Er trug einen hellen Sommeranzug mit Strohhut, obwohl es seit Tagen regnete. Er stieg mit uns aus, überholte uns, bog in den Gang. Ich musste, als ich ihn vor mir gehen sah, an das Ende von »Das Schweigen der Lämmer« denken. An Hannibal Lector, den Kannibalen. »Haben die Lämmer aufgehört zu schweigen?«, fragt er durch das Telefon und verfolgt dabei hinter schwarzen Sonnengläsern die Fluggäste, die aus der kleinen Maschine über die Gangway zum Rollfeld hinabsteigen in die schwüle, drückende Hitze der Karibikinsel. Der Wind aus den Propellern. »Die Welt ist schöner mit Ihnen darinnen«, sagt er. »Ich habe ein Festessen mit einem alten Freund«, beendet er kurz darauf unter seiner blonden Perücke lächelnd das Gespräch, hängt den Hörer ein, folgt seinem »Festessen«, dem nervösen, ahnungslosen Arzt, der ihn für krank erklärt hatte, und verschwindet, hinter ihm schlendernd, in der Menge der Menschen.

Als ich in mein Zimmer rollte, hörte ich die Toilettentür sich schließen, im rauschenden Radio meines Nachbarn, das auf dem Container neben dem leeren Bett und dem eingedrückten Kissen stand, lief Journey: »Don't stop believin«.

Ich konnte es nicht fassen. Hör nicht auf zu glauben. Wenn jetzt die Sonne durch die schwarzen Wolken bräche … Zehn, neun, acht …

Die Tür öffnete sich.